figan

AHMED GÜNBAY YILDIZ

figan

AHMED GÜNBAY YILDIZ

TİMAŞ YAYINLARI

Bu kitap
***Emine Eroğlu**'nun yayın yönetmenliğinde*
yayına hazırlandı.
*Kapak tasarımı **Kenan Özcan***
tarafından yapıldı.
35. baskı olarak 2007 Kasım ayında yayımlandı.
Kitabın Uluslararası Seri Numarası
(ISBN) : 975-7544-07-8

***İrtibat :** Alayköşkü Cad. No.: 11*
Cağaloğlu / İstanbul
***Yazışma :** P.K. 50 Sirkeci / İstanbul*
***Telefon :** (0212) 511 24 24*
***Faks :** (0212) 512 40 00*

www.timas.com.tr
timas@timas.com.tr

Baskı ve cilt:
Sistem Matbaacılık
Yılanlı Ayazma Sok. No: 8
Davutpaşa-Topkapı/İstanbul
Tel: (0212) 482 11 01

TİMAŞ YAYINLARI/7
TARİHİ ROMAN DİZİSİ/1

Nefise Bağcı
25. Mayıs. 2010

figan

AHMED GÜNBAY YILDIZ

TİMAŞ YAYINLARI
İSTANBUL 2007

AHMED GÜNBAY YILDIZ

1941 yılında Tokat'ın Reşadiye kazasına bağlı Kızılcaören köyünde doğdu. Annesi Saniye Hanım, babası Haydar Bey'dir. Öğrenimine köyünde başladı ve on yaşına kadar orada sürdürdü. Daha sonra babasının işi dolayısıyla Ankara'ya yerleşen ailenin bir ferdi olarak, Hüseyin Güllüoğlu Ortaokulu ve Yeni Mahalle Lisesi'nde öğrenimine devam etti. Bu arada edebiyata ilgi duydu ve şiirler yazdı. İlk zamanlarda şiir bir tutku hâline gelmişken, zamanla edebiyatın diğer dallarına da ilgi duymaya başladı. Hikâyeleri ve makaleleri muhtelif dergi ve gazetelerde yayınlandı.

Ahmed Günbay Yıldız, asıl yükselişini romanla yaptı, romanda karar kıldı. "Çiçekler Susayınca", "Yanık Buğdaylar" ve "Figan" romanları muhtelif gazetelerde tefrika edildi ve daha sonra kitap hâline getirildi. Bunu diğer romanları takip etti.

Yazar, eserlerinde Türk toplumunun her kesimini ele aldı ve işledi. İyi ve kötü yönleri ile insan ve toplum arasındaki etkileşimin ötesindeki sebepleri tespit ederek gözler önüne serdi. Ayrıca çözüme yönelik ipuçları da verdi.

Yazar evli ve dört çocuk babasıdır.

Yayımlanmış eserleri:

Çiçekler Susayınca; Sokağa Açılan Kapı; Yanık Buğdaylar; Gurbeti Ben Yaşadım; Boşluk; Sular Durulursa; Sitem; Ekinler Yeşerdikçe; Figan; Benim Çiçeklerim Ateşte Açar; Azat Kuşları; Aynada Batan Güneş; Mavi Gözyaşı; Gönül Yarası; Dallar Meyveye Durdu; Aşka Uyanmak; Bir Dünya Yıkıldı; Bahçemde Hazan (şiir); Üç Deniz Ötesi; Al Yüreğim Senin Olsun (şiir); Sevdalar Sözde Kaldı; Yürekte Büyümek; Sahibini Arayan Mektuplar; Siyah Güller; Hayata Dair Notlar (deneme); Hülyalar Hüzün Açtı; Gün Solar; Akşamın Mateminden (şiir); Güneşe Matem Düştü; Afedersin Hayat; Leyl Işıkları; Gelirim (şiir); Günahın Rengi; Sevmekten Korkuyorum; O'na Secde Yakışıyor; Gül ve Hüzün.

Hainler

Aldığı haber, Esad Bey'i çileden çıkarmıştı... Yüzü elma elma kızarmış, kanı çekilen dudakları, hararetten uçuk bir renge boyanmıştı...

Dişlerini birbirine sürttükçe, iç kamaştırıcı bir ses çıkartıyordu. Oturduğu koltuktan hışımla doğrulup, ayağa kalktı... İki elini böğrüne bastırıp, kaşlarını çattı... Bu hal, yoğun bir sinir harbinin başlangıcı sayılırdı...

Bulunduğu odanın içinde, aynı mesafeyi, bitip tükenmeyen yollara benzetmişti...

Kızgın kızgın atılan adımlar, indiği yerlerde öfke dolu seslerle inlerken, nefesi burun deliklerini zorluyor gibiydi...

Kunduracı Rıza diye tanınan, elli ellibeş yaşlarında gösteren bu adam neye dönmüştü? O kısa çizginin üzerine atılan oltalar, beyninde dibek döverken, Esat Bey'in suratına ürpererek bakıyordu.

O her zaman selâmlaştığı, kunduralarını tamir edip boyadığı adam, daha başka bir hüviyete bürünmüştü... İlettiği ihbardan dolayı pişmanlık duymuş gibi kızardı, sıkıldı... Canı, ceviz kabuğunun içine sıkışmış derler ya, işte öyle... Buram buram terler dökmeye başlamıştı...

Suratına bakan gözler çıldırmış olduğu hükmüne varsa mübalağa sayılmazdı... Rıza Efendi, yumuşamasını beklediği insanı kuşkulu bakışlarla seyrederken, bu bezgin havanın bozulacağı anı sabırsızlıkla bekliyordu...

Nedense, Kunduracı Rıza'nın dedikleri, bir türlü olmuyordu. Esat Bey'in ökçeleri döşemelerin üzerine inip kalktıkça, yüzü her geçen saniye biraz daha gerginleşen koyu ıstırap çizgileri ile doluyordu... Bakışları, aksettiği her noktanın üzerinde şimşek şimşek çakarken, bozuk bir asapla irkilip doğruldu... Uçuk renkli dudaklar, lavdan daha hararetli öfkesini daha fazla alıkoymadan kustu:

– Namussuz herifler... Hainler... diye kükredi.

Bu haykırış odanın duvarlarına şamar şamar indi... Belki de o genç, dinamik vücut, böylece infilâk etmekten kurtulmuş oluyordu... İnfilâk diyoruz; çünkü Esat Bey, az önce kurulmuş, patlama anını bekleyen bir bomba gibiydi.

Kunduracı Rıza, az da olsa rahatlamışa benziyordu... Derin bir nefes alıp, odanın o can alıcı sessizliğini ihlâl etmeye çalıştı. Esat Bey'in gözlerini gözetliyordu... O asık çehreli adam, Kunduracı Rıza'ya bakıp sordu:

– Söyle bakalım Rıza Efendi, bu haltı ne zamandan beri yerler?

Rıza Efendi, saygı ile toparlanıp cevap verdi:

– Bilmiyorum Kadı Efendi... İlk defa görüyorum...

– Anlatsana...

– Sabah yakındı... Namaz için kalkmıştım... Vakit erken olmasına rağmen yatmadım... Giyinip abdestimi aldım. Hemen arkasından camiden yana yürümeye başlamıştım. Bir de baktım... Olmayacak şeyler dönüyor.

– Seni görmediler ya?

– Sanmam...

– Cephane olduğundan iyice emin misin?

– Sandık sandık Kadı Efendi. İyice görüp seyrettim...

– Evi tanıyor olmalısın.

– Ezberledim...

– Pekâlâ Rıza Efendi, sen vazifeni yaptın. Bundan ötesi bize düşer... Ağzını sıkı tut... Kimseye lâf sızdırmamaya bak...

– Kur'an hakkı için Kadı Efendi...

– Gidebilirsiniz... Allah'a emanet olunuz.

– Siz de efendim...

Baskın

Kunduracı Rıza'nın ihbarı, geniş çapta soruşturmaya yol açmıştı. İlgili makamlar meselenin üzerinde titizlikle dururlarken, araştırma emri Mülâzım Sadık Bey'e verilmişti... Aldığı görevin ehemmiyetini idrak ediyordu... Geceyi gündüze ekleyip, tebdil-i kıyafetle, ihbar edilen evin etrafında kuş bile uçurmadı...

Zaman zaman yorgunluktan halsiz düştü, uykusuzluktan sersemlemişti. Buna rağmen, canını yüzde yüz tehlikelere hedef tutarak, görevini sürdürmekten imtina etmedi...

Kumandanının önünde mukaddes kitabı, Kur'an-ı Kerîm'i öperek and içmişti.

– Hem Vallahi, hem Billâhi, demişti... Bu baş bu vücudun üzerinden ayrılmadıkça, görevimi başaracağım...

❁

Erzurum insafsız bir gecenin, karanlık libaslarını giyinmişti. Sanki bu serhadlar şehrinin üzerine, simsiyah perdeler çekilmişti...

Pencerelerden dökülen çelimsiz ışıklar da olmasa, insanoğlu görebilmek yeteneğini yitirmiş sayılırdı.

Vakit, gecenin yarılandığını işaretlerken, hâlâ bir kıpırdanış söz konusu olmuyordu. Gecenin, o insan ruhuna çöreklenen bezdirici sessizliği gittikçe artıyor, neferler gözlerine misafir olmak isteyen uykuyu kovmak için çırpınıyordu.

Mülâzım Sadık'ın sabrı tükenmiş, müfrezesinin bıktırıcı bekleyişi, heyecanı oldukça azaltmıştı...

Neden sonra cephane yüklü salınan arabanın yanında bir gölge belirdi.

Karanlığın arasında kandil gibi sallanan hayaletler ikilendi, üçlendi ve de az sonra dörtlendi...

Çok geçmeden arabanın üzerindeki yeşil otlar kucak kucak alınmaya başlanmıştı...

Müfrezenin yitirmek üzere olduğu heyecan, insafsızca körüklenirken, parmaklar tetiklerin üzerine yüklendi... Karanlıkta parıldayan gözler, Sadık Bey'in yattığı sipere çevrilmiş, emir bekliyordu...

Bulundukları mevki oldukça muntazam ve emniyetliydi...

Sırtını Erzurum'un amansız dağlarına yaslamış bir arazi, hedefleri olan ev, kendilerine kırk elli metre mesafede bulunuyordu...

Yerleşme bölgesinin bitiminde olan hane, son günlerin Ermeni cephaneliği, haline getirilmişti... Bu durum Komitelerin sinsice bir kıpırdanışa geçmiş olduklarının en canlı örneğini teşkil ediyordu.

Gözaltında bulundurulan evde, kör bir ışık, yanıp yanıp söndü... Mülâzım Sadık Bey, bir metre ileriden ve geriden zor duyulur şekilde öfkesini boşaltmaya çalıştı:

– Hainler, yeyip içtikleriniz gözünüze, dizinize dursun...

Salih Onbaşı, Sadık Bey'in yanındaki sipere mevzilenmişti:

– Kumandanım, diye fısıldadı.

Sanki bu hâli ile sabrının tükenmiş olduğunu bildiriyordu... Mülâzım Sadık hedefini dikkatle kontrol altında tutarken, elini hafif bir hareketle yukarı kaldırıp, dur işaretini verdi...

Müfreze şaşırmıştı... Arabanın üzerindeki cephane sonuna kadar tanışıp, evin içine yerleştirildiği halde, Mülâzım Sadık Bey hâlâ seyirci durumundaydı...

Salih Onbaşı, taşkın bir heyecanla yeniden fısıldadı:

– Kumandanım...

Mülâzım Sadık, arkadaşlarının endişesinden haberdardı. Ancak biliyordu ki, yanlış atılan tek adım, büyük felâketlere sebebiyet verebilirdi. Kıt duyulur bir sesle, müfrezeye hitap etti:

– Sakın taşkınlık yapayım diyen olmasın. Sessizce, vereceğim emirleri beklemenizi istiyorum...

Siperde yatan neferler durgunlaştı, göz altında bulundurulan evin ışıkları söndü. Hayalet gibi gözüken insanlar, gözlerden silinip kayboldu.

Mülâzım Sadık Bey, sâkin ve sabırlıydı.

Salih Onbaşı ne yapsın bilemiyordu. Suç bile olsa, kumandanına yeniden ikazda bulunmayı vazife saymıştı... Sesi tırnağının dibine zorla döküldü, derler ya, işte öyle bir fısıltı, gecenin sessizliğine inilti gibi karışıp öldü:

– Kumandanım... Biz bu hainleri seyretmeye mi geldik, baskına mı?

Mülâzım Sadık Bey, acı acı gülümsemişti... Elini Salih Onbaşı'nın toprağın üzerinde bekleyen elinin üzerine bıraktı ve kısık bir sesle Onbaşıyı cevaplandırdı:

– Baskın için geldik Onbaşı. Yalnız şunu hiç unutma. Aşırı heyecan, salim düşüncenin katilidir... Mesuliyet taşıyan insanlar için hareketlerin isabetli kararlara dayanması şarttır.

Onbaşı:

– Öyle ise, öyle ise, diye telâşlandı.

– Seni anlıyorum Onbaşı. Hemen baskın çözüm yolu değil. Şu anda senin düşündüğünü yapmak, karanlıkların sessizliğini kuşun sesleri ile bozmaktan ve de geceye birkaç kurban bırakmaktan ileri geçmez.

Senin dediğin gibi de olabilir. Ancak, dakikaların, hatta saniyelerin aylardan, hattâ, yıllardan bile kıymetli olduğu vakitler vardır. İşte o zaman her şey mümkün olabilir... Şu anda her şey kontrolumuz altında ve geçen vakit bizim için nöbettir... Güneşin doğuşunu beklemeli...

Onbaşı heyecan dolu kafasını önüne eğerek kumandanını tasdik etti... Dudaklarından acı acı dökülen fısıltı cevabı oluyordu.

– Lâkin Erzurum'un güneşi geç doğar kumandanım...

– Doğru Onbaşı, doğru. Belki dediğin gibi geç doğar ama mutlaka doğar...

Onbaşı hırsından ağlıyordu.

– Doğar Kumandanım doğar, diye sızlandı. Ekmek yediği çanağa pisleyenlerin üzerine de... Yaşadıkları topraklara ihanet edenlerin üzerinde de... Zalimin, küffarın üzerlerine de. Bu topraklar uğruna dini ve namusu için can veren şehidlerin mübarek kanları üzerine de doğar... Şühedânın, geride kalan yetimlerin üzerine bile, doğar. Daha doğrusu... Gün battığı kadar doğar Kumandanım.

Onbaşının içinden sökülen sitem dolu fısıltılar Mülâzım Sadık'ın heyecanını körüklerken, Salih Onbaşı az da olsa rahatlamışa benziyordu...

Sadık Bey, Onbaşısını kırmadan dinlemişti... Kulağı, hazin hazin dökülen sözlerde, gözleri hedefinden ayrılmıyordu...

– Kumandanım. Geride bir bergüzarım var. Tam iki yaşında. Anası, bir de anam...

Mülâzım hassasiyet taşıyan bir sesle sordu:

– Onbaşı, bunları bana neden anlatıyorsun?

– Bilmem ki Kumandanım, içimden öyle geldi işte. Sılayı hatırladım galiba...

Kumandan, acıdan dişlerini sıka sıka sustu... Bu sessizlik Onbaşıyı yeniden bir şeyler sormaya zorluyor gibiydi:

– Kumandanım, sizin de geri kalan kimseniz var mı?

Mülâzım göğüs geçirdi... Sanki acı bir son Onbaşı Salih'e malum oluyordu...

– İkiz oğlum var Onbaşı... Daha üçer yaşlarındalar... Anam, babam, iki kız, üç de erkek kardeşim var...

Onbaşı:

– İyi, dedi ve sustu.

Köyünde bıraktığı bergüzarından, eşinden yana düşündü, hayaller kurdu... Onlarla, askere yeni geliyormuş gibi helâllaştı... Velhasıl ateş emrine giden zamanı öldürmek için çabaladı...

Gecenin kör karanlığı, kümeslerden yükselen birkaç horoz sesiyle birlikte bozuluyordu... Bir iki bahçeden köpek sesleri gelmeye başlamıştı... Gökyüzü yavaş yavaş siyah çarşaflarını yırtarken, nemli bir sis tabakası, topraktan semalara doğru süzülmeye başlamıştı... Artık, ortalık ağarıyordu.

Salih Onbaşı'nın hüzünlü bakışları, yerini bir anda heyecan yuvalarına benzetmişti... Bozuk bir asapla istikametine bakıp irkildi... Omuzlarını oynatarak, üşümüşlüğünü gideriyordu... Parmağını tetiğin üzerine yükleyip:

– Kumandanım, diye fısıldadı...

Mülâzıma bakıyordu. Sâdık Bey sakin bir sesle:

– Gördüm, dedi. Sakın emir almadan yanlış bir iş görmeye kalkışmayın. Önümüzdeki mahalle Ermenilerin toplandığı bir muhittir.

– İlk kurşunu ben atacağım. Bu hareket, takviye kuvvetlerine gel demektir...

Cephane depo edilen evin içinden, bir Ermeni genci çıkıp kuşkulu bakışlarla etrafı gözden geçirdi... Hemen arkasından, yürümeye başladı...

Mülâzımın gür sesi, bayatlamış sükûneti bozuyordu...

– Olduğun yerde dur. Bir adım daha atarsan, yersin kurşunu...

Ermeni genç, neye uğradığını bilememişti... Olduğu yerde çivilenmiş gibi durup, ellerini yukarı kaldırdı... Titriyordu. Yüzünü sesin geldiği tarafa çevirip, ürpererek baktı... Mülâzım Sadık:

– Yürü, diye bağırdı. Bu tarafa gel...

Ermeni genç, Mülâzımın emrine uyup, korkak adımlarla yürümeye başlamıştı...

Mülâzım:

– Kahpe dölleri, diye homurdandı.

Müfreze tam siper elleri tetikte kendilerine yaklaşan genci beklerken, cephaneliğin içi çoktan karışmıştı.

Evde bulunan beş çeteci, yerlerinden fırlayıp, silahlarına sarıldı. Eller havada giden arkadaşlarına, hayretle bakıyorlardı.

Evin, siperden yana olan penceresinden, dört silah namlusu uzandı. Bir tanesi, evin giriş kapısını tutuyordu... Beklemedikleri bir şaşkınlıkla başbaşa kalmışlardı... Paniğe kapılan parmaklar, tetiğin üzerine çoktan oturmuştu... Kapıda nöbet tutan arkadaşları hariç, pencereden uzanan dört namlu ateş kusmuştu... Ermeni gencini teslime götüren adımlar, vazifesini yapmadan tükenmişti...

Bir nefeste olduğu yere cansız olarak serilip kalmıştı...

Mülâzım Sadık, öfkesinden dişlerini sıkıp, çetecilere yüksek bir sesle hitap etti:

– Etrafınız sarıldı. Hiçbir yere kımıldayamazsınız. Teslim olun.

İçeriden sert bir karşılık geliyordu:

– Çekilip gidin buradan, sizin yaptığınız haneye tecavüzdür.

Mülâzım Sadık Bey öfke doluydu. Ortalığı yırtarcasına haykırdı:

– Siz de iyi bilirsiniz ki, bizler tecavüzden hoşlanmayız. Aradığımız şeyler yoksa, çeker gideriz.

Kızgın bir ses, hava boşluğunda dalgalandı durdu:

– Hayır, bu eve ancak cenazeleriniz girebilir.

Mülâzım Sadık hiddetinden mosmor olmuştu.

– Biz sağ olarak girmesini çok iyi biliriz. Elinizden gelirse sokmayın, diye karşılık verdi.

Müfrezeyi birer birer gözden geçirdi.

– Onları bir müddet oyalamaya bakın. Etrafınızın Ermeni mahallesi olduğunu unutmadan çarpışacaksınız. Anlıyor musunuz? Unutmayın.

Heyecan yüklü bir ses, uzun zamandır sabırsızlıkla beklenen emri verdi:

– Ateeeeeş!...

Bir anda evin etrafı cehennem kazanı gibi kaynamaya başlamıştı.

Uykuyu en tatlı yerinden bölen sakinler, pencerelerinden daralan nefeslerle bakıp bakıp perdelerin arkasına saklanıyorlardı. Az sonra minarelerden yükselen Ezân-ı Muhammediye sedâları, silah seslerine katkıda bulundu.

Müfrezenin bir kısmı evin arka kapısından yana sızıp ateş ederken, geri kalanı da pencerelerden cehennem kusan kurşun seslerine karşılık vermeye başlamıştı.

Mülâzım Sadık Bey, telâşlı telâşlı etrafına baktı. Salih onbaşı bir anda sırra kadem basmıştı...

– Salih Onbaşı, diye kekeledi.

İşte tam o sırada, pusudaki arka duvardan yana bir gölgenin savuştuğunu gördü.

Salih Onbaşı, kaşla göz arasında, ateş püskүren evin kimsesiz tarafına sızmayı ustaca başarmıştı.

Duvarın dibine sokulup, etrafını iyice kontrol etti. Semtin Ermeni evlerine bakıp, acı acı gülümsedi:

– Korkak herifler, diye söylendi.

Bütün pencerelerin perdeleri bir anda kapatılmıştı. Dibinde siper aldığı duvarın, üst kısmını seyrediyordu... Alçak bir pencere işine yarayabilirdi... Tedbirli bir şekilde doğrulup, pencereyi kontrol etti.

Kanadın bir tanesi sonuna kadar açılmıştı...

– Kaçabilmeleri için ayrılmış olmalı, diye düşündü...

İçeriye baktı. Boş bir oda, odanın daha ilerisinde kalan yarı açık kapıya ısrarla bakıyordu. Kapının aralık yapan boşluğundan baktı. Bir namlu ucu boşlukta yarım daire çizerek görüntüden çekilince az da olsa rahatladı...

Silahını sırtına asıp, ustalıklı bir şekilde sıçradı. Korkusu yoktu... Kurşun sesleri onun çıtırtısını meydana vermeyecek kadar şiddetliydi.

Nitekim öyle de oldu. Yavaşça pencereden içeriye sarkıp, pür dikkat silahına sarıldı. Öfkesinden çatlayacak hâle gelmişti.

– Namussuzlar, diye homurdandı ve yemek yediği çanağa pisleyen zavallılar, diye bitirdi.

Silah sesleri kulakların zarlarını zonklatırken, Salih Onbaşı kapının aralığından ateş eden zorbalara kızgın bakışlar gönderiyordu... Kapının önündeki nöbetçiyi aralıktan tepeden tırnağa süzerken, karar anında olduğu besbelliydi.

Hepsini bir anda kurşunlasa mı, yoksa diri diri esir alıp kumandanına mı götürseydi... Kısa bir devre düşündükten sonra, meseleyi karara bağlamıştı.

– Diri diri götürmeliyim, dedi. Ola ki lâzım olurlar. Kanun önünde cezalandırılıp, ibret alırlar... Ekmek yedikleri çanağı hatırlayıp utanırlar da, ıslâh-ı nefs olurlar...

İşte bu noktadan hareket etmeye karar vermişti.

Siperdeki müfrezeye takviye birliğimiz yaklaşmak üzereydi. Manzara çetecilerin hiç de hoşuna gitmemişti. Suratlarında acı ile korkunun dekorlar çizdiği bir anda birbirlerinin yüzlerine umutsuzluk pırıltıları ile bakıyorlardı. Tetiğin üzerindeki parmaklar titrek, suratları oluk oluk akan ter yığınlarının buharlaştığı tencereyi andırıyordu. İçlerinde bir tanesi:

– Mahvolduk, dedi.

Bir başkası:

– Bırakın telaşeyi de, kurtuluş çareleri arayalım.

Başka birisi:

– Kaçalım, diyordu. Arka taraf selâmet.

En yaşlıları hiçbir teklife razı olmamıştı:

– Hayır, diye kızdı. Bunların hiç birisi de kurtuluş olmaz. Her birimiz arkamızdan keklik gibi teker teker avlanırız.

Sakalları iyice uzamış bir delikanlı homurdandı:

– Burada bekleyip geberelim mi?

Dökük saçlı, sarkık bıyıklı bir adam fikirlerini açıkladı:

– Bana kalırsa ölünceye kadar çarpışalım. Geride kalan kim olursa cephaneliği ateşlesin...

Bu sözler umutları temelinden sarsarken, söz sahibinin bile suratındaki kanlar çekilmişti. Kapının aralığından hayal meyâl gözüken bekçi, yorgun bir hareketle yanlarına yaklaşıp lâfa karıştı:

– En doğrusu hiç direnmeden teslim olmalı, dedi. Nasıl olsa bize bu cephaneleri temin eden konsolosluklar bizleri de kurtaracaklardır. Aptalca kurşunlara hedef olmak sebepsiz.

Az önce teslim olmaya giden arkadaşını vuran adam, kararsızdı:

– Linç ederler, diye öfkelendi.

İhtiyar Ermeni acı acı güldü:

– Müslümanlar, aman dileyene el kaldırmazlar...

Orta yaşlı adam suratını astı, kaşlarını çattı ve amansız bir ateş yağmuruna aralıksız olarak devam etti... Anlaşılan reisleri oluyordu... Hiç kimseden itiraz sesi duyulmamıştı. Herkes peş peşe tetiklere dokundu, dokundu...

Salih Onbaşı daha fazla dayanamamıştı. Kapı ve pencere önlerini dikkatlice göz altına aldıktan sonra, odanın içi dolusu haykırdı:

– Bırakın elinizdeki silahları...

Sanki, Ermenilerin ödü kesilmişti. Aynı sesin odanın içinde şimşeklenmesi, herkesi hayrete düşürmüştü.

– Kıpırdamayın kurşunlarım. Silahlarımızı bırakıp, ellerinizi yukarı kaldırın.

Silahlar ellerinden birer birer yere dökülmüştü... Salih Onbaşı kızgın bir sesle bağırdı:

– Şimdi uslu uslu kapıdan yana yürüyün.

Beş Ermeninin korku dolu gözleri birbirini tetkîk ederken, titreyen adımlarla kapıya doğru yaklaştılar.

Nedense kendilerini dışarıya çıkartacak yolun bir türlü tükenmesini istemiyorlardı. Orta yaşlı, dökük saçlı çeteci, göz altından arkasına baktı.

Bu bakış kimbilir nereden kimin beklenişi oluyordu... Ne var ki Salih Onbaşı yüksek bir heyecanın verdiği taşkınlıkla, bunu düşünememişti.

İsteksiz atılan adımların Salih Onbaşı'ya, az da olsa bir şeyler anlatması gerekirdi. Ne yazık ki yüreği heyecan dolu Onbaşı, çetecileri teslim almaktan başka hiçbir şey düşünmemişti.

Şu anda, önündeki zorbaları kumandanına götürmenin sevincini yudumluyordu.. Duraklayan adımların sahiplerine sert bir emir verdi:

– Yürüyün!

Çeteciler kısa birer adım daha atmışlardı. Odanın ortasındaki mazgalın kalkışı, kin dolu bir adamın Onbaşı'nın arkasından bakışı, doğrusu görülmeye değerdi. Silahını ustalıkla hedefine çevirip, tetiğe istekli bir şekilde dokunmuştu...

Salih Onbaşı, beklemediği bir anda sarsılır gibi oldu. İki bacağının üzerinde yay gibi gerilip, yıldırım gibi arkasına çevrildi... İşte ikinci kurşunu bir anda yemişti... Hiç kimsenin beklemediği bir hal oluyordu. Salih Onbaşı, siperdeki Ermeni'yi şah damarından vurmuştu... Kızgın bir hareketle arkasına dönüp, önündekilere bağırdı:

– Yürüyün diyorum... Kahpe dölleri...

Siperdeki Ermeni cansız olarak yere serilmişti... Bu hal artık çetecilerin ümitlerinin bitişi oluyordu. Elleri havada, yaralı Onbaşı'nın önünden dışarıya çıkıyorlardı...

Salih Onbaşı'nın suratından dökülen sıkıntı terleri yüzünde acı değil, sevinç izleri bırakıyordu... Gamze gamze, benek benek...

Kumandanını görmüştü... Arkadaşları, elleri tetikte kendisine doğru koşuyorlardı...

Ne yazık ki, bacakları Salih Onbaşı'yı daha fazla taşıyamayacaktı... Tüfeğinin kabzasını yere dayayıp, namluyu sıkı sıkı kavradı. Ayakta durabilmek için Allah'a yalvarıyordu...

Müfrezeler çetecileri kıskıvrak yakalayıp götürürlerken, Mülâzım Sadık, dört arkadaşı ile birlikte Salih Onbaşı'nın etrafını sarmıştı.

Yakalanan Ermeniler giderken, mütemadiyen arkalarına dönüp, Salih Onbaşı'ya bakıyorlardı. O, bu meraklı bakışların farkına çoktan varmıştı. Tüfeğine sıkı sıkı sarılıp, yaslandı, ayakta durabilmek için dişlerini sıktı... Kumandanı, şefkat dolu bir bûseyi Salih Onbaşı'nın alnına kondururken, Onbaşı, kendisine hain hain bakanlara güçlükle haykırdı:

– Boş yere dönüp arkanıza bakmayın. Hain kurşununun beni diz çöktürdüğünü göremeyeceksiniz.

Dişleri sıkarak güç kazanmak istiyordu. Mülâzım Sadık Bey, Onbaşı'nın alnında boncuklaşan terlerini silerken, hassas bir sesle hitap etti:

– Aslanım benim.

Kumandanına karşılık olarak, duygulu bir hitap hâlâ hatır soruyordu.

– Kumandanım, bana kızmadın ya...

Mülâzım Sadık Bey'in gözleri dolu doluydu...

– Hayır, der gibi kafasını salladı.

Onbaşı daha fazla direnemeyeceğini çoktan anlamıştı.

– Kumandanım, diye fısıldadı. Bana destek olsana. Zorbalar düştüğümü görmemeli... Başı döndü, gözleri karardı... Mülâzım Sadık ve silah arkadaşlarından bir nefer, kollarından tutup kendisine destek olurlarken, Salih Onbaşı belki de son sözlerini harcamaya çabalıyordu:

– Kumandanım, sakın o hain sürüsü uzaklaşıncaya kadar, ölsem bile beni yere bırakmayın olmaz mı? Hem dimdik durmak istiyorum, dimdik...

Müfrezenin bir kısmı çetecileri gözden uzaklaştırırken, geride kalanlar cephaneliği kontrol altına alıyorlardı.

Salih Onbaşı, götürülen çetecilerin arkasından garip bir hissiyatla baktı, baktı, baktı... Feri kaçan gözlerini ufuklara çevirip baktı. Derin bir nefesle içini çekiyordu:

– Bak, bak Kumandanım, görüyor musun? Güneş doğuyor işte... Tıpkı dediğim gibi değil mi? İnançsızların ve dinsizlerin üzerine de doğuyor... Ilgıt ılgıt akan şehit kanlarının üzerine de... Bak doğuyor işte Kumandanım. Şu anda sılada hasret odu ile yananların, yetim fidanların üzerine... Boynu bükük yetimlerin üzerine de doğuyor... Yavuklusunu bekleyen gelinlerin, evlâdını bekleyen anaların üzerine de... Doğuyor işte... Kumandanım bak...

Salih Onbaşı'nın gözlerindeki fersiz ışıklar, son sözleri ile birlikte sönmüştü... Mülâzım Sadık, ağlamamak için çabalasa da başaramıyordu. Dudaklarını dişlerinin arasına sıkıştırıp çiğnedi... Dolan gözlerinde acı dolu yaşlar incileşmişti... Salih Onbaşı'yı arkadaşları güçlükle ayakta durdurmaya çalışıyorlardı. Bu onun son vasiyeti olmuştu. Hain kurşunu, ona diz çöktürmeyecekti... Mülâzım Sadık gözden ıraklaşan hainlerin arkasından nefret yüklü bir kelimeyi heceledi:

– Sen rahat uyu Onbaşı, intikamın alınacaktır...

❁

Salih Onbaşı, coşkun bir törenle toprağa verilmişti. Vatanı, namusu uğruna şehid olan bu vatan evlâdı, bundan sonra, bütün Erzurumluların ve ulusunun gönlünde yaşayacaktı...

Mülâzım Sadık üzgündü... En yakın silah arkadaşını kaybetmişti. Salih Onbaşı'nın son sözleri kulaklarında çınladıkça, yüreğinin kanamaması elinde değildi... İşte yine onun adı anılıyordu... Son ve en acıklı görevini yerine getirecekti... Künyesini yazıyordu... Buna halk dilinde (Karalaması) da denilirdi. Parmakları titrerken, kalem güçlükle oynadı.

Siperdeki bütün konuşmaları beyin şeridinde tekrarlanırken, kalem insafsızca kâğıdın üzerine takılıp kaldı. Kâbus dolu bir uykudan uyanır gibi sıçramıştı. Önündeki kâğıda ve üzerindeki satırlara bakıp kaldı:

İli, İlçesi, Köyü, yazabilmişti. Devam etti...

Şerefli Müslüman Türk ailesine, diyordu... Oğlunuz Salih Onbaşı bir müsademe sonunda Hakk'ın rahmetine kavuşup, şehid mertebesine ulaşmıştır. Allah'tan geride kalanlarınıza sağlık diler, acılarınızı paylaşırız...

Mülâzım SADIK

Olay Ermeni camiasında panik doğurmuştu. Başarısızlığı bir türlü kabul edemiyorlardı... Birbirlerini suçlamalar çoğalırken, gizli faaliyetleri yürütenler, akın akın konsolosların kapılarını aşındırmayı ihmal etmiyordu...

Sanki, Ermenileri kışkırtanlar, onlar değillerdi. Artık orta yerde yardımcı yok gibiydi. Kafkasya'dan Doğubeyazıt yoluyla, bu memlekete cephane sokulmasını sağlayanlar ölmüştü. Faaliyetlere adları karışan komiteciler, yurt dışına kaçabilmeleri için konsolosluklara sığınırlarken, yakayı ele veren çetecilerin kurtarılmasını da talep ediyorlardı...

Ne var ki, çalınan kapıların hepsi insafsızca yüzlerine kapatılıyordu.

Kovuldular, kovuldular ama, yine de o utanmayı beceremeyen suratları, ihanet dizilerine başka başka ihanetler eklemekten bir türlü imtina etmiyordu...

Bu akılsız davranışlara acımak lâzımdır... Böyle şuursuzca bir aptallığa gülmek...

Vatanlarını kime vermişlerdi de vatan istiyorlardı bunlar?.

Bu toprakların öz sahiplerinden daha çok imtiyaz sahibi olanlar, hürriyetlerini kime kaptırmışlar ki, özgürlük savaşı verdiklerini haykırıp, dünya milletlerinden yardım talebinde bulunuyorlardı...

Adalet

Mülâzım Sadık'ın işi bitmemişti... Yoğun çalışmaların sonunda, olayla ilgili yedi kişi daha yakalayıp, adalete teslim etti.

Son yapılan müsademede, direnen iki Ermeni çetecisi hayatlarını kaybedince, Mülâzım Sadık ismi, bozguncular camiasında nefretle anılmaya başlanmıştı. Son günler, Mülâzım'ın ismine bir isim daha ekliyordu:

Kadı Esat Efendi.

Adalet, İslâm'ın ve İslâm'ın şuuruna ermiş Türklerin temel taşıdır. Dünyada herşey yıkılabilir. Ancak adalet hiçbir zaman îmanlı kafalardan yıkılamamıştır...

Son günlerde Komitelerin telâşesi oldukça büyüktü.. Yakayı ele verenlerin, hafif cezalarla kurtulabilmeleri için, Kadı Esat Efendi'ye tehditler yağdırmaya başlamışlardı. Neden sonra mahkeme günü gelip çattı. Sanıkları Kadı'nın huzuruna bizzat Mülâzım Sadık Bey çıkartıyordu. Bugün, Erzurum halkı heyecanlı... Bugün Ermeni komitelerinin kulakları seste... Bugün Erzurum'da bir başka hava, bir başka gün...

Kadılık konağının önü Mülâzım Sadık tarafından kontrol altına alındı. Muhafız bölüğünün elleri tetikte. Daha doğrusu beklenmedik bir kıpırdanış için asker hazır durumda idi...

Ne var ki kulakları seste olan Komiteler, aradığını bulamamıştı. Adalet bir kere daha, İslâm anlayışına göre tecellî ediyordu...

Komiteci tutuklular yirmibeşer ve onbeşer yıl arasında hapis cezasına mahkûm edilmişlerdi... Oysa bu suç, hainleri idam sehpasına götürecek kadar affedilmezdi... Lâkin o adalet makamını işgal geden zatın, hisleri ile değil, inanç ve tertemiz vicdanı ile verdiği karar protesto edilmişti...

Artık, ağızlarda iki isim sakız gibi çiğneniyor, kinleri hergün biraz daha artıyor, artıyordu...

– Mülâzım Sadık...

– Kadı Esat Efendi...

– Aaaaaah... Çarmıha gerilesiler.

Bitmeyen Takip

Mülâzım Sadık, günlerdir gölge gibi izlenmekteydi. Komitacılar onu adım adım takip ediyordu. Her an arkasından kahpece hançerleyebilmenin fırsatını arıyorlardı.

Mülâzım Sadık, peşine takılan insanlardan habersizdi. Ancak, tedbirli bir insandı... Peşinden ayrılmayanlardan haberdar olmasa bile, olabilecek her şeyi düşüncelerin arkasına terketmiyordu...

❁

Bugün Erzurum'un semaları bulutlu... İnce ince yağan yağmurlar, tozları çamurlaştırmış, parke taşların döşediği yollar, ıslak ıslaktı.

Mülâzım Sadık, vazifeye çıkmak için hazırlanıyordu... Üç yaşlarında bulunan ikiz çocuklarını birer birer okşayıp, öptü... Onları doya doya sevdikten sonra, hanımına dönüp:

– Allahaısmarladık, dedi.

Eşi onu her gün olduğu gibi, yine dualarla birlikte yola kattı. Uzaklaşıncaya kadar arkasından bakıp, yaradana havale etti...

– Evimin erkeğini, sen koru Allah'ım...

Mülâzım Sadık, belki de hanesinden yüz metre bile uzaklaşmamıştı... Arkasından ürkek ürkek gelen bir çift ayak sesini duyup irkildi. Kuşkulanmıştı. Buna rağmen bozuntuya vermedi. Arkasından ses dinleyerek yürüdü.

Az sonra, her gün gelip geçtiği güzergâhı değiştirip, dar bir sokağa saptı. Yavaşladı ve dinledi. Her şeyden habersizcesine arkasına bakıp, peşindeki adamı tanımaya çalıştı...

Uzun boylu, esmer, kıvırcık saçlı, daha otuzlarında bir adamdı...

Uzun, kıvırcık saçları tarak görmemişcesine dağınık, kıyafeti perişandı...

Aldığı kesin emirle hareket ettiği, tavırlarından kolayca anlaşılıyordu... Mülâzım Sadık, tenha bir sokağa daha döndü... Biraz ileride ahşap bir evin duldasına saklanıp, siper aldı... Tabancasını çıkartıp, parmağını tetiğe yaklaştırdı...

Korkak takipçisinin gözleri yuvalarından fırlayacak gibiydi. Islak yolları nefes nefese adımlıyor, vücuduna ağırlık veren kafasını zorla, sağa ve sola oynatmaya çalışıyordu. Aynı yolları adımlayıp, Mülâzım Sadık'ı aradı... Yoktu. Tereddüt dolu adımlar, ıslak taşların üzerinden kayar gibi yürüdü. Ahşap bir binanın köşesinden kafasını uzatıp bakmak istemişti... Korkulu kafalar, düşünebilmek yeteneğinden mahrum olurdu.. Komitacı da aynı hastalıktan muzdarip... Yakasına çelikten bir bileğin asılışı onu tüketmişti... Titredi, sarardı, daha sorup sual etmeden bülbül gibi ötmeye başladı...

– Beni zorla gönderdiler, diye sızlandı...

Mülâzım Sadık, acı acı gülmekten kendini alamamıştı. Tabancasız elini komitacının elbisesinde gezdirip, silahını ve koltuğunun altında asılı, ucu zehirli kamayı çıkardı. Gözleri tabancanın üzerinde ısrar etmişti:

– İngiliz yapısı, diye mırıldandı...

Etrafını dikkatle gözden geçirdikten sonra, komitacıya:

– Yürü, dedi... Akıllı akıllı gidersen, canını kurtarırsın. Arkalı önlü, sakin sakin yürüyerek karakola gelmişlerdi... Mülâzım Sadık komitacıyı sorguya çekerken, Ermeni, korkudan ölecekmiş gibi titredi:

– Adın ne?

– Lato.

– Hangi komitanın mensûbusun?

– Taşnaktısuyu.

– Beni neden öldürmek istiyorsun?

– Öyle emir aldım.

– Kimden?

– Biz emir verenleri tanımayız.

– Yalan söylüyorsun.

– Tanımayız dedim.

– İnsan tanımadığı başa hizmet eder mi hiç?

– Tanınırsa başsız kalabiliriz.

– Umarım öyledir.

Ancak aptal insanlar tanımadıkları liderlerin emirlerine itaat ederler.

Delikanlı somurtkan kafasını önüne yıkıp, düşündü...

– Diyelim ki, beni öldürmeyi başardın. Soydaşların bundan ne kazanacaklardı...

– Çok şey.

– Anlatsana.

– İleri atılanlar canlarını kaybederlerse, işlerimiz kolaylaşacaktı...

– Bence bu hareketinizi daha da zorlaştırır.

– Ben de kolaylaştıracağını söyledim.

– Nasıl?

– Can çok tatlı bir şeydir Kumandan. Başlar birer birer gitmeye başlayınca...

Mülâzım alaylı alaylı güldü:

– Geride kalanlar daha güçlü başlar olmaya çalışırlar...

– Senin bildiğin gibi değil. Güdülen sürünün çobanı ölürse, sürü dağılır... Geriden gelen çoban, ancak bulduğunu önüne katabilir.

– Benden başka sırada kimler var?

– Beni öldürmezseniz, size daha çok şey söyleyebilirim.

– Bundan emin olabilirsin.

– Şey... Erzurum Kadısı Esat Bey... Muallim Naci ve Mehmet Ağa... Daha adını bilmediğim bir sürü insanın listesi...

– Ben ve Esat bey malûm... Anlamadığım tek şey, Muallim Naci ve Mehmet Ağa'nın listede oluşu...

– Muallim Naci fikren, Mehmet Ağa mülkü ile topluluğa faydalı gözüküyormuş.

Mülâzım Sadık elini çenesine destek yaparak düşündü...

– Korkunç bir faaliyet, diye mırıldandı... Desene Osmanlı, koynunda yılan besler...

Veda

Mülâzım Sadık, durumdan Kadı Efendi'yi, Muallim Naci'yi, Mehmet Ağa'yı ve aynı durumda keşfettiği insanları haberdar etmişti...

Vakitli vakitsiz dolaşmamalarını ve tedbirli bulunmalarını istedi... Evet, bu insanlar ve benzerleri, kendi vatanlarında korkulu ve yarınlarından güvensiz yaşamaya alışacaklardı... Hürriyet verdikleri insanlar, hürriyetlerini onlara çok görmüşlerdi...

Mülâzım Sadık, listedeki isimlerden bahsederken, kendisinden bahsetmiyordu... Doğrusu yakışık almazdı da...

– Mülâzım Sadık korktu, denilebilirdi... Bu sözleri kimseye harcatmak fırsatını vermeyecekti.

Günler, hattâ haftalar böyle tükenip geçti. O, kendisinden ziyade, arkadaşlarının hayatından endîşe duymaya başlamıştı. Kahpe bir tecavüzün kurbanları olabilirlerdi... Mülâzım Sadık hep böyle bir haberi yüreğinin başında duyarak yaşarken, Erzurum'un güvenlik tedbirleri arttırıldı...

Komitacılar, son yenilgileri hazmedemiyorlardı. Kim bir ihanet plânı hazırlamışsa, anında basıldı, hain yakalanıp adaletin pençesine teslim edildi.

Mülâzım Sadık'ın başarı dizileri, komitacıları çileden çıkarmıştı. Zaptiye Kumandanı Eşref Bey, Mülâzım Sadık'ı odasına çağırıp tebrik etti.

– Bu millet senin gibi evlâtları ile övünmekte haklıdır...

Eğilip alnından öptü... Mülâzım Sadık, kumandanı saygı ile selâmlamıştı.

– Kumandanım, ben sadece üzerine düşen vazifemi yaptım. Gerekirse vatanım için canımı bile vermekten zevk duyarım.

Kumandan toplandı ve vakarla Mülâzım'a cevap verdi.

– Bu milletin cesareti önünde, tarihler bile saygı ile eğilmiştir. Onun için şüphem yoktur Mülâzım Bey. Sana nöbet mahallinin değiştiğini bildirmek istemiştim. Sivas iline, diye mırıldandı.

Mülâzım üzgündü... Yorgun bir hareketle selâm verip, suskun suskun geri çevrilmişti.

Eşref Bey unuttuğu bir şeyi hatırlamış gibi telâşlandı:

– Sâdık Bey, diye seslenip, Mülâzım'ı yolundan çevirdi.

– Buyurun Kumandanım. Bir emriniz mi vardı?

– Şey, emir değil evlâdım, sadece bir ricadır... Bu günlerde adın dillerde fazla dolaşır oldu. Biraz dikkatli olmanı hatırlatmak istemiştim.

– Endîşenizi anlıyorum Kumandanım. Tedbirlerin arkasından kader gelir. Ona da rıza göstermek lâzım...

– Güle güle Mülâzım Bey... Allah'a emanet ol...

– Sağolun Kumandanım. Siz de Allah'a emanet olunuz.

Üzülmüştü. Selâm verdi:

– Allahaısmarladık Kumandanım, dedi. Giderken yanınıza uğramak üzere...

– Güle güle Mülâzım. Beklerim.

Subay erkânından olana fazla eşya gerekmezdi. Onlar göçmen kuşlardan farksız olurlardı. Mülâzım Sadık da öyle...

Zaptiye Nezâreti'nden bir manga asker gelmişti... Yataklar, yaygılar ve divanlar bir nefeste balyalaştı... Kap kacak her şey sandıklara yerleştirildi. Bir araba, bir de faytondan başka, şimdilik her şey tamamdı. Zaptiye Kumandanı Eşref Bey de bu vazifeyi bizzat kendisi halletmişti.

Erzurum'un namı değer arabacılardan Nalbant Hüsnü'yü ve faytoncu olarak da Mümtaz Dayı'yı kiralamıştı.

Arabacılar kapının önünde durunca, Mülâzım Sadık şaşırıp kaldı. Eşyaların başında bekleyen erlere baktı. Hiç kimsenin bir şeyden haberi yoktu. Merdivenlerden ikişer üçer inip, dışarı fırladı. Merak dolu bir ses arabacılara hitap ediyordu:

– Birisini mi aradınız?

Arabaların ikisi de yanyana durmuşlardı. Mülâzım'ın sorusunu faytoncu cevapladı:

– Sadık Bey'i.

– Sadık benim.

– Bizi Zaptiye Nazırı Eşref Bey gönderdi.

– Eşref Bey mi?

– Evet Mülâzım Bey. Tayin olduğunuz Sivas iline birlikte gideceğiz.

Sadık Bey'in gözleri dolu dolu olmuştu. Kafasını önüne eğip kaldı.

– Sevilmek ve nefretle anılmak, diye mırıldandı. Bu ikisi de bende mevcut...

Kafasını yavaşça yukarı kaldırıp, yol arkadaşlarına baktı...

– Şey... diye mırıldandı. Fiyat bakımından....

Arabacı Nalbant Hüsnü, Mülâzım'ın sözlerini boğazına tıkamıştı:

– Tamam Mülâzım Bey, yolluk borcunuzu Eşref Bey ödedi.

Mahcup bir eda ile arkasına dönüp, askerlere baktı:

– Yükleyin, diyordu.

Eşyaları boşaltılan odaya girmişti. Eşini ve çocuklarını, tahta bir sedirin üzerinde oturuyor görünce, yanlarına sokulup, öksürdü... Bu hal pencereden yüklenen eşyaları seyreden efrada geldiğini hatırlatmak için oluyordu.

Eşi Aynur Hanım, Mülâzım'ın geldiğini görünce, doğrulup ayağa kalktı. Sadık Bey kısa bir an dışarıdaki manzarayı seyrettikten sonra, camı açıp kafasını dışarıya sarkıttı. Onbaşı Mustafa'yı çağırıyordu:

– Mustafa Onbaşı...

Mustafa, kumandanının sesini duyar duymaz koşup yanına geldi.

– Buyur komutanım.

Kapının ağzına yaklaşıp, eşikte bekleyen Onbaşı'ya hitap etti:

– Mustafa, karşımızdaki lokantaya varıp benden selâm söyle. Bize onbir kişilik yemek göndersin. Sizlerle son defa bir ayrılık yemeği yiyelim.

– Emredersin kumandanım.

Onbaşı emri alır almaz koşup gitti... Mülâzım, Aynur Hanım'la göz göze gelmişti. Mahcuptu, mahzundu, hassastı... Belki de dokunan olsa kendisini tutamayıp ağlardı...

Aynur Hanım, bu ezilişe hiçbir mânâ veremiyordu. Ta yüreğinin başından sökülen bir ses, dudaklarından içli içli döküldü:

– Sadık Bey.

Genç Mülâzım, karısının suratına bakarken yaralı bir aslanı andırıyordu...

Kafeslere kilitlenmiş, çaresiz bir aslanı...

– Söyle, diye mırıldandı.

Çocuklara bakıyordu. İkisini birden kucağına alıp, müsüfa denilen tahta sedirin üzerine oturdu... İkizleri bağrına bastırırken, bir yandan da eşinin mahmurlaşan gözlerine bakıyordu:

– Söylesene, diye tekrarladı.

Aynur:

– Üzgünsün, diye acındı. Seni en zor günlerinde bile böyle görmemiştim.

– Ne yazık ki öyle. İçime takılan bir vahşî pençe, sanki ciğerimi sökmek istiyor.

– Seni bu kadar üzen şey buradan gidişimiz mi?

– Bundan daha büyük bir sebep de olamazdı.

– Terfî aldın; sevinmen lâzım gelirken, üzülüyorsun.

– Bir insanın, içinde bulunduğu durumu en iyi anlayan yine kendisidir.

İkizler, üzgün babanın boynuna sarılmışlar, yanaklarını öpüyorlardı.

Eşi suçlu bir ıstırap içinde kıvranıyordu. Hassas bir sesle sordu:

– Anlat, dedi. Seni noksan olarak tanımak istemem. Hem üzüntülerini bölüşmeliyim. Tıpkı, sevinçlerini paylaştığım gibi.

– Belki de haklısın, diye mırıldandı. Her şey bir yana ayrılık çok zormuş, vedalaşacağın kişiler ölüme birlikte gittiğin arkadaşların olursa tabii daha zor.

En çekilmez olanı da nedir bilir misin? Bu toprakların üzerinde yaşayan bir sürü hainin müjdesi olacak. Diyecekler ki: Mülâzım Sadık kaçtı. Ölümden korkup da kaçtı... Bilir misin Aynur? Bu sözler bir millet evlâdına zehirli hançerden daha acı gelir.

– Sen kaçmıyorsun ki. Vazifenin birisini bitirdin, diğerini teslîm almak için gidiyorsun.

– İşin aslı senin düşündüğün gibi olmasına rağmen, dış görünüşü bambaşka.

Konuşmaları Onbaşı'nın ayak sesleri ile son buluyordu. Mülâzım Sadık çocukları kucağından bırakıp, kapıdan yana yürüdü. Açtı. Onbaşı ile gözgöze gelmişti. Bir tepsinin içinde üç kişilik yemekle bekliyordu. Tepsiyi Onbaşı'nın elinden alıp, eşine uzattı:

– Ben, dedi. Arkadaşlarımla birlikte yiyeceğim. Ayrılık yemeği bu...

Salona, tahta döşemelerin üzerine oturmuşlardı. Silah arkadaşları ile birlikte veda yemeği yiyeceklerdi... Lokmalar boğazlara tıkanıp, tıkanıp kalıyordu... Belki üçer, belki de beşer lokma güçlükle yutabildiler. Herkes doymuştu sanki. Ya da öyle görünmeye çabalıyorlardı.

Mülâzım Sadık, iç odaya girip eşine hitab etti:

– Artık ayrılık vakti gelip çattı. Sen burada çocuklarla birlikte bekle, ben de gidip, Kumandanım ve orada bulunan arkadaşlarımla vedalaşıp helâllaşayım. Tuz, ekmek yedik. Belki üzerimde hakkı olanlar vardır...

– Başüstüne efendim. Siz güle güle gidip geliniz. Biz ikizlerle birlikte dönüşünüzü bekliyoruz.

İşte evden böyle ayrılmıştı. Arabacılar eşyaların yanında beklerken, Sadık Bey arkadaşları ile birlikte Zaptiye Nezaretine döndü...

İlk işi Kumandanın yanına çıkmak olmuştu. Yerindeydi. Kapıyı vurup destur istedi.

– Gir.

Çelik çubuk gibi, odanın ortasında dikilip selâm durdu:

– Kumandanım, izniniz olursa Erzurum'dan ayrılmak üzereyim. Vedalaşmaya geldim.

Eşref Bey, tokalaşmak için elini uzatmıştı. Mülâzım Sadık nezaketle önüne uzatılan eli öptü... Eşref Bey uzanıp, Mülâzım'ın alnına bûse kondurdu.

Tıpkı, babanın oğlunu uğurlayışı gibi bir sahne yaşanıyordu.

Eşref Bey:

– Üzülme, diyordu. Vazifenin bittiği yerde, yine vazife başlar. Gittiğin yerde de vazifeler seni bekliyor.

Mülâzım Sadık, zoraki bir tebessümün arkasından:

– Haklısınız Kumandanım, dedi. Allahaısmarladık. Hakkınızı helâl edin.

– Helâl olsun evlâdım. Acı tatlı günler geçirdik. Sen de hakkını helâl et.

– Helâl olsun Kumandanım.

Dışarı çıkıp, diğer arkadaşları ile birer birer sarılıp vedalaştı...

Artık gidiyordu. Keder dolu, efkâr dolu adımlarla... Geride kalanlara, garip bakışlar göndere göndere uzaklaştı...

Zaptiye Nezareti'nin önünde âdeta hasret yüklü bir rüzgâr esmeye başlamıştı... Havada yorgun yorgun sallanan ellerin, hazin rüzgârları... Mülâzım Sadık gözlerden kayboluncaya kadar esti, esti, esti...

Mülâzım, belki de hayatında ilk defâ bu kadar dalgın ve tedbirsizdi. Bu ayaklar, belki de bu sokakları ilk defa bu kadar oldum olası adımlayarak yürüyordu...

Bedenini tehdit eden bir yorgunluğun verdiği uyuşuklukla, etrafına bakmadan yürüyüp geçti...

Sessiz ve kimsesiz bir dünyada yaşıyor gibi, içe dönüktü. Duymuyor, dinlemiyor, hiçbir şeye aldırış etmiyordu...

İç âlemlerin gizliliği dış dünyaya kapalıdır..

– Ooof... çekti. Kim bilir neden, niçin ve niye?... Tabii zatına mahsustur. Bilinmez. Az önce boşalttıkları eve bağlanan yola, bu şekilde dönmüştü.

Ardından ayak sesleri gelmesine rağmen, Mülâzım Sadık, gerilerden duyulan, oylum oylum kulaklarının zarlarında çınlayan bu seslere aldırış etmiyordu... Sağından ve solundan yaklaşan iki adam, birbirlerine bakıp, işaretleşti... Bir tanesi Sadık Bey'i geçmek için hazırlanırken, geride kalanı elini koltuğunun altına götürdü.

Sadık Bey'in, o dalgın gözleri aniden parlar gibi olmuştu... İleriye geçen adama dikkatle bakıp süzdü... Önünde zebella gibi duran, yol vermeyen Ermeni'ye pür dikkat bakıp elini beline götürdüğünde, hatasını çok geç anlamışlığın ıstırabını yudumluyordu. Dudakları acı acı burkuldu, gözleri ıslandı ve birdenbire büyüdü...

– Aaaaaah... diye, acısını, cılız bir sesle dudaklarının arasından söküp attı...

İki omuzunu sıkıştırdı, daralttı. Sırtındaki hançer, kazık gibi çakılıp kalmıştı... Titreyen parmaklarını tabancasının kabzasına güçlükle kavuşturup, çıkardı. Dizlerinin üzerine çömelirken, önünden kaçan adama peşpeşe ateşledi... Adam, yolların ortasına cansız olarak serilirken, kamayı vuran, kaçmayı becermişti...

Mülâzım Sadık'ın elinden tabancası küt diye düşerken, gür sesli bir adam Erzurum'u inletircesine nâra attı:

– Duuuuuuuuuur!...

Çetecinin arkasından yetişememişti... Yıldırım gibi koşup, Mülâzım Sadık'ı kollarının arasına aldı...

Artık kendisini zor tutabiliyordu... Işıkları sönmek üzere olan gözler, üzerine kanat geren ellerin sahibini tanımıştı...

– Muallim Naci, diye mırıldandı... Muallim Naci.

Az önce dalgın dalgın atılan adımlar kendisini bekleyenlere gidecekti... Yürüdüğü patika yollar, eşyası boşalmış eve bağlanmak istiyordu.

Ne var ki, bunların hiç birisi de olmayacaktı. Önce, hain bir el hançere sarıldı, sonra kahpece sapladı. Tâ can evinden vurulmuştu. Dişlerini sıkarak acısını azaltmaya çabaladı. Güç kazanmıştı. Mücadele onun için daha bitmemişti. Karşılık verdi... Bir hain ense kökünden yediği kurşunla gebermişti. Sonra, Muallim Naci yetişti... O millet evlâdını arkasından hançerleyen kahpeye:

– Duuuuur!...

Kaçıyordu... Arkasına bile bakmadan, arkasına bile sahip çıkmadan kaçtı... Muallim Naci, âcil bir tercih yapıyordu... Kaçan katili mi yakalasa, yoksa Mülâzım Sadık'ın yanında mı kalsaydı? İkincisini tercîh etti. Zira kaçan adam ona hiç de yabancı bir sîma sayılmazdı...

– Sadık, diye sarıldı, sızlandı. Seni yolcu etmek için geliyordum. Sönmekte olan gözlerinin içine baktıkça, biraz daha eridi.

– Hastahaneye yetişmeliyiz, diye çabuklaştı.

Mülâzım Sadık, Muallim Naci'nin kolları arasından yere yığılırken:

– Çok geç, diye mırıldandı. Çook.

Suratında iri iri terler boncuklaştı. Bunların hepsi de sıkıntı terleri oluyordu...

Haber, kara haber, Erzurum'u şimşek gibi dolanmıştı... Halkın arasında ayaklanma hareketleri, çoktan başlamıştı bile...

Mülâzım Sadık'ın uzanıp kaldığı yer, mahşer gününden bir sahne gibiydi.

Kulağına gelen coşkun sesler acısını unutturmuş, gülümsüyordu. Az sonra yüzü gerginleşti ve acı dolu çizgiler halinde kırıştı. Muallim Naci hayretini gizlemeyip, başı dizinde yatan Mülâzım'a sordu:

– Sadık Bey.

Titreyen dudaklar yiv yiv derinleşen bir nefesin arasından fısıldadı:

– Söyle.

– Az önce tatlı tatlı gülümsedin, şimdi suratın acı çizgilerle doldu.

– Allah'ım beni şehidlik mertebesine ulaştırdığı için sevinmiştim.

– Ya üzüntüm?..

– Yaralı fidanlarımı hatırladım. Az önce bağrıma yaslanan yüzlerini, yanaklarıma kondurdukları bûseleri... ve, ve, ve... Belki de eşinden bahsedecekti... Kekeledi, kekeledi... Hislerini bir türlü açığa vuramıyordu.

Muallim Naci, acı bir sonun geldiğini fark etmiş gibiydi... Hassas bir sesle sordu:

– Sadık Bey, aziz kardeşim. Sakın çekinme. Bir diyeceğin varsa söylemeye çalış...

– Var ya.

– Söylesene...

– Önce şu sırtımdaki kahpe hançerini çekip al.

Muallim Naci, önce durakladı. Bir türlü eli varmıyordu.

Kısık bir ses, sızılı sızılı tekrarladı:

– Çek dedim ya.

Çekti. Sadık Bey ıstırabını içine akıtmıştı. Kama sırtından çıkınca, rahatlar gibi uzandı, gevşedi.

– Başka, başka bir diyeceğin var mı?

– Sakın unutma. Sırada, Esat Bey, sen ve Mehmet Ağa var.

– Onlar önemsiz. Bak göçmek üzeresin. Az sonra bizleri yaratanla beraber olacaksın. Geride bıraktığın fanî hayat için başka bir arzun var mı?

Kısık bir ses güçlükle hitap etti:

– Beni Erzurum'a defnedin... Cebimde bir şiir var, onu da mezar taşıma yazdırın. Onu bugünler için yazmıştım.

– Yaralı fidanlarımın ve annelerinin yolları uzadı... Artık Sivas'a değil, memleketim olan Tokat'a gidecekler... Kumandanıma söyle, bu görevi üzerine o alsın.

İkizlerin gözlerinden öp Muallim. Babanız de, babanız...

Acı acı figanlar Erzurum'un semalarında yükselirken, halkın coşkusu gittikçe geçilmez oluyordu:

– Artık yeter.

– Derslerini vermeliyiz...

– Bu vahşetin hesabını sormalıyız.

– Yürüyüün...

Muallim Naci, arkadaşını kollarından bırakmamıştı. Çok geçmeden Zaptiye Nezareti'ndeki efrad, hadise yerini sardı. Az evvel arkasında yorgun yorgun sallanan eller, şimdi çivileşmiş, tetiklerin üzerinde bekliyordu. Herkesin gözleri yaşlı, ıstırabı çekilmez gibiydi.

Aynur Hanım'ın gözleri yollarda kalmıştı. Mülazım yanlarından ayrılırken, fazla gecikmeyeceğini söylemişti. İkizleri kucağına oturtup; pencereden dışarılara, dalgın dalgın baktı... Hazır vaziyette bekliyordu... Siyah çarşafın üzerinden tülünü gözlerinin önüne yıkıp, seyrini sürdürdü...

Bilemezdi ki, o yollar kendisine neler getirecek...

Bilemezdi elbet. Neden sonra sokaklar dolusu insanlar gördü... Sanki Erzurum acil bir göçün hazırlığı içinde. Sanki Erzurum, mekan tuttuğu bu toprakları boşaltacakmış gibi koşuyor, coşuyor, naralar savuruyorlardı... Gürültülü, yaslı, figan dolu bir göç...

Aynur Hanım neye uğramıştı anlatılamaz. O heyecan kümeli gözle, o ağlamayı beceremeden titreyen dudakları kül rengine boyanan bir surat, yaşayan bir ölü doğurdu... Göz bebeklerinde adı bilinmeyen buğular çözülmeye başlamıştı... Duracakmış gibi atan kalbi, vücûdunda dikenleşen tüyleri, ayağının ucundan, saçlarının tellerine kadar sarsıntı geçiriyordu. İçinden, cevapsız ve meraklı sorular yükseldikçe eridi, eridi:

– Bu kapıya yaklaşan mahşerî kalabalık niye? Üniformalı subaylar, askerler. Zaptiye Kumandanı Eşref Bey... Ne oldu bunlara?

Yüzündeki nikabı kaldırınca, ıslak ıslak bakışları yolların ortasına perişan perişan döküldü... Yüreğinin başından sökülen bir feryad, alev alev büyüdü, büyüdü... Kimdi o eller üzerinde gelen yiğit?

Gittikçe yaklaşan konvoy, dumanlı bakışlara yardımcı oluyordu. Sızılı bir feryad oylum oylum yükseldikçe, gözleri yırtarcasına semalara tırmandı:

– Sadıııııık!...

İkizler korkusundan:

– Anneeee, diye çağrışmaya başlamışlardı. Açık kapıdan içeriye, beş kadın birden girdi...

✿

Güvenlik kuvvetleri asayişi sağlayabilmek için çabalarken, Eşref Bey halk tarafından kınanıyordu...

– Halkın önünü bırakması lazım...

– Yeter be kendi vatanımızda kahpece hançerlendiğimiz.

– Kısasa kısas gerekir...

– Eşref Bey zaptiyelerini çeksin. Biz işimizi kendimiz de hallederiz.

Eşref Bey, duyduğu sitem dolu haykırışlara, acı acı gülümsüyordu. Suratında vakitli vakitsiz batan her gamze, sînesine insafsızca saplana, saplana... İçinde buruk bir acının sancısını çeke çeke...

O günün gecesi, yüklenen arabalar... Tokat istikametine uzanan, yolları garip tıkırtılarla döverek geçti. Dönüşte Mülazım Sadık'ın erkek kardeşleri ve anası getirilecek, yaralı fidanlarla eşi, onlara teslim edilecekti.

Arabalar gitti... Sadık Bey eşyası boşaltılan evin çıplak döşemeleri üzerine yatırılmıştı. Ayyıldızlı, kan kırmızı bir bayrak, örtüsü olmuştu... Sanki bu hali ile ay ve yıldız gökten inip, Sadık Bey'in üzerine konaklamıştı.

Aynur Hanım artık tükenmişti. Muallim Naci, Kadı Esat Bey, Kumandan Eşref Bey ve Mehmet Ağa'nın hanımları onu teselli etmek için ne kadar çabalasalar boştu... İkizler rastgelenin kucağında susturuldu, sevildi.

– Baba, diye ağlıyorlardı. İçlerindeki alevi körüklercesine hep baba, baba, diyerek... Belki de bundan böyle, bu kelimeyi yürekten çağırmanın hasretini çekeceklerinden habersizce.

❁

Gece Erzurum'un üzerine kâbus gibi çökmüştü...

Mülâzım Sadık sadece bu gecelik dostlarının misafiri olacaktı... Öldürülen Narkere ailesine teslîm edilmiş, Muallim Naci'nin şehadeti üzerine, kaçmayı başaran Sarı Meci ismindeki Ermeni, üç saat içinde yakalanıp, Zaptiye Nezareti'ne getirilmişti.

Halk hep bir ağızdan:

– Linç, linç, linç, diye haykırıyordu... Lakin güvenlik kuvvetleri buna müsaade etmiyordu. Gece oldukça tehlikeli ve heyecanlı geçti...

Halk coşmuştu bir kere... Hırsın gırtlağı aştığı, öfkenin saçların en ince tellerinde düğümler attığı bir zamandı... Kumandan Eşref Bey sıkı tedbirler almamış olsaydı, Erzurum'da bir nefeste yer yerinden oynayabilirdi:

– Asayiş sağlansın...

İşte Kumandan böyle söylemişti. Verdiği emirler aynen yapıldı...

Biz yaraları anında sarmasını bilen bir milletizdir. Taşkınlıklar yarayı onarmak yerine derinleştirebilir. Acı sirke sadece küpüne zararlıdır... Hainler layık bulundukları cezaya çarptırılacaklardır.

Bugün Erzurum tarihî günlerinden birini yaşıyordu. Mülazım Sadık coşkun bir törenle Kars Kapıdaki şehidliğe nakledilmişti. Muallim Naci'ye olan vasiyeti yerine getirilmiş, mezar taşında şiir, silah arkadaşları tarafından birlikte okunuyordu...

Şühedası olmayan topraklar, ergeç bölünür.
Toprak vatan, vatan namustur, uğrunda ölünür.
İstila altında yaşayan milletler sürünür,
Mümkünse esareti kırmak, hürriyet görünür...
Ulusum, îman dolusun, gaflet sana haramdır.
Millet, tarih tekerrür ettikçe, dimdik durandır.
Cihangir bir millet, köle olmaz, zulme vurandır.
Ölümden korkmayız biz, son rütbe-i nişandır...

Kederli ana, ikizleri bağrına basıp, Tokat ilinden gelecek olanları bekledi... Eşyaları götürenler yakınlarını alıp getirecek ve Aynur Hanım, Erzurum'u terkidiyar edecekti... O en çok sevdiği eşinin sadece ismini beraberinde götürebilecekti... Yüreğinin en ücra köşesine nakış nakış işleyerek...

Bekledikleri insanlar, belki de bir ayda zor dönerlerdi. Aynur Hanım, Eşref Bey'in kendisine tahsis ettiği odada, günleri saya saya bekledi, bekledi, bekledi...

Günler, heyecanların üzerine sönmüş küller dökerek geçerken, Sarı Meci'nin hakkındaki soruşturma tamamlanmış, mahkeme günü gelip çatmıştı...

O, kızarmak bilmeyen yüzler, Meci'nin masum olduğunu savunmaktan utanmamıştı bile...

Kadı Esat Bey, çok zor durumda bir dava görmekle başbaşa bırakılmıştı... Muallim Naci, kaçarken tanıdım, başkası olamaz diyordu.

Elde olan delil sadece bundan ibaretti. Ve bir de Sadık Bey'in bedeninden çıkartılan kanlı hançer...

Ermeniler, fırsatlardan yararlanıp, bütün mercîlere başvurdular. Tehditler savruldu, fısıltılar yayıldıkça yayıldı...

– Adil bir mahkeme görülmezse, Esat Bey sonunu düşünsün...

Kapısının önüne tehdit dolu mektuplar bırakıldı. Halkın dilinde yaralı cümleler dolaşıyordu:

– Şehidin adı unutuldu, hâlâ bir ses yok...

– Onu asmaları lazım...

– Kısasa kısas.

– İşi uzatıp, hadisenin üzerini küllendirecekler...

Muallim Naci bir grup arkadaşına şöyle hitap etti:

– Siz merak etmeyin beyler... Silinmez, diyordu... Silinmez. Taşa ağaca yazılan, tunca, mermere kazılan yazılar silinir de, gönüllere nakış nakış işlenen isimler, ve de gözlerde vahşet tablosu olup, yürekleri kanatan isimler silinmez... Mülazım Sadık'ın nakışları, Sarı Meci'nin hançerinin ucundaki şehit kanının geride bıraktıkları küllenemez...

❁

Bugün Erzurum sıcak... Güneş şehrin üzerine sedef sedef dökülüyor. Billûr billûr fırtınalar, gözleri kamaştırıyordu... Erzurum uykulu bir sessizlik içinde uyuşuk... Her insanın bakışlarında tatlı bir süzülme var. Sanki her kirpiğin ucunda birer ton yük asılı... Çöplüklerde oynaşan çocuklar yorgun, sokaklarda dolaşan insanlar yorgun...

Bunun en canlı misalini, su kuyusunun başında oturan Ermeni kadınları teşkîl ediyor. Çocukları, etrafta kendilerini avuturlarken...

Güneşli toprağın üzerine serilip uyuyanlar bile vardı...

Kadınlardan bir tanesi, kuyunun başına geçip, kovayı suya indirdi... Çarka sarılı ipe bakıyordu. Çark döne döne kendisine sarılı ipi çözdü, çözdü...

İpin boşalışına bakılırsa, kuyunun derinliği üç metre kadar vardı...

İpin çarktan çözülüşü, sekiz dokuz yaşlarındaki bir çocuğun dikkatini çekmişti. Açık kuyunun ağzına yaklaştı, kafasını içeri sarkıtıp baktı, baktı... Kuyudaki suya resmi düşmüştü. Bulanık bir görüntünün üzerinde, resmi oynaştıkça ilgisini daha da arttırmıştı...

Kuyunun etrafında çöreklenen kadınlar, maşrapa, maşrapa su içip, uykularını dağıtmak isterlerken, çocuk suyun yüzüne düşen resminin hayranı kesilip, onunla şakalaştı, oynaştı. Zaman, yavaş yavaş aktı. Çocuk kuyunun duvarına çıkıp oturmuştu. Ayaklarını sarkıttı, kafasını eğip, resmine dil çıkardı.

Uykusu kaçan kadınlar şimdilik Sarı Meci'den konuşabilirlerdi. Sözü, oldukça yaşlı bir Ermeni karısı açtı:

– Bugün Sarı Meci'nin mahkemesi olacaktır.

Genç, şişman bir kadın söz sahibine sordu:

– Aceb ki sonu ne olacak? Sarı Meci kurtulur mu?

– Sanmam.

– Nedendir?

– Bilmezsin ki bir Mülazımı öldürmüştür...

– Şahitleri bilem yok.

– Yoktur, emme unutma ki ölen Ermeni, Meci'nin en yakın arkadaşıdır...

Güçlükle konuşan bir kadın kekeledi:

– İnşallahımdır, bir şey olmaz...

Birkaç ağızdan aynı arzular döküldü:

– İnşallahımdır, olmaz.

Geniş dokumalı, yün bir cecimin üzerinde oturuyorlardı.

Uykulu gözler, yeniden süzüldü, süzüldü, süzüldü... Bu hal insanın gaflette olduğu en rahat zamanıdır... Gözler görüntülere kör kör bakar ve alt üst kapaktaki kirpikler birleşip yelpaze şeklini alır... Kafa, hoş bir rahatlıkla öne yıkılıp kalkar. Nedense çoğu vakitler insanoğlu bu uyuşukluğu yenebilmek için gözlerini hışımla açar, açar... Lakin sisli bir görüntünün arkasından, tekrar yine tabiidir...

Bugün sadece insanlar değil, bütün mahlûkat, hatta Erzurum sihirli bir beşikte sallanır gibi uykulu...

Kuyunun başındaki çocuk işi iyiden iyiye azdırmıştı. Suya düşen resmiyle arası hoş... Kadınların dış dünya ile ilişkileri kesilmiş, her şeyden habersiz ve uykulu... Tembellikten eve gitmeye hazırlık bile yok.

Çocuk resmine biraz daha yaklaşmak gayretiyle, oturduğu duvarın üzerinden, sürtüne sürtüne duvarın kertiğine kadar geldi. Artık temas ettiği taşın ucundan kurtulmuştu... Arkasında acı bir çığlık bırakarak, kuyunun derinliklerinden ses verdi...

– Anneeeeem!...

Suyun ve sohbetin bozamadığı uykuyu, acı bir feryat bozmayı başarmıştı...

Uykunun yerini korku, rahatlığın yerini çırpınışlar alıyordu... Kadınlar ellerini dizlerine vura vura bağırıştılar...

– İmdat... Çocuk kuyuya düşmüştür...

– Yok mudur bir kurtaran...

Erzurum Kadısı Esat Bey'in yolu, Ermeni mahallesinden geçerdi. Daha doğrusu kadınların kıyısında oturduğu kuyu, Esat Bey'in yolunun üzerinde olurdu... Çığlıkları duyar duymaz, durakladı. Önce kuyuya baktı ve sonra ellerini dizlerine vuran bir yığın kadına... Anî bir karar vermişti.

Koştu... Aslında bulunduğu yer, kuyuya bir nefes ileride sayılırdı. Nefes nefese kuyunun dibinde durdu.

– Ne var? diye sordu.

Kadınların parmakları kuyuyu işaretliyordu:

– Çocuk, çocuk düşmüştür...

Esat Bey kuyunun içine baktı, yalan değildi.

Daha otuz altı yaşlarında, dinamik, güçlü bir adamdı. Gözleri mıknatıs çekici, bakışları her muhatabını tesiri altına alacak kadar esrarlıydı.

Düşündü... Kısa bir müddet durumun muhasebesini yapmaya çalıştı. Uzun lacivert ceketi, petrol rengi pantolona süs olmuş, başındaki kırmızı fesi buğday rengindeki yüzüne yakışmıştı. Fesini kafasından alıp, kuyunun dibine bıraktı. İri omuzlarını örten ceketi çıkartıp, fesin yanına attı. Kararını vermişti.

"Hangi milletten olursa olsun yardım etmeliyim ona." Çabuk bir hareketle kuyunun ipine sarıldı. Aceleci bir hareketle nefesi kuyunun dibinde aldı.

Her iki ayağını dar kuyunun duvarlarına sıkı sıkı basmıştı. Bacaklarını bir yay gibi germiş, böylece suya düşmemenin mücadelesini veriyordu.

Kuyunun içine ışıklar aksedince, çocuk kadınların eline çoktan geçmişti.

Elden ele dolaştı, sevdiler. Yüreklerin başından yanan ateş çoktan soğumuştu...

Esat Bey birkaç defa "ipi bana atın" diye bağırmasına rağmen aldırış eden kimse olmuyordu. Daha aklı başına yeni geliyordu.

Verdiği kararın yanlış olduğunu düşündü. Kadınlar kazazedeyi bacaklarından tutup, başını aşağıya çevirerek salladılar. Çocuğun yuttuğu suların boşaldığına kanaat getirilince, sırtüstü, cecim denilen kilimin üzerine uzatıldı.

Çocuk hayatta idi, kafasından ve alnından ıslak deriye dağıla dağıla kanların sızmasına rağmen, herkes sevindi. Kuyunun içinde aynı ses tekrarlanıyordu:

– İpi aşağıya atın...

Kadınlar alaylı alaylı birbirlerine bakıp gülüyorlardı. İçlerinden bir tanesi itiraz etti:

– Olmaz, doğru değil bu, çıkarmalıyız.

İhtiyar kadın söz sahibine kızdı, öfkelendi:

– Olmuştur bilem. Çıkartalım da, Meci'ye idam cezası versin.

Başka bir kadın hayretini ortaya attı:

– İyi dersin emme, çıkmazsa o kuyudan bir daha su içilmez ki.

– Su içecek başka kuyu mu yoktur?

– Olamaz demişimdir. İyilik etti.

– Aptal kafalı kadın, az sonra biz üzülünceye kadar, bırak da onlar üzülsün.

– O olmasa, başka kadı Meci'ye ceza verecektir.

– Hiç değilse zaman kazanmış oluruz.

– Duyan olur, hepimizi asarlar.

– Duysunlar. Çocuğu kurtardı, kendisi boğuldu deriz.

Esat Bey'in üzeri sırılsıklam olmuştu. Ümitlerini yitirince kuyunun dar oluşundan istifade ederek çıkmayı denedi... Çok geçmeden bacakları yorulmuştu, az sonra durup kaldı.

Kadınlar münakaşayı olduğundan fazla uzatmışlardı. Şişman kadın gözlerini faltaşı gibi açıp, uzakları gözetledi. Hayalinde babasını görür gibi olmuştu...

Onu itina ile dinledi...

– Fırsatları her zaman değerlendir. Bir Türk'ün yokluğu bile, Ermeni milletine çok şey kazandırabilir. Hele başlardan olursa, daha da önemli demektir. Daha da...

Kadının gözleri iri bir taşın üzerinde ısrar etti. Kin dolu bakışları, aynı noktayı dövdü, dövdü, dövdü... Kadınların arasındaki münakaşayı dinlemiyordu bile... Taşın olduğu yere yürüyüp, iki eli ile kavradı... Güçlükle kaldırdığı taşla birlikte kuyunun ağzına yaklaştı. Elinde taş olduğu halde kuyunun içine bakıyordu. O hayat yuvası gözler Esat Bey'i görmüştü. O ağır taşı, öfke dolu bir hareketle biraz daha yukarılara kaldırıp bırakırken, hadiseye genç bir kız müdahale ediyordu. Gözleri dönmüş, çılgın kadının arkasından yaklaşıp, taşla birlikte gerilere itekledi... Çarçabuk ucu kovalı ipi kuyuya salıverişi, bir nefeste olup bitmişti.

Daha kadınlar işin yeni yeni farkında olurlarken, o Esat Bey'in çıkışına yardım bile etmişti.

Her yüzde sadece bir şaşkınlık izi kalmıştı... Kuyunun dışına çıkan Esat Bey, derin bir nefes alıp verirken, etraftaki kadınlara nefretle bakıyordu...

Şişman kadın düştüğü yerden homurdanarak kalkıp, mahallenin ara sokaklarından kaçarak, gözlerden kaybolup gitti...

Esat Bey sırılsıklam hali ile, kendisine yardımcı olan kıza bakıp hitap etti:

– Senin Ermenilerden farklı bir yanın olmalı. Çünkü onlar bindiği dalı kesecek kadar nankördür.

Ekmek yedikleri çanağa pisleyecek kadar da nankör...

Genç kız göğsünü kabartarak haykırmıştı:

– Ben bir Türk kızıyım, Ermeni değil...

Esat Bey eğilip yerdeki ceketini aldı. Kızı muhabbet dolu bakışlarla seyrettikten sonra, yanındaki kadınlara sordu:

– Sizin erkekleriniz nerede?

Üç beş ağızdan ses geldi:

– Hükümet konağına gittiler.

– Mahkeme için mi?

– He, ya...

– Hem suç işler, hem af istersiniz. Bunu kimse kimseye vermez. Bilmelisiniz.

Erzurum bir anda tatlı bir sedaya bürünmüştü. Minarelerden ezan sesleri yükselmeye başlayınca, Esat Bey ceketini sırtına savurduğu gibi geldiği yollara yeniden dönmüştü... Çarçabuk üzerini değiştirip, soranlara kısa cevaplar verdikten sonra namaza yetişmek için koştu...

Duruşma

Esat Bey oldukça üzgündü... Mahkemeyi adil bir sonuca bağlayamazsam diye korkuyordu... Muallim Naci çok dikkatli bir insandı, pek yanılmazdı, ancak bu yeterli bir delil de sayılmazdı. Sadece kuvvetli bir ihtimalle:

– O, diyordu...

Hakimlik koltuğunu dolduran bir insan için yeterli delil sayılmazdı.

– Ya değilse, diye düşündü... Veyahut bu işi o hainin yaptığını bildiği halde kanıtlayamazsa... Hep bunları düşüne düşüne camiden çıktı...

Kadılık Konağına böyle geldi. Salon tıklım tıklım doluydu. Mülazım Sadık Bey'in dostları, onu sevenler ve bir sürü Ermeni...

Hazır bulunanlar arasında Keşiş Lata da vardı. Herkes, derin bir sessizlik içinde mahkemenin açılışını bekliyordu... Bu bezdirici sessizliğe rağmen, heyecan son haddine varmıştı... İrade dışı fısıltılar, kımıldamalar başlamıştı...

Az sonra, gözler heyecan kusmaya başladı... Meci, Kadı'nın huzuruna getiriliyordu. İki zaptiyenin arasında, halsiz ve bitkindi. Bu perîşan görünüşlü adama Türkler kızarak, Ermeniler acıyarak bakıyordu...

Ne garip bir manzaradır Yarabbi... Katilin yüzüne bakan, gerçek çehresini tanımasa, öksüz bir çocuğun içler acısı sonunu hatırlayıp, yardımcı bile olabilirdi...

– Bu masum çehreli adam suçsuz... Bu katil olamaz, diye haykırabilirdi.

Esat Bey, huzura getirilen, sahte çehreli sefile sordu:

– Anlat bakalım Sarı Meci, Mülazım Sadık Bey'i nasıl hançerledin?

O, ölü görünümlü kuru, çatlak dudaklardan hırçın bir cümle döküldü:

– Ben hiç kimseyi hançerlemedim.

Zaptiye ve Hükümet Konağı, güvenlik kuvvetleri tarafından sarılmıştı...

Esat Bey, oldukça sakindi. Umursamaz bir tavırla hitabını sürdürdü:

– Biliyorum, dedi. Senin bu işte hiçbir günahın yok.

Salonda bulunan Ermenilerin suratında ümit çizgileri belirirken, Müslüman Türklerin gözlerinde acı dolu şimşekler çaktı. Esat Bey her şeyden habersiz gibi sözlerine devam etti:

– Ancak, seni bu işe mecbur edenler suçludur. Onları söylemen bile yeter...

Türkler nefesi genişletirken, salonda bulunan Ermeniler buram buram terler sökmeye başlayalı çok olmuştu... Bütün gözler şimdi Meci'nin üzerinde mekik dokuyordu...

Meci:

– Ben hiç kimseden emir almadım, dedi. Ayrıca bu olayda da hiçbir alakam yoktur.

Son sözler kuru dudaklardan alev alev dökülmüştü. Esat Bey nazik bir şekilde ilave etti:

– Suçsuz insanlar genellikle sakin olurlar Meci. Oysa sen çok sinirlisin.

– Unutmayın ki, büyük bir iftira ile başbaşayım. Siz benim yerimde olsaydınız güler miydiniz?

– Doğru belki gülmezdim ama, ben suçluyum der gibi sıkıntı terleri de dökmezdim.

– Zor durumdayım anlıyor musun? Beni çirkin bir suçla itham ediyorsunuz.

– Güzel Türkçe konuşuyorsun. Seni oldukça iyi yetiştirmişler.

– Bana iftira etmekle günah işlemiyor musun? Hayalî bir suçtur bu. Şahitsiz, ispatsız...

– Şahit var Meci. Ne yazık ki seni gördüler.

– Kim diye haykırmıştı. Kim görmüş beni?

– Muallim Naci.

– Muallim Naci sadece Ermeni düşmanı bir insandır.

– Demek tanıyorsun?

– Şey... diye kekeledi.

Suratında terler boncuk boncuktu... Tavırları çaresizlik arzeden bir çocuğunkinden daha farklı sayılmazdı:

– Karşılaştığımız oldu tabii.

– Demek ki, Muallim Naci yanılmamış.

– İftira diyorum size. Uydurmuş.

Esat Bey, şahit koltuğunda oturan Muallim Naci'ye baktı ve yanındaki heyet-i umûmî ile bir şeyler konuştu. Sonra da Muallim Naci'ye dönüp hitap etti:

– Muallim Naci!

Ayağa kalktı, cevap verdi:

– Buyurun Kadı Efendi.

– Doğruyu söyleyeceğin için, Kutsal Kitabımız üzerine yemin eder misin?

Elini önüne uzatılan Kuran-ı Kerîm'in üzerine koyup, and içti:

– Doğruyu söyleyeceğim için yemin ederim.

Muallim Naci yemîn ederken, Meci şiddetli bir sarsıntı geçirmişti. Tırnağının ucundan, saçlarının tellerine kadar titredi ve sallandı. Azrail yokladı derler ya, tıpkı öyle...

Esat Bey...

– Anlat, dedi. Ne gördün, ne biliyorsun, her şeyi. Muallim Naci olayı hatırlamıştı. Meci'ye öfkeli öfkeli baktı. Salondaki Ermeni'ler de Muallim Naci'ye...

– Merhum Sadık Bey'i, diye hüzünlendi... Uğurlamak için gidiyordum... Anîden silah sesleri ile sıçradım. Aramızdaki mesafe azalmıştı. Koştum... Geldiğimde hazin bir tablo ile karşılaştım. Sadık Bey hançerlenmiş, ileride bir Ermeni vurulmuş ve Meci kaçıyordu. (Duuuur) diye bağırdım. Korkulu bir hareketle dönüp, arkasına baktı.

Tanıdım. Kaçan o adam Meci'den başkası olamazdı...

Meci halsiz düşmüştü:

– Yalan, yalan, diye bağırdı. Benzetmeden ileriye gitmeyen bir şehadeti esasa alamazsınız. Sizin kitabınız bile böyle bir yargılamaya karşıdır...

Esat Bey, bedeni içinde saklanmaya zorlanan adama dikkatle baktı ve:

– Meci, dedi. Biz kitabımızın neye karşı, neye paralel olduğunu senden daha iyi biliriz. Ancak sen iflas ettin. Boş yere kendini zorlamaya kalkışma. Ölen Narkere de senin her zaman beraber olduğun dostundu. Bunu gizleyemezsin. Mülazım Sadık Bey'i sen vurdun.

Salonun içi bir itiraz rüzgarı ile sarsılır gibi olmuştu:

– Hayır, hayır diyorum. Ben yapmadım...

Sesin tonajı birdenbire düşmüştü:

– Narkere ile arkadaş oluşum doğru. Ancak son günlerde hiç beraber olmadık. Çünkü küskündük.

– Ne yazık ki, olaydan bir gün öncesi birlikte eğlendiğiniz haberini aldık. Hatta aynı günün sabahı beraber dolaştığınız bile kesin.

– Yalan söylüyorsunuz.

– Sen de bilirsin ki, Müslüman Türkler, yalana hiçbir zaman tenezzül etmezler...

– Bir sürü şahidim var. Ben o gün kahveden dışarı çıkmamıştım.

– Pekala Meci. Şahitlerini dinleyeceğiz. Ancak şahitler de bilsinler ki şer'î hükümler gereğince, yalancı şahitlik büyük suç teşkil eder.

– Kimlerse huzura gelsin...

Salonda bulunanların arasında iki Ermeni, huzura gelip, Meci'nin o gün kahvede olduğu hakkında şehadet ettiler.

– Bizden hiç ayrılmadı Kadı Efendi. Biz de kahveden...

Konuşurlarken renk verişleri, yalan söyleyebilmenin çok zor olduğunu gösteriyordu. İşleri, sonunda suç teşkil edeceğini duyduktan sonra, daha da zorlaşmıştı.

Salon beklenmedik anda, yine beklenmedik bir şaşkınlığa sahne oluyordu

Esat Bey, bir anda pes demişti. Üzgün bir ifade ile kararını bildirirken, müteessir hali görmeye değerdi...

Bu hareket, Müslümanları hayretlerin güç yetmezine götürürken, Ermenilerin suratında zafer çizgileri belirlemeye başlamıştı.

Meci'nin o kanı çekilen suratına bile renk gelmeye başlamıştı... Titremesi azaldı, etrafına bakıp, tebessümler bile gönderdi. Hatta Muallim Naci'nin suratına alaylı alaylı bakışı görülmeye değerdi...

Karar, Esat Bey'in arkadaşlarını bile şaşkınlığın kucağına bırakmıştı. Esat Bey'e ne olmuştu böyle? Herkes, aynı düşüncelerin ıstırabını çekerken, acı bir mağlûbiyeti katre katre yudumlamaya çalışıyordu... Muallim Naci dişlerini kırar gibi sıktı, sıktı ve hırsından dudaklarını kıyasıya gevdi... Zaptiye Nazırı Eşref Bey, aynı ezikliğin içinde, ters çözülen bir problemin hülasasını yapmaya çalışıyordu. Yoksa Esat Bey zamanlı zamansız savrulan tehditlerden korkmuş muydu?

Daha, kefeni solmayan bir şehidin, Kur'an üzerine yemîn eden bir Müslümanın içtiği and unutulmuşa benziyordu.

Yalancı şahit durumuna düşürülen Muallim Naci'nin tasvîri, cümlelerle mümkün değildi. En basit bir suçun bile yanlış kararından Allah'a sığınan Esat Bey, kısa bir süre zarfında nasıl da değişmişti. Hiçbir aklın kabı bunu almıyordu...

Verilen kararın neticesi zehirden bile acıydı...

Gözler, o mana dolu gözler, Esat Beyin üzerinden şimşekler çakarken, Esat Bey rahatsız bile olmuyordu...

Umursamaz bir tavırla, hatta hiç titremeyen bir vicdanla:

– Karar, diye ilave etti...

Meselenin buraya kadar olanı sakin, ancak bundan sonrası heyecan doluydu. Herkes, hatta Ermeniler bile Esat Bey'in yenildiğini anlamış gibilerdi.

– Can taşıyordu...

– Ölmekten korktu...

– Yanlış bir kararla dünyasını da yıktı, ahiretini de...

Türklerden gelen fısıltılar, böyle yayıldı... Ve onurlu ağızlardan sızılı bir cümle sorulaşır gibiydi:

– O, hiçbir şeyden yılmayan insan, öyle mi?...

– Meci, diye hitap etti. İçimden öyle geliyor ki, Sadık Bey'i sen öldürdün. Ancak ispat edemedik. Şahitlerin inanılır kişilerdi. Kazandın...

Ermenilerin yüzleri güldü... Şahitlerin koltukları çifter karpuz sığarcasına kabarmıştı... Öyle ya.... Bu zafer onların sayılırdı...

Esat Bey, Müslümanlardan gelen fısıltılara ve ithamlara aldırış bile etmiyordu. Dönüp onları sert bir çehre ile ikaz etmekten bile çekinmemişti:

– Gürültü etmeyiniz.

Salondakilere kararsız bir şekilde hiddetlendi, sonra Meci'ye dönüp, sakin bir sesle hitabını sürdürdü:

– Evet Meci, şu anda beraat etmiş bulunuyorsun.

Kusura bakma, bir müddet hürriyetini kısıtladık.

Bu özür dilemek de nesiydi? Mülâzım şehit edilsin, bu da yetmiyormuş gibi katil affedilsin, özür dilensin, olur şey değildi.

Sanki, Müslümanların hepsi oldukları yerlerde uyuşmuş da kalmıştı. Kadı'nın ikinci emri zaptiyelere oluyordu:

– Onu serbest bırakın...

Meci, beklemediği bir sonucun memnûniyetini yudumlamaya başlamıştı... Şaşkındı. Tek kelime ile aptallaşmış, heyecanı son haddini bulmuştu... Kuşkulu bakışlarını etrafa korkak korkak misafir edip çekti. Adımları emeklemeyi yeni öğrenen çocuğunki gibi yalpalanırken, bozuk bir denge ile salonun çıkış kapısından yana ilerlemesini sürdürdü... Meci'nin kalbi son süratle atarken, salondaki havaya uyuşuk ve derin bir sükûnet hakimdi.

Meci aynı sersemlikle çıkış kapısına doğru ilerlerken, tok bir ses odanın duvarlarını bile sarstı:

– Meciii!...

Meci sarsılarak duraklamıştı... Yönünü değil, sadece kafasını sesin sahibine çevirip baktı... Eski titremeleri yenilenmişti... Yüzünün rengi külleşti ve uçtu...

– Gel, dedi. Buraya gel.

Meci irade dışı bir hareketle, Esat Bey'e doğru yürümeye başladı. Bu hiddet, Esat Bey'den görülmemiş bir hareketti. Aynı sertlikle devam etti:

– Meci, dedi. Bu defa kazandın. Ancak bir daha karşıma çıkmayasın. Hep onun heyecanını ayakta tutmak için elinden geleni yaptığı belli idi...

Şahadet parmağı ile bankonun üzerinde duran hançeri işaretliyordu. Mağlup bir insanın üzgünlüğü ile ilave etti:

– Şu hançer senin olmalı. Onu da alıp git buradan.

Bunları söylerken, hala Meci'nin suratına itina ile bakıyordu.

Meci şaşkınlık içinde kıvranırken, kan ter içinde kalmıştı... Hançere yine irade dışı bir hareketle, kararsızlık içinde elini uzatıp, titreyen parmaklarını gümüş saplı hançerin üzerine koydu... Şaşırmıştı. O titreyen parmakların üzerine, anında çelikten bir pençe düştü. Adaletin pençesiydi bu. Salonu heyecan komasına sokacak kadar tesirli bir ses dalgalanmaya başlıyordu.

– Meci, seni Esat Bey'in katili olarak, kanun namına tevkîf ediyorum.

Zaptiyeler, o az önce derin üzüntülerle katili bırakan zaptiyeler, tüfeklerle başucunda durup, bileklerine kelepçeyi kilitlediler.

Meci, artık tükenmişti... Salonu dolduran Ermenilerin suratları, birer kara bursdan daha farksızdı. Kadı Esat Bey:

– Sana yalancı şahitlik edenler de, senin için buraya gelip gövde gösterisi yapanlar da bildiler ki, sen Mülazım Sadık Bey'in katilisin... Bilindiği üzere, benim diye sarıldığın suç âleti, Mülazım Sadık'ın bedenine saplanan hançerden başkası değildi... Herkes malını en iyi tanıyandır Meci. Gördün ya ne çabuk yanıldın...

– Şimdi söyle bakalım. Mülazım Sadık Bey'i neden öldürdün?

Yorgun bir ses çaresizliğini yudumlayarak cevap oldu:

– Öldürülmesi lâzımdı.

– Demek öyle... Duruşma boyunca dînimizin emrettiklerinden bahsettin. Sanırım kısasa kısas bölümü gözünden kaçmamıştır.

Esat Bey'in kararı, şimdi Ermenilerin beyninde dibek dövmeye başlamıştı.

– İdam, diyordu Esat Bey. Vatan hainlerinin, adî katillerin tek cezası bu... Yalancı şahitler tutuklanıp, ağır cezalara çarptırılmak için zindana atıldı... Adaleti yanıltan, herkes, lâyık olduğu cezaya çarptırılacaktı.

✿

Esat Bey'in yönettiği mahkeme dillere destan olmuştu... Keşiş Lato merakını yenemeyince, Esat Bey'den randevu istedi. Esat Bey, Keşişi, konaktaki makamında kabul ediyordu...

Keşiş, bütün hislerini gizleyebilmek için çabalayıp, sahte hareketlerle, yapmacık tebessümlerle konuşmasını sürdürdü: Doğrusu kurnaz bir adamdı.

– Sarı Meci suçunu itiraf etti, diyordu. Buna hiç kimsenin itirazı yok. Ancak... Dünden bu yana Ermeni camiası iki olayın tesiri altındadır. İcraatın her ikisi de birbirine ters düşen hadiselerdir...

Kadı Esat Efendi, mânidar bir tebessümle gülümsedi ve sordu:

– Doğrusu şimdi ben de merak ettim Keşiş Efendi.

– Ben de o meraklardan kurtulabilmek için geldim ya...

– Seni dinliyorum.

– Dün öğle namazından evvel, hiçbir Ermeni'nin kendisine yapamayacağı bir fedakârlıkla, bir çocuğun hayatını kurtardınız. Aldığınız karşılık üzücü olduğu halde unutmuş gibisiniz... Bu hareketiniz takdîre şayandır. Emeğinizin sonu ihanet bile olsa...

Yine dün açıklığa kavuşması hayal olacak kadar, bir gizliyi ustalıkla çözmeyi başardınız... Bununla da bir Ermeni'nin hayatı gitti, ikisi de kodese atıldı. Sanırım onlar da çürüdü sayılır...

– Evet Keşiş Efendi. Aynen anlattığın gibi oldu. Ancak anlayamadığım nokta şu:

– Bunda merak edecek ne var? Bir erkek çocuğun yaşaması lâzımmış, benim yardımım vesîle oldu... Sarı Meci ölmeli, yalancı şahitler ceza görmeliymiş, adalet tecellî etti. Bütün merakın bunlardan ibaretse, gidebilirsin...

– Ha! Şunu da söylemekte yarar var. Sizler çocuklarınıza ilim yerine iki şey öğretiyorsunuz: Müslüman Türk düşmanlığı ve öldürmek. Biz önce insanlığı ve İslâmı öğretiriz. Daha sonra da haklarını savunmayı... Üstelik, hakları olmayan bir şeye haklarıymış gibi sarılmamayı da beraber.

Keşiş Lato, Kadı Esat Efendi'ye verecek cevap bulamayınca, siyasî çehresi yumuşar gibi oldu. Ayağa kalkıp, usta bir lisanla:

– Allahaısmarladık, dedi. Görüşmemizden memnun kaldım.

Esat Bey, bu yumuşak çehrenin altında nelerin yattığını hesaplayacak kadar tecrübeli insandı. İltifatı da ona göre oldu.

Bomba

Gece Erzurum'un üzerine insafsız bir şekilde çökmüştü... Karanlık yüklü bulutların ve sessizliklerin insan ruhuna bezginlik getirdiği bir gece...

Esat Bey yatsı namazını evinde kılmıştı. Selâm verip döndüğünde, oğlu Burhan'ı başucunda görünce, ısrarlı ısrarlı baktı. Eşi Mehlika Hanım namazını henüz bitirememişti... Esat Bey, namaz kıldığı seccadenin üzerine bağdaş kurup oturdu. O derin bakışlar hâlâ Burhan'ın üzerinden çekilememişti... Anlaşılan, oğlunun da bir mazereti vardı... Baba, oniki yaşlarında bulunan oğluna sordu:

– Söyle bakalım Burhan, sen hâlâ namaz kılmadın mı?

– Kıldım.

– Öyle ise yatmalısın artık.

– Uykum yok ki.

– Nedenmiş o?

– Müsaadeniz olursa sizinle biraz konuşmak istiyorum.

– Bak seen. Hele şöyle karşıma geçip otur bakalım.

Burhan, babasının dediklerini aynen yerine getirmişti. Babasının gözlerinin içine baka baka boşaldı:

– Baba.

– Efendim.

– Baba, bu şehrin ismi Erzurum değil mi?

– Erzurum.

– Öyle ise Ermeniler neden bu yöreye Garin bölgesi diyorlar?

Baba acı acı gülümsemişti:

– Hayallerin sınırı olmaz oğlum.

– Baba, buralar onların söyledikleri gibi Ermenistan mı?

– Söylesene Burhan, sen bunları nereden duyarsın?

– Keşiş Lato'nun oğlu diyor, Dilo...

– Pekiyi, Dilo başka neler anlatıyor.

– Sırada babanda, dedi. Tıpkı Mülazım Sadık gibi...

– Bunları Dilo'ya babası mı söylemiş?

– Hayır.

– Nereden duymuş?

– Babası çetecilerle konuşurken, Dilo'yu dışarı çıkarmışlar. O da kapının dibine saklanıp, her şeyi dinlemiş.

– Hepsi bu kadar mı?

Burhan âdeta terler döküyordu. Kekeledi, yutkundu:

– Şey, şey, diye kendisini zorladı. Bir türlü söyleyemiyordu. Baba oğlunun suratına baktıkça, kuşkulandı, endişesi daha da büyüdü.

– Söyle, diye ısrar etti. Ayıp bir şey değil ki.

Burhan, hayır der gibi kafasını salladı.

– Anlatmaman için, hiçbir sebep yok... Hem milletimiz için çok önemli bir konu bu...

Burhan çok heyecanlı gözüküyordu. Esat Bey'e hassasiyetle sordu:

– Baba, saat kaç?...

Esat Bey, elini yeleğinin cebine götürüp, köstekli saatini çıkartıp baktı...

– Onu üç geçiyor.

– Demek ki daha yirmiyedi dakîkamız var...

Baba kafasını hayretle yukarı kaldırıp:

– Neye? diye sordu.

Burhan sıkıntılar içinde çırpınıyor gibiydi:

– Eğer Dilo'nun söyledikleri doğru ise, ölmemize...

Anne Mehlika Hanım, duasını daha yeni bitirmişti. O da Burhan'ın sözlerine dikkat kesildi...

Baba, bu hikâyenin gerçek olduğunu anlamıştı... Bütün yönleri ile her şeyi bilmesinin gerektiğine inanarak oğluna sordu:

– Burhan evladım, çekinme, daha da açık konuşmalısın. Aranızda neler geçmişse her şeyi...

– Öleceksiniz, dedi baba. Hem de yatsı namazından elli dakika sonra. Saat on buçuklarda evinize bomba konulacak ve hepiniz, artık aramızda olmayacaksınız dedi...

– Pekâlâ, Dilo bunları sana neden söyledi?...

– Dövdüm onu.

– Dövdün mü? Neden?

– Oynuyorduk. Muallim Naci Bey'in oğlu Orhan'la. Yedi sekiz tane Ermeni çocuğu gelip, bize ilendiler... Orhan'la beraberdik, iş ciddiyete binince kaçmaya başladılar. Dilo'nun ayağı taşa takılıp düştü... Onu yakalayıp, güzelce patakladım.

İşte o zaman bunları söyledi...

– Yarın senden de kurtulacağız, senden de, diye bağırdı.

Esat Bey'in huzuru iyiden iyiye kaçmıştı. Öfke ve ıstırabın verdiği bir tavırla ayağa kalktı. Burhan'a kızmıştı.

– Pekâlâ, neden daha evvel söylemezsin be çocuk?

Burhan, suçluluğun verdiği bir çekingenlikle mırıldandı:

– Sen şikayetlerden hoşlanmazsın diye.

– Hay Allah. Bu şikâyet değil, vazifedir oğlum.

Saatine yeniden baktı. Vakit oldukça daralmıştı. Tabancasını yokladı, yerindeydi. Yanıbaşındaki telefonun ahizesini kaldırıp, Zaptiye Karakolu'nu aradı... Karşısındaki sesi tanımıştı:

– Selâmünaleyküm. Ben Kadı Esat.

– Aleykümselâm Esat Bey.

– Hayırdır inşaallah...

– Pek hayır değil Mülâzım Bey. Aldığım habere göre, onbeş yirmi dakika arasında bizim evi bombalayacaklarmış. Haber vereyim dedim.

– Ermeniler mi?

– Evet.

– Hiç merak etmeyin. Kapıya bacaya çıkayım da demeyin. Olur ki etrafınız sarılmış olabilir... Ben şu andan itibaren harekete geçiyorum.

Mehlika Hanım, oğlu Burhan'a sıkı sıkı sarılmıştı:

– Burhan'ım, diye sızlarken, Esat Bey elindeki ahizeyi telefonun üzerine kapatıp, öfkesini tazeledi:

– Mehlika Hanım. Heyecana ne gerek var? Bizlere gereken tedbiri alıp, Allah'a sığınmak düşer.

Tabancasını kılıfından çıkartıp kontrol etti. Kızgındı, yumuşamak için, zoraki tebessüm etti. Karşısındakilere moral vermek istiyordu, başaramayınca vazgeçti...

Mehlika Hanım eşinden çekindiği için soru bile sormak istememişti. Burhan ağlamaklı bakışlarla babasını süzdü. Baba, bu bakışların farkına varınca oğluna sordu:

– Burhan!

– Efendim baba...

– Korkuyor musun?

– Mahcup bir ses, cevap oldu:

– Hayır baba.

– Pekâlâ neden korkmuyorsun?

– Tedbir alındı baba. Başaramazsak kader deriz.

Esat Bey silahsız elini Burhan'ın omuzuna bastırıp:

– Aferin, dedi. Senden bu cevabı beklerdim.

– Bana bunları siz öğrettiniz babacığım.

– Şimdi sen annenle bu odada kalacaksın. Sanırım taarruz arka cepheden yapılır. Ben etrafı göz altına bulundurmalıyım.

– Baba...

– Efendim.

– Bana da silah vermeyecek misin?

– Silah mı?

– Evet, silah.

– Hayır, lüzum etmez.

Bu sözler Burhan'ı incitmişti:

– Lüzum etmez mi diye sızlandı...

Boynunu bir yana eğip, müteessir bir çehre ile yere bakışı görmeye değerdi.. İçli içli sitem etti:

– Hani ben iyi silah kullanırdım. İyi ata biner, iyi yüzerdim? Bunları bana siz öğretip, iyi yaptığımı söylememiş miydiniz?

– Doğru, söyledim tabii... Hem sana bunları öğretmek, babalık görevimdi.

Burhan birdenbire delikanlılaştı, göğsünü kabartıp, babasının karşısında dimdik durdu.

– Öyle ise bana da silah ver, diye kabardı.

– Lüzumsuz dedim.

– Baba, lüzumsuz olan bir şeyi bana niçin öğrettin?

Esat Bey, Burhan'a verecek cevap bulamamıştı:

– Doğru, diye mırıldandı.

Elindeki tabancayı Burhan'a uzatıp, kendisi duvarda asılı tüfeğini aldı.

Burhan, derin düşüncelerin adamı olmuştu. Gitmek için adımını hazırlayan babaya, meraklı meraklı seslendi:

– Baba...

Esat Bey dönüp oğlu Burhan'a ve suskun suskun bekleyen eşi Mehlika Hanım'a baktı...

– Söyle Burhan.

– Baba, şimdi vazife taksîmi yapmalıyız. Siz önemli gördüğünüz arka kesimi, ben de ön cepheyi koruyacağım. Anlaştık mı?

– Anlaştık.

Mehlika Hanım, Esat Bey'e baktı ve buruk bir acı ile Esat Bey'i süzüp, hemen arkasından cılız bir sesle hitap etti:

– Esat Bey...

– Efendim...

– Ben de senin yanında olmak istiyorum.

Düşündü ve karar verdi:

– Öyle olsun

– Burhan'a döndü:

– Sen de pencerelere fazla sokulayım deme. Korkarsan yanımıza gelirsin.

– Olur baba, sen hiç merak etme...

Arkalarından:

– Şey... diye kekeledi. Baba, helâllaşmadan mı ayrılıyoruz?

Esat Bey şaşırmış gibi durakladı, ananın gözleri dolu dolu olmuştu. Her iki ağızdan gelen cevabı, Burhan'ın sözleri bağladı:

– Benim hakkım da sizlere helâl olsun.

Kendisini tertipçi bir Ermeni sanarak kurşun yağmuruna tuttururlarsa, oldukça güç bir durumda kalabilirdi... Engelleri yenebilmenin çarelerini aradı...

Esat Bey eli tetikte idi. Pencerenin kasasına paralel olarak tüfeği dayamış, pusuya düşürülmüşlüğün acısını içinde duya duya gözleri karanlık sokakların arkasından bir şeyler arıyordu... Sükût dolu bir bekleyiş, eşi Mehlika Hanım'ı sıkmıştı... İri yapılı, çelik vücutlu, daha 36 yaşlarında bulunan eşine sual açtı...

– Esat Bey, sakın bu uydurma bir tehdit olmasın?

Gözleri dışarılarda, eşine cevap verdi:

– Sanmam.

Esat Bey, Mehlika Hanım'la birlikte arka odaya geçmişti... Burhan onların uzaklaştığını görünce, pencereye sokulup dışarıları gözetlemeye başladı. Karanlıkların görüntüyü engelleyişi, onu sinirlendirmişe benziyordu.

Dudaklarını gevdi, derin derin nefes alıp vermeye başladı.

Arka odaların kapısına baktı, ses yoktu. Yavaşça hole giden kapıyı açıp, ayaklarının ucuna basa basa merdivenlerden indi. Bahçeye açılan kapıya kadar gelmişti. Duraklayıp dışarıdan ses dinledi. Çıt bile yoktu.

Sokak kapısını usulca aralayıp, etrafı dikkatle gözetledi. Kimseler yoktu. Dışarıya çıkıp, duvara yaslandı. Şimdi arka kesimi kontrol edecekti. Sırtını evin duvarına sürte sürte, köşebaşına kadar geldi. Cin gibi etrafını kontrol ettikten sonra daha ileriye gitmeyi düşündü. Ela gözleri karanlıkları heyecan yüklü pırıltılarla emerken, kafasını yukarı kaldırıp, pencereye baktı...

Pencereden sızan ölü ışıklar ona çok şeyler anlatıyordu... Evin duvarından ayrılıp ilerilere yürüse, babasının kurşunlarına hedef olacaktı... Esat Bey önce:

– Bir vatan haini vurdum, diye sevinecek, sonra evlat katili olmanın ıstırabını duydukça mahvolacaktı.

Bu yüzden evin duvarından ayrılmayı istemedi. Etrafından ses dinleyip, ona göre hareket etmesinin gerektiğini düşünmüştü. Sonra harekete geçmek üzere olan askerleri düşündü. Burhan sıkıntı terleri döke döke, ürkek bakışlarını gecenin sessiz sokaklarında gezindirirken, Mehlika Hanım endişeli kocasını konuşturabilmek için sordu:

– Esat Bey, ister misin Burhan hayalindeki macerayı gerçekmiş gibi anlatsın?

Kaşları çatıktı. Yüzündeki deriler sıkıntıdan gerilmiş, kaşları kıvrılıp dağılmıştı. Heyecan dolu gözlerinin, kristal cam parçaları gibi karanlıkta pırıltılar yaydığı dikkat çekiyordu. Elinin tersi ile alnını silerken mırıldandı:

– Sanmam, Burhan yalan bilmez.

– Dilo, Burhan'ı korkutmak için söylemiş olabilir.

– İnsanlar korku anında gerçeklerden ayrılamazlar.

– Birazdan zaptiyeler de gelir, pencerenin önünden çekilsen?

– Şayet Burhan'ın dediği saat doğru ise, zaptiyeler yetişemeyebilir.

– Tedbiri elden bırakmak olmaz. Ses bekliyorum, artık konuşmayalım.

– Görürsen ateş edecek misin?

Esat Bey, acı acı gülümsedi.

– Sen galiba bu işi köşe kapmaca oyunu sandın...

Her ikisi de susmuştu. Esat Bey'in kızgın bakışları bahçenin içinde dolaştı durdu. Caddeden yana dikkat kesilmişti... Zaptiyelerin gelmesi lâzımdı. Hâlâ ortalarda kimselerin olmayışı öfkesini artırdı.

Bu sessizlik, bu heyecan dolu bekleyiş, insanı çıldırtabilirdi. Nefesler derinleşti, dudaklar dişlerin arasında sakız sakız çiğnendi. Tehlikelere gebelik çeken bekleyiş, odanın içinde bir bezginlik olup çıkmıştı. Belki de insafsızca kurulan bir tuzağın arkasından onları ölüm bekliyordu... İşte Esat Bey ve eşi gözgöze geldiklerinde birbirlerine bu anlamla bakıyorlardı.

❁

Burhan, hayret içinde, kıt duyulur bir ayak sesinden yana dönüp kaldı. Bahçe kapısında hayal meyal seçilebilen bir karartı belirmişti... Demek Dilo'nun söyledikleri gerçekti. Parmağını tetiğin üzerine götürüp bekledi. İçinde bulunduğu güçlük hâlâ bir çözüme kavuşmuş değildi.

Ermenilerin, hatta neferlerinin kurşunlarına hedef olabilirdi.

Heyecan ona bunların hepsini de unutturmuştu... Bir gölge kapı mandalını açıp, bahçeye süzüldü... İkinci bir hayalet, kapının önünde nöbetçi kalmıştı. Burhan tertipçilerin şimdilik iki kişiden ibaret olduğunu öğrenmişti. Sırtını evin duvarına yaslayıp, etrafı iyice taradı... Gölge kendisine oldukça yaklaşmıştı.

Ermeni tertipçi elini cebine sokup, birşeyler çıkardı... Burhan, bunun bomba olduğunu anlamıştı. Pimini çekmek için çabalayan Ermeni'ye kızgın kızgın baktı. Burhan zaman geçirmeden tabancanın tetiğini çekti.

Gecenin bezdirici sessizliği ve karanlıkların iniltisi, önce kurşun sesleri ile ve hemen arkasından acı bir çığlıkla ihlâl ediliyordu.

İkinci gürültü, bir bombanın sesiydi. Ermeninin kullanamadan elinde patlayan bombanın amansız gürültüsü...

– Aaah, diye karanlıklara yükselen bir çığlık, elinde infilâk eden bir bomba, Ermeniye terk-i dünya ettirmeye yetmişti.

Nöbetçi kalan gölgenin telaşı oldukça büyüktü... Karanlıkların arasında kıpırdandı, kıvrandı... Burhan, hayal meyal seçebildiği gölgeye, iki el ateş edebildi. Ermeni, bahçe duvarının arkasına gizlenip, cebindeki bombayı çıkardı. Pimini çekti. Burhan, havada bir elin sallandığını görebilmişti. Ne var ki, evi hedef alan bombanın atılışını engelleyemiyordu.

Sesin şiddeti ve evin geçirdiği büyük sarsıntıya, gözlerini yummuştu. Evet, altında bulunduğu tahta balkon üzerine çoktan çökmüştü bile.

Bombayı atan Ermeni, daha yerinden kımıldamayı başaramadan zaptiyelerin çemberine sıkışıp kaldı...

Ne var ki bunların hiç birisinden artık Burhan'ın haberi olmuyordu...

Esat Bey daha ilk kurşunun sıkılışında evin içinde Burhan'ı aramıştı. Lâkin artık çok geçti... Burhan, karanlıkların arasında sır olup gitmişti... Mehlika Hanım'ın gözleri ıslak ıslaktı:

– Esat Bey, diye sayıkladı.

Esat Bey, eline feneri aldığı gibi bahçeye koştu. Şaşkın ana, Esat Bey'in peşine takılan bir uydudan farksız gibiydi. Kocasının peşinde pervaneler gibi dönmeye başladı. İlk ses Mülâzım Tahsin'den geliyordu:

– Esat Bey, tehlike bitti. Eşkiya yakayı ele verdi.

Esat Bey, Mülâzım'ın sözlerine aldırış bile etmiyordu:

– Burhan, Burhaaan, diye seslendi.

Fenerin ışıkları etrafı oldukça aydınlatmıştı. Gözleri bahçenin ortasında yatan cesedin üzerinde perçinlenip kaldı...

Ana, amansız bir çığlık atarak:

– Burhan, diye feryad etti. Gecenin sessizliklerini yırtarcasına bir feryattı bu...

Baba, anne ve neferler. Herkes hayretler içinde aynı noktayı seyrediyordu...

Bombanın parçaladığı bir Ermeni, yerde cansız uzanıp kalmıştı... Bütün mahalleli uyanmıştı... Çoğu hadise yerinde buluşurken, giyinmeyi gözüne kestiremeyenler sokaklardan ses dinledi...

Hadise yerinde iğne atılsa yere düşmüyordu. Mahşerî bir kalabalık derler ya, işte öyle...

Artık gayeler birdi. Herkes Burhan'ı arıyordu. Baba elindeki fenerle çöken balkonun mahallini taradı. Daha yaklaşır yaklaşmaz inanılmaz bir sarsıntı geçirmişti.

Ortalığı inleten bir ses:

– Burhaaan, diye yükseldi.

Elindeki feneri bir köşeye fırlatıp, oğluna sarıldı... Burhan, kanlar içinde yatıyordu... Kafası dışarıda, ahşap binanın balkonu üzerine göçmüştü.

Çabuk bir hareketle, Burhan'ın üzerindeki tahtaları kaldırdı. Sonra oğlunu kollarının arasına alıp, yukarı doğruldu...

Balkon, Burhan'ın üzerine, gecenin karanlık gökleri, baba ve annenin başlarına çökmüştü.

Mülâzım Tahsin, Esat Bey'in yanına koştu. İlk işi Burhan'ın nabızlarını yoklamak olmuştu.

– Yaşıyor, diye sevindi. Yaşıyor. Onu hastahaneye yetiştirmeliyiz.

❁

Burhan'dan iyi haberler var... Sadece sol bacağı kırık ve sıhhati oldukça mükemmel.

Bugün babası ziyaretine geldi. Sevinmişti. Babasının hemen peşinden, en yakın arkadaşı Orhan ve öğretmeni, babasının yakın dostu Muallim Naci geldiler. Gözü Orhan'a ilişince acı bir tebessümle mırıldandı:

– Orhan.

Kalkamayınca üzüldü... Muallim Naci, talebesinin hissiyatını anlamıştı.. Teselli için konuştu:

– Sen erkek adamsın. Üzülmene gerek yok. Yakın bir zamanda kalkıp, arslanlar gibi gezeceksin.

Orhan, Burhan'ın yanıbaşına oturmuştu. Hassas bir sesle sordu:

– Nasılsın?

– İyiyim. Sen?

– Ben de iyiyim.

– Üzgün gördüm de.

– Senin için.

– Üzülme kardeşim, çok çabuk tutarmış. Sen de vakitli vakitsiz yalnız dolaşmaya kalkma. Biliyorsun, o çocuklar...

– Üzülme.

❁

Burhan, kısa zamanda iyileşmiş, hastahaneden çıkmıştı. Ancak fazla hareket etmesi yasaktı. Baba ve anne bir müddet daha Burhan'a dışarı izni vermiyorlardı. Orhan onu hiç yalnız bırakmadı. İşte zor günler böylece eriyip geçti...

Çoban

Dostları Esat Bey'e başka bir eve taşınması için ısrarda bulundukça, Esat Bey ilk sözünde durdu ve evinden çıkmadı...

– Varlığımızdan rahatsız olanlar varsa, onlar gitsinler. Kendi topraklarımız üzerinde kaçak olarak yaşamaktansa, ölmeyi tercih ederim...

Esat Bey, direnişinde haklıydı.. Kaçmak, yer değiştirip gizlenmek, meselelere çözüm değildi.. Hem bu faaliyetler basit bir direniş olamazdı... Komitacıların yüzkarası hareketleri, vahşet dolu bir sergiden farksızdı... Sadece Erzurum değil.. Memleketin çeşitli yerlerinde sinsi sinsi kıpırdanışlar gırtlağa kadar gelip dayanmıştı. Van, Hakkari, Gümüşhane, Sivas, Kayseri, Tokat ve Bitlis.

Bu mesele, bu sonu gelmeyen katliam dizisi, çoğu kere çocukların bile kafasına takılan, çözüm için bütün beyinleri zorlayan adeta sonuçsuz bir problemdi...

Burhan ve Orhan, içlerinde ukde olan mesele hakkında yine Esat Bey'i soru yağmuruna tutmuşlardı. Yeni onarılan balkonunda hem çayını yudumluyor, hem de çocukların sorularını cevaplandırmaya çalışıyordu. İlk soru Orhan'dan geldi:

– Esat Bey Amca...

– Efendim.

– Ermeniler bizden ne istiyor?

Esat Bey, alaylı alaylı güldü:

– Huzurumuzun bozulmasını ve topraklarımızın parçalanmasını...

– Ne hakla?...

– Görüyorsun işte. Yaşadıkları topraklar üzerinde beklemedikleri huzuru bulunca ve de o toprakların öz sahipleri ile aynı muameleye tabî tutulunca, rahatlık onları rahatsız etmeye başladı.

Burhan, oldukça meraklanmıştı:

– Baba, hükümet niçin bu hainlere gereken dersi vermez? Ondan daha öte, Zaptiye Kumandanı onları sinek avlar gibi tek tek avlasa, hainlik yapamaz duruma getiremez mi? Sanki canlarını Cehenneme gönderemez mi? Söylesene baba, niçin yapmazlar bunu? Sen bile eline geçen suçluları idam ettirmezsin...

Esat Bey, ciğerlerini içinden sökercesine nefes alıp verdi...

– Sizler çobanlık nedir bilir misiniz?

Burhan:

– Biliriz, diye cevapladı. Önünde sürüsü olan, koyun, sığır gibi hayvanları güden insanlara çoban denir.

Dudaklarından acı bir tebessüm dökülmüştü:

– Öyle derler, dedi. Doğru. Çoban denilince insanın kulağında sürünün çan sesleri. Koyunların kuzuların içli içli meleşmeleri gelir. Gözlerde güzel bir tablo canlanır.. Sırtında heybesi, belinde ekmek bohçası, bir çoban... Sarp ve amansız dağların eteklerini inleten yanık kaval sesleri, içli türküler. Ve çobanın sürüsünün arkasından bakışı...

Hoş bir manzara değil mi?... Tabii, dış görünüşüyle duygusal, romantik ve hissi. Dış görünüş itibarı ile özlem duyulacak bir manzara teşkil eder.

İşte, sizlerin bildiği, tanıdığı çoban bu... Gel gör ki çobanlık sadece bu kadar değil...

Bir çoban, herşeyden evvel, sürüsünü doyurmakla, vahşi hayvanlardan, hırsızdan, her türlü tehlikeden korumakla görevlidir. Sürünün içinde sevdiklerini de, sevmediklerini de gütmekle, kurttan kuştan korumakla görevlidir.

İşte, Hükümet denilen kuvvet, Zaptiye Kumandanlığı ona bağlı neferler, ceza mercileri de bu sorumluluk içinde çalışan birer çobandırlar... Onları hem güdecek hem de cezalandıracağız.

Burhan öfkelendi:

– Fakat baba, sürüsüne kurt getiren köpekler makbul sayılmaz. Üstelik masum da olmazlar..

– Şimdilik hiç üzülmeyin. Aşırı arzular insana mezar olabilir. Bunların cevabını büyüdüğünüz vakit daha iyi anlayacaksınız.

Burhan ve Orhan, Esat Bey'e sadece boyun bükerek, derin ve sükûtla cevap verdiler...

Harp Oyunu

Son günler, yine gizli amellerin harmanı olmuştu... Hudutlardan içeri sızmayı başaran komitacılar, birer birer Ermeni köylerini ayaklandırmak için dağılmışlardı.

Kaza ve vilayetlerde bulunan Ermeniler, eğitim işlerini hızlandırmışlardı. İşe, öğretmenlerle başlamak akıllıca bir işti. Osmanlı'nın gövdesinde kaynaşmaya başlayan bu zehirli kurt, dış etkenlerin oyuncağı haline geldiğinden bîhaberdi.

Avrupa, Rusya, böyle bir maşadan tutunabilmek için, yırtınıp duruyordu. Basınlarıyla, esirgenmeyen yardımlarıyla adeta Türkiye'deki Ermenilerin hamisi kesilmişlerdi. Haçlılara göre ve hatta Moskofa göre, Osmanlı, içten yıkılmalıydı. Zahmetsiz, kolay yutulabilen lokma haline getirilmeli...

İşte, bütün bir kış böyle geçti. Ermeni çocukları mektepte sadece öldürmeyi ve Müslüman Türk düşmanlığını öğrendiler... Artık ilim yerine nefret ve kin okuyan insanlar yetiştiriliyordu... O küçük insan kafalarında, şuursuz bir nefret ve kin ideologyası örülüyordu.

Sokaklarda dolaşan Ermeni çocukların bakışları bile değişmişti. Suratları, kararmış geceden daha karanlık, gülmeyi unutmuş bir nesil yetişiyordu. Zavallı, bindiği dalı kesmeye çalışan, huzur yerine yarınları kendilerine mezar kazan bir nesil. Zaman bilindiği kadar uzak değil.. Çabalar, erken vakitlerde meyvesini verdi.

Herşeyden önce, aldıkları emirlere göre hiç dağınık gezmiyorlardı. Nerede ve ne zaman bir Türk çocuğu ile karşılaşsalar, dövmek istiyorlar... Ya da taş yağmuruna tutuyorlardı.

Öğretmenler okullarda, baba ve anneler evde, ihanet yarışını sürdürüp gitti... Hatta Türk dostu gibi gözüken, gerektiğinde Mehmet Ağa'nın yardımına sığınan Keşiş Lato bile...

Bugün yine evinde toplantı vardı. Keşiş Lato her günkü sözleri, yine eskisi kadar hararetli harcıyordu...

– Şayet bu bölgede bir Ermenistan kurulacaksa, birlik ve beraberlik şart, diyordu. Hiç kimse ölümden gözünü kırpmamalı...

Bu sözler hergün duyup dinledikleri cinstendi.. Ne var ki onları sıkmıyordu... Lato, içindeki zehiri yine kustu:

– Sakın korkak alışmayın. Türkler sizi kuvvetli görmeliler. İşte o zaman ezilmezsiniz.

– Kendinizi hep haklı göstermeye çalışmalısınız. Bu sizin birinci vazifeniz olsun. Yanlış anlaşılmasın. Haksızlık yapmayın demiyorum, haklı duruma geçebilecek ortam icad etmeyi ihmal etmeyin diyorum.

Bir Ermeni, bir Türk'le kavga mı ediyor?... Hemen yardıma koşun.

Çocuklarımız dövülerek değil, döverek büyümeliler....

Bu yarınların Ermenistan'ının temelini atmak için en büyük hazırlıktır... Unutmayın efkâr-ı umûmiyenin önünde acınır duruma düşmek, mücadelenin yarısını kazanmak demektir...

En büyük vahşetlerin arkasında bile, acındırmayı becerebildiniz mi kazandık demektir...

En şanslı tarafımız şudur ki: Müslüman Türkler'in hiç dostu yoktur...

Bütün Avrupa devletlerinin gönüllerinde, bir Haçlı kininin durmadan kanadığını söylemek kâfîdir. Yarının kurulacak olan Ermenistan'ını bütün Hıristiyan aleminin destekleyeceği âşikârdır...

– Türkleri hiç sevmeyin, seviyor gözükmeyi de ihmal etmeyin. Bütün Ermeni ahalisi, çocuklarını işte böyle yetiştirmeli... Burada konuştuklarımızı birer birer anlatmalı, tembihlemeli...

Keşiş Lato, soydaşlarına nutuk atıyordu... Herkes onu, koyunun kaval dinlediği gibi dinledi... Lato:

– Ticareti elde tutmaya mecburuz, diyordu. Bütün Ermeni tüccarlar birbirlerine müteselsil kefil durumunda olmaya mecburdurlar... Toplu bir kalkınmaya doğru gidersek, yarının ufuklarında Garin bölgesindeki Ermeni devletini görür gibiyim...

❁

Analar, babalar ve bütün Ermeni büyükleri, çocuklarını öğütledi... Çok geçmeden maya tutmuştu.

Bu yıl kışın gitmesi oldukça güç olmuştu... Baharı güneyden gelen kuşlar müjdeledi... Göçmen kuşları... Kayaların dibinde ocak ocak menekşeler açmıştı. Kertenkeleler kımıldadı ve kıyılardaki kayın ağaçları yeşerdi...

Erzurum yine nefis bir bahar gününü yaşıyordu... Keşiş Lato'nun oğlu Dilo, yediği dayağın acısını bir türlü unutamamıştı... Üstelik ağzından kaçırdığı lâf yüzünden, babası ve soydaşlarının başları derde girmişti...

İşte Dilo o günden bu güne kadar, Orhan'la Burhan'ı görme fırsatını kollayıp durdu... Geceleri gündüzler boyunca, alacağı intikamı düşünüyordu...

– Nasıl, ne zaman ve nerede?..

İşte o özlemle beklenen gün gelip çatmıştı. Yedi sekiz arkadaşı ile birlikte dolaşıyordu. Birdenbire olduğu yerde durup kaldı... Yanındaki arkadaşları şaşırmıştı... Etrafını çepeçevre sarmış, hep ona bakıyorlardı... Dilo, bütün hissiyatı ile uzaklardaydı... Keskin ve alıcı bir bakışla...

Çocuklardan bir tanesi sordu:

– Dilo... Ne oldu sana?

Kin dolu bakışlar hedefinden ayrılmadan konuştu:

– Hiçbir şey.

– Korkuttun bizi, nereye bakarsın öyle?..

– Burhan'la Orhan'a...

– Dövelim mi?

– Hayır. Şimdi olmaz.

– Neden?

– Buralar tekin yerler değil.

– Başka yerlerde onları bulamayız ki.

– Buluruz.

– Söylesene nasıl?

– Biraz sabretmelisiniz. Beğeneceğinizi ümit ederim.

Etrafındakiler hayret komasına girmişlerdi. Yüzlerinden korku, hareketlerinden heyecan tufanına tutulduklarını anlayabilmek, hiç de güç sayılmazdı... Kafile halinde Orhan'la Burhan'ın yanına sokuldular...

Vakitsiz ziyaret, Burhan'ı oldukça kuşkulandırmıştı. Manidar bir tavırla Orhan'ın suratına baktı.

– Hazır ol, demek istiyordu.

Dilo, işin farkına varmakta gecikmemişti:

– Yok yok, dedi. Biz kavga etmeye gelmedik.

Burhan, alaylı bir kahkaha atmıştı:

– O kin dolu bakışların, söylediklerinin aksi olmuyor mu?

– O başka.

– O halde söyle bakalım, buraya neden geldiniz?

– Şey, düşündüm taşındım, bu küskünlük manasız. Babam da öyle söyledi. Arkadaş olalım, birlikte oyunlar oynayalım.... Gelişimin sebebi bu...

– Nasıl bir oyun bu?

– Harp oyunu...

– Harp oyunu mu?

– Evet. Yiğitçe bir oyun olduğu için bunu seçtik.

Burhan'ın suratında ıstırap kümeli çizgiler kaynaştı:

– Biz kalleşlerle oyun oynamayı sevmeyiz...

Dilo, Burhan'ı tahrik etti:

– Müslüman Türkler korkuyu tanımamışlar. Ayrıca ben de tanımadım.

– O zaman evet, demelisin.

– Önce oyunun şartlarını bilmeliyim.

– Sen Türk çocuklarını toplarsın, ben de Ermeni çocuklarını. Tabii adet bakımından eşit olmalıyız. Mesela onar kişi yetmeli. Üstelik yaş durumu on ikisini geçenler olursa, getiren tayfaya kalleş denilecek.

– Sonra?

– Sonra tabanca, bıçak ve sopa gibi şeyler yasak... Sapan ve taş atmak var... Ayrıca büyüklerimizin bundan haberdar olmaları yersiz olur. Kendi aramızda bir oyun...

Burhan, derin bir düşüncenin arkasından:

– Kabul, dedi. Hemen arkasından, sadece onar kişi değil mi, diye tekrarladı.

Dilo, sevinçliydi, neşesinden sırıtırken yayılan dudakları ablak suratını biraz daha düzleştirdi... Karışık kıvır kıvır saçlarını parmakları ile kaşırken:

– Tabii, sadece onar kişi. Burada gördüklerin ve iki kişi daha... Güzel bir gün geçireceğimizden eminim.

– Oldu dedik ya. Şimdi çekilip gidin buradan.

– Unutma, yarın kuşluk vaktinde.

– Nerede buluşuyoruz?

– Ejder Tepesi'nin eteklerinde. Herkes erkenden gidip mevzîlenebilir. Islıklar çalınmaya başlayınca, oyun başladı demektir.

Burhan gülümsedi:

– Oyun mu?

Dilo kekeledi, omuz çekti:

– Oyun diyebildi... Sadece oyun. Kaybeden taraf, kazanan tayfanın üstünlüğünü kabul edecek... Hepsi bundan ibaret...

– Peki Dilo. Yalnız sonunda bir kalleşlik olursa, doğduğuna bile pişman ederim.

– Söz verdim ya. Şartlar aynen uygulanacak.

– Tamam, gidebilirsiniz.

Dilo, Burhan ve Orhan'ın yanından sevinçle ayrılmıştı. Orhan, önce gidenlerin sonra Burhan'ın suratına baktı, baktı, baktı... Gözleri yanlarından uzaklaşan maskeli insanları lanetlerken, dudakları fısıldadı:

– Burhan bence söz vermekle iyi etmedin.

– Neden?

– Bu işte bir bit yeniği olmalı. Aksi takdirde Ermeniler bizimle, ona on dövüşmeyi asla kabul etmezlerdi.

– Deneriz. Kabul etmeseydik, korkuttuk diyeceklerdi. Kimbilir belki de bu kış bir şeyler öğrendiklerini sanabilirler...

– Zannetmem Burhan. Bu sadece bir oyun.

– Korkuyor musun?

– Hayır ama, onların sözlerine güven olmazmış. Babam öyle söyler.

– Diyelim ki on kişi değil de yirmi kişi olsunlar... Ne çıkar bundan?

– Sadece o kadar değil. Büyüklerini de getirip...

– Doğru. Bunları düşünmeden karar verdik...

– Gidecek miyiz?

– Evet.

– Ama?...

– Korktu derler. Üstelik verilen sözden dönmek bize göre değil.

– Burhan..

– İstersen sen gelme.

– Beni gelmek korkutmuyor ki? Tedbirsiz oluşumuz. Hem de yarın gibi kısa bir zaman bu.

– Orada ölüm yüzde yüz olsa bile, ben yine de gitmeliyim.

Orhan:

– Öyle olsun, diyerek boynunu büktü... Öyle olsun..

– Korkma be Orhan, biz mektepte harp eğitimi görmüş çocuklarız.

– Bizimle başka kimler gelecek?

❁

Dilo ve arkadaşları sevinçli sevinçli gözlerden uzaklaşırken, yarının neler getirebileceğini kurabiliyorlardı.

– Yarın başka bir gün olacak. Dayak atma, işkence etme arzularınızı gidereceksiniz.

Harp oyunu Dilo'nun aklına yeni esen bir rüzgâr da değildi. Sadece Orhan'dan intikamını alabilmek için kurduğu iğrenç bir tuzaktı. Bu hazırlık belki de günlerce sürüp gelmişti.. Türk çocuklarını dövüp, anne ve babalarına zafer müjdeleri vereceklerdi. Hareketler herkesten, hatta en yakın olanlarından bile gizli tutuluyordu.. Sapanlar, ceketlerinin altına gizlenecek büyüklükte sopalar, hatta kamalar, akıl almaz silahlar temin edilmişti...

Dilo, akşama kadar kapı kapı dolaşıp adam topladı ve izahat verdi.

Artık yorulmuştu... Ölçüsüz bir sevinç içinde yatağına uzanıp sabahı bekledi... Hayallerinde bile:

– Yarın, diyordu... Yarın akşam Ermeni çocuklar babalarına zafer müjdeleri vereceklerdir.

Dilo koltuklarını kabartacak, daha şimdilerden yetişen neslin lideri olduğunu haykıracaktı.. Dahası var... Türk çocukları fellik fellik aradıkça o...

❁

Burhan, akşama kadar sadece yedi kişi toplayabilmişti... Orhan'dan ayrılıp evlerine döndü... Düşünüyordu... Mağlûp gelmemeyi, mağlûp etmeyi.

Yatsı namazını kılıp, erkenden yattı.

Kendisi yatakta, gönlü Ejder Tepesi'nin eteklerinde uçuşuyordu.

Bir müddet harp planları hazırladı. Sanki Türk Orduları Başkumandanlığına getirilmişti. Yarın kuşluk vakti, büyük taarruza geçilecekti... Bazen sıkıntısından terledi, bazen aklına birşeyler gelip rahatladı... Çok geçmeden uykuya varmıştı.

❁

Bugün gökler bulutlarını süzmüş, semalar cam gibi parlak.. Kuşlar.. O gökkubbenin süsü, yeryüzünün en tatlı mûsıkîsi olan kuşlar durmadan, yorulmadan uçuşuyor, büyüleyici nameleri ile gönüllere ferahlık sunuyor. Evet, göçmen kuşların zamanıydı. Bu sene konvoy konvoy gelip, Erzurum'un semalarını süslediler.. İşte birkaç katar daha süzüldü Erzurum'un üzerinden.. Naz ile, âhenk ile...

Turnalar, bülbüller, keklikler ve güvercinler.. Burhan, Ejder Tepesi'nin eteklerinden kafasını kaldırıp onlara baktı..

– Ne kadar mesutlar, diye mırıldandı.

Hemen arkasından, kendi düşüncelerini kendi yalanladı.

– Ne de olsa bu doğru değil, diye acındı.. Kendisini bilmeyen bir el tetiğe dokundu mu, belki otuz kırk tanesi birden dökülür.. O vahşet kusan tetiğin arkasından ne huzur, ne de hürriyet kalır...

Kuşların arkasından, yeniden göklerde süzülüşlerine daldı...

– Uçun, diye mırıldandı. Uçun, kötülük gördüğünüz yerlerde durmaksızın uçun. Her göz Burhan'ınkiler gibi, hayran hayran seyretmeyebilir sizi... Dedim ya huzuru bozuk yerlerde kalıp, sakın siz de huzursuzluk öğrenmeyiniz.

– Hıh, diye toparlandı. Ayağının dibine hayretle bakıyordu.

– Yılan, diye sıçrayıp doğruldu. Yılan...

Hemen arkasından büyük bir taşa sarılıp, hiç acımadan üzerine bıraktı. Bütün arkadaşları gerilere çekilmişti. Orhan arkadaşına sordu.

– Uçuşan kuşların arkasından duygulu duygulu...

Arkadaşının ne söyleyeceğini anlamış gibi, sözünü kesip ilâve etti:

– Doğru, şimdi de yılanı öldürdüm... Herkes yaşamayı sever Orhan.

Ben yılanı öldürmeseydim, yılan beni sokacaktı. Ama kuşlar... Onlar masum ve zararsız yaratıklar... Gel gör ki, dünyada kuşlara olduğu kadar, yılanlara da yer var... Tıpkı güller ve dikenler gibi.

İkisi de aynı ağacın dallarında ve gövdesinde barınamazlar mı?

Orhan'ın gözleri uzaklara takılmıştı... Baktı, baktı, baktı..

– Burhan, diye mırıldandı. Karşıdalar..

Gayri ihtiyarî bir umursamazlıkla, arkadaşını cevapladı:

– Demek geldiler..

– Sanırım bizi arıyorlar.

– Onlar olmalı. Şimdi beni iyi dinleyin.

– Herkesin sol ceplerinde kül, sağ ceplerinde taş var mı?

Yedi kişiydiler, herkes ceplerini yeniden yokladı.

– Var.

– Var.

– Var.

– Sopalarınız da yanınızda mı?

– Evet...

– Oldu. Onlar şartları bozmadıkça sopalar kullanılmasın. Duydunuz mu?

– Duyduk.

– Duyduk.

– Sakın endişeniz olmasın. İçlerinde bir tanesinin canının yanması kâfi... Tıpkı köpek milletine benzerler. Bir sürü köpek düşünün. İnsanın üzerine hepsi birden hücum etse, içlerinden bir tanesinin canı yanıp sızlansa, çığıran köpek tükendi demektir. Paniğe kapılıp birbirlerini boğarlar.

Onlar üzerimize geldikçe hücum edeceğiz. Kaçan bizden değildir. Yılmadan, yorulmadan taş atın. Sapanlar kurşun gibi savrulmalı. Baktınız kalabalık geldiler, ya da başka şeyler kullanıldı. Aralarına dağılıp gözlerine avuç avuç kül savurun. Tabii en doğrusu üzerimize yaklaştırmamaktadır... Taş, taş, taş...

İçlerinden sarışın, alev bakışlı bir çocuk sordu:

– Onlar on kişiler mi?

– Öyle konuşmuştuk.

– Ya silahlı gelirlerse?

– Merak etmeniz gereksiz. Orhan ve bende silah var. Kahpelik eden olursa kullanacağız...

İçlerinden bir tanesi alaylı alaylı güldü:

– Siz buna, harp oyunu mu diyordunuz?

Burhan oldukça düşünceli gözüküyordu. Arkadaşlarının içinden bir tanesinin burnu kanasa, sebep olacaktı... Kendisine tevcih edilen soruya karşılık içini çekti. Kısık bir sesle ilâve etti:

– Adını öyle koyduk, diye mırıldandı. Sonunda bir kaphelik olmasaydı, onlar böyle bir teklifte bulunmazlardı. Kabul etmemek, o da hepsinden kötü. Bundan böyle kendilerini bir şey zannederek kabarırlardı.

– Şimdi ne yapıyoruz? Sen ondan söz etmeye bak.

Soru sahibi meraklarını derinleştirdi. Burhan:

– Bekleyeceğiz, dedi. İşaret versinler bakalım..

Burhan, altı arkadaşı ile birlikte siperlendikleri çukurda beklerlerken, karşı yamacın arkası kaynaşıyordu. Öyle ki, bir nefeste saymak imkânsız bir şey...

Dilo arkadaşlarının hepsini toplamıştı. Sınıflarında, komşu sınıflarda ne kadar çocuk varsa, hepsi yanlarında mevcuttu.

Dilo bir çırpıda otuz iki kişi sayıp, arkadaşlarına hitap etti:

– Türk çocuklarının tam beş katı kadarız. İstesek onları tükürüklerimizle boğarız. Anlıyor musunuz, tükürüklerimizle.. Sakın dağılmayın, önce gözleri korksun.

– Biz oynamıyoruz, diye mızıkçılık ederlerse?

– Sakın etraflarını sarmayı unutmayın. Olur dersiniz.. Sonra da ansızın hücuma geçersiniz. Onlar oynamıyoruz dedikçe siz vurun...

Sakın acıyorum diyen olmasın. Onlar ağladıkça, sızlandıkça vurun.. Hepsini teker teker linç etmeniz lâzım...

Kin dolu gözlerini derin bir çukurun üzerine sabitleştirdi:

– Sonra da leşlerini o çukurun içerisine istif ederiz, diye parmağı ile derin bir hendeği işaretledi...

– Şimdiden harbe alışmış oluruz, diye devam etti. Ağzımızı sıkı tutarsak, kimseler bizden kuşku duymaz.

İçlerinden bir çocuk itiraz etti:

– Ya içimizden bir tanesi söylerse?

Dilo:

– Doğru, dedi. Önce yemin etmeliyiz.

Böylece Dilo'nun düşüncelerinin harp oyunu değil, vahşî bir tuzak olduğu açığa çıkıyordu...

Tam bir lider gibi konuştu... Kibir dolu bir lisanla arkadaşlarına hitap etti:

– Unutmayın, söylediklerim aynen yerine getirilmeli. Onlar da birazdan gelirler...

İçlerinden bir çocuk:

– Belki de gelmişlerdir, dedi.

– Öyle ise ıslık çalıp haber verelim.

İki elinin şahadet parmaklarını birleştirip ağzına götürdü...

Burhan ve arkadaşları dikkat kesilmişlerdi... Orhan:

– Haber bekliyorlar, dedi.

– Karşılık ver, diye mırıldandı...

Orhan kulakları çınlatan bir ıslıkla cevap veriyordu. Gözler, merak dolu gözler, karşı yamacın üzerine garip edalarla dökülmeye başladı. Siperden açıklara bir sürü çocuk süzülüyordu.

Orhan hayretle arkadaşına bakıp sordu:

– Senin on kişi dediğin bu bir sürü eşkiya mı?

Burhan:

– Kahpe dölleri, diye kızdı... Domuzdan toklu doğar mı hiç? Tıpkı babaları gibi... Bunlar...

Çocuklar heyecan doluydu. Burhan morallerini düzeltmeye çalışırken, Orhan:

– Yedi kişiye bir sürü çakal, diye mırıldandı. Çok azız..

Burhan:

– Korkmayın, dedi. Sakın paniğe kapılan olmasın. Onlar da fazla cesaret yoktur.

– Kapılmayız.

– Kapılmayız.

– Kapılmayız.

Evet, herkes paniğe kapılmayız diye söz veriyordu. Ancak ne de olsa sesler oldukça titrek ve mânidardı. Evdeki pazarlık çarşıya uymamıştı.

Burhan, dibinde oturdukları yamacın hendekli çukurundan düzlüğe çıkarken, sapanı elinde, sopası kolduğunun altındaydı.. Arkasına dönüp, arkadaşlarına hitaben:

– Tek tek çıkın, dedi. Kalabalık sansınlar.

Sakın arayı fazla kapatmayın, hemen hücuma geçeriz. Bir tanesinin canını yakmanız kâfi.. Dediğim gibi hepsi kaçabilir.

Ermeni çocukları ile aralarında en azından üçyüz metrelik bir mesafe vardı... Her iki taraf, birbirlerine tedbirli ve ağır adımlarla yaklaştılar. Her iki grup da, yüz metrelik bir mesafede durakladı.

Dilo, kafilesinin başında, Burhan ve taifesine hitap etti:

– Burhan, korkmuyor musunuz?

Burhan, Erzurum'un dağlarını inletircesine bağırdı.

– Müslüman Türkler korkusuzdur.. Tabii Allah'dan başka.

Alaylı bir ses karşılık oluyordu:

– Utanma. Korkuyorsan vazgeçebilirsin..

– Biz kalleş insanların sözlerine itibar etmeyiz.

Anlaşılan Dilo, yeni bir tuzak hazırlıyordu. Arkadaşlarına dönüp, alçak bir sesle zehrini kustu:

– Vazgeçmiş gibi hareket edip, onları aramıza alırsak, kimsenin burnu kanamadan işlerini bitiririz.

Yeniden Burhan'a sesleniyordu:

– Bakın, biz çok kalabalık geldik. İsterseniz kavga etmeden kırlarda gezer, sonra da evlerimize döneriz...

– Kararınız kat'î ise, geriye dönüp gidebilirsiniz.

– Bize güveniniz yok mu?

– Geldiğiniz gibi yine kendi halinize dönerseniz, güven sağlamış olursunuz.

– Biz beraber olmak istiyoruz.

– Siz her zaman beraberlikleri bozdunuz, güvenmiyoruz...

Dilo Burhan'ı kandıramayınca, delilere dönmüştü...

– Türk inadı, diye öfkelendi. Sopalarınızı ceplerinizden düşürmeyin. Önce sapanlarla işe başlamalıyız. İçlerine sokulduk mu, bıçaklarınızı kullanabilirsiniz. Hatta tabanca bile...

Öfke dolu bir ses, Türk çocuklarına ateş püskürüyordu:

– Günah bizden gitti. Az sonra pişman olacaksınız...

Arkadaşlarına şuursuzca bir emir verdi:

– Yürüyün!..

Adımlar, sallanan kollar ve eller, uzaklara bakan gözler, bütün herşey, her hareket kin doluydu.

Taşlar fırlatıldı, sapanların lâstikleri gerildi, sopalar boşlukta deli deli savruldu ve aradaki mesafe de oldukça azaldı...

Kalabalık oluşları Ermeni çocuklarına cesaret veriyordu... En önemlisi, dönüşte babalarına verecekleri zafer müjdesi olacaktı..

Burhan ve arkadaşları yerlerinden kılpayı olsun kımıldamıyorlardı. Ellerindeki sapanlar gerginleştikçe gerginleşti... Hepsi de:

– At emrini bekliyorlardı.

Aralarındaki mesafe oldukça kısalmıştı. Yirmi-yirmibeş metre var ya da yok denilecek kadar bir şey... Burhan'ın kızgın bakışları ölçüyü kaçırmıyordu.

– Hazır olun, diye hitap etti... Hemen arkasından emir verdi:

– Atıyoruz...

Sapanlardan fırlayan taşlar kurşun gibi boşlukta vızıldayıp, her birisi isabet kaydetti...

Hareketler tekrarlandıkça, taşlar havada kızgın kızgın uçuştu, uçuştu.

Ve kalabalık Ermeni birliğinden acı acı feryatlar yükseldi:

– Aneeem...

– Oooof..

– Başıııım...

– Öldüüümm...

Dilo kan ter içinde korkudan titriyordu. Son çare olarak belindeki tabancayı çıkartıp, ateşe hazırlamak için gayret harcadı... Burhan, Dilo'nun hareketlerini kontrolden uzak tutmuyordu... Elindeki sapanı Dilo'nun ellerine nişanlayıp çekti... Taş menzilini iyi seçmişti, ancak ellerini değil... Dilo'nun feryadı dağları delercesine yükseldi:

– Ooooyy... Öldüm Aneeem, kurtarın beniiiii...

Sol elini sol gözünün üstüne kapak yapıp, olduğu yerde pervaneler gibi döndü, döndü... Ermeni çocukların bulundukları mevki bir anda ana-baba gününe dönmüştü... Bozguna uğramış karınca yuvası gibi kaynadı, kaynadı durdu...

Artık her can kendi kaygusuna düşmüştü. Kimsenin kendisinden başkasını düşünemediği bir zaman doğmuştu. O zafer sarhoşluğu ile koşan tayfa, bozguna uğramıştı... Bacağını tutan, kafasını figanlarla kavrayan, kurtuluş umuduyla, kaçan kaçana bir gün olmuştu... Acı acı çığlıklar gök kubbede düğümlenirken, Dilo herşeyden habersiz, kararan dünyanın fırıldağı gibi dönmekten bıkmıyordu.

– Gözüüm... Gözüüüm... Anneeeem gözüüüm... Ermeni çocukları kaçtıkça kaçtı, Türk çocukları onları bîkarar kovaladı, kovaladı...

Muayyen bir mesafede durmuşlardı... Birbirlerine sevinçle bakıp tebessümler gönderirken, gerilerden gelen acı bir çığlık dikkatlerini çekti.

Hep beraber durakladıkları noktadan, sesin geldiği bölgeye bakıyorlardı... Burhan kafası ile işaret ederek:

– Koşun, dedi...

Dilo meydanlıkta acılarla kıvranırken, takatsiz düşüp, olduğu yere pelte pelte yıkılıp kaldı. Yaralının yanına ilk gelen yine Burhan oluyordu.

Yüzünün üstüne uzanmış, toprakları kavrayan Dilo'yu, kollarının arasına alıp, sırt üstü çevirmeye çabaladı... Eli yüzü kan ve çamura bulanmış olan Dilo'yu güçlükle tanıyabilmişti:

– Dilo, diye mırıldandı... Sol gözü de akmış...

Orhan:

– Harp oyunu, dedi... Eğer onlar kazansalardı, hepimizi linç edeceklerdi...

Öfke doluydu:

– Öyle değil mi, Dilo? diye bağırdı...

Dilo sağ gözünü güçlükle açıp, etrafına dumanlı görüntülerle bakarken, ağlayan bir sesle konuştu:

– Bizimkiler nerede?...

Orhan:

– Kaçtılar, dedi.

– Beni öldürecek misiniz?

Burhan acı acı gülümsedi:

– Biz sizin elinize geçseydik, siz öyle mi yapacaktınız?

Hıçkıran bir ses cevap olmuştu:

– Geçmediniz ki..

Burhan'ın gözü yere atılmış bir tabancaya ilişmişti... Yerdeki tabancayı eline atıldı...

– Dilo'nun olmalı, diye mırıldandı...

Dilo başucunda Türk çocuklarını bulup, arkadaşlarının kaçmış olduklarını öğrenince, dertlerin en büyüğüne düşmüştü. Yarı açık, zorla kırpıştırabildiği sağ gözünü, ıstıraplı bir şekilde açarak, yalvarış dolu bir sesle hitap etti:

Âdetâ, sazın yeni kırılmış telleri gibi titriyordu. Şiddetli sancıdan, korkudan, tedirgin bir hali vardı... Burhan Dilo'yu tepeden tırnağa kadar süzdükten sonra moral verdi:

– Korkma, dedi. Sana dokunan olmayacak. Kaçan arkadaşlarının görevini yapıp, seni evine kadar götüreceğiz...

Dilo, gözünün şiddetli sancılarını bile unutmuş gibi, söz istedi:

– Sahi, sahi beni öldürmeden evime götürecek misiniz?

Burhan:

– Evet, dedi. Götüreceğiz... Şimdi doğrulup bize yardımcı ol.

Orhan ve Burhan. Dilo'nun kollarından tutup yürüdüler... Arkadaşları onları takip ederlerken, Burhan uzaklara bakıp konuştu:

– Başka yoldan gitmeliyiz...

Şikayet

Kaçan çocukların mahalleye girişleri Ermenilerin arasında panik doğurmuştu... Çocuklar hıçkıra hıçkıra ağlarlarken, yorgunluktan güçlükle nefes alıyorlardı... Sokakların ortasına dökülen ebeveynler, önlerine gelen çocuklara arkası gelmeyen sorular soruyordu:

– Ne oldu size böyle?..

Dalgın nefesli bir çocuk cevap verdi:

– Türkler...

– Ne yaptı Türkler?...

İhtiyar adamın sorusuna, nazla öfkeyi birbirine karıştıran esmer bir çocuk cevap vermeye çalıştı...

– Harpten...

– Ne harbi be salak çocuk.

Yara almayan bir çocuk başlarına biriken meraklılara hâdiseyi anlatmaya çalıştı.

– Türk çocukları ile harbe tutuştuk. Dilo'yu öldürmüşlerdir bile...

Keşiş Lato beklenmedik bir anda zelzeleye uğramış bir bina gibi sarsıldı...

– Neee, Dilo mu?.. Olmaz öyle şey olmaz, Dilo'nun kılına bile dokunamazlar, kılına, diye arşı yırtarcasına feryat etti. Dünya başına, günün ışıkları gözlerine zindan kesilmişti... Artık bacakları vücudunu çekemez durumdaydı. Elinin tersini alnındaki boncuklaşan terlere götürürken, kafası değirmen taşı gibi döndü, döndü, döndü... Az sonra toprağın üzerine hamur gibi yığılıp kaldı... Çığlıklar kulaklarında birer uğultu olmuştu... Başına üşüşen üşüşene. Bir kalabalık karıştı, kaynaştı, durdu...

– Keşiş Efendi, Keşiş Efendi...

– Bayıldı görmüyor musunuz?

– Aman Allahım nedir bu olanlar... Sen bizleri koru...

Kalabalık, Keşiş Lato'yu ayıltmaya uğraşırken... Azgın bir komitacı olan Kazar, ortalıkta hiddet kusuyordu... İri yapılı bir çocuğun yakalarından tutup, öfkeli öfkeli salladı...

– Söyle ulan kaç kişilerdi?...

Şaşkın çocuk güçlükle cevap verebildi:

– Sekiz mi desem, on mu?

– Ya siz?

– Otuz mu desem, otuz iki mi?

– Nasıl yenik düştünüz? Hem size kim söyledi yapamayacağınız işleri tutun diye?..

Çocuk:

– Siiz... diye sızlandı...

Komitacı, çocuğu fazla sıkıştırmaktan vazgeçip sordu:

– Korkak herifler sizi. Nerede tutuştunuz onlarla?...

– Ejder Tepesi'nin eteklerinde...

– Dilo şimdi oralarda mıdır?

– Toprağa gömmeden yetişirseniz, oralarda olmalı.

Kazar, daha da hiddetlenmişti:

– Benimle geleceksin, diye bağırdı. Tam bu sırada beş ayrı kişinin ismini daha saydı... Kazık gibi beş kişinin...

Lato, daha yeni yeni ayılırken, onlar Ejder Tepesi'nin yollarını tozuttular..

Türk çocukları, Erzurum'a oldukça yaklaşmışlardı... Dilo artık yürüyemiyor, korkusundan ayaklarını sürüklemeye çalışıyordu. Her adımın kendisini evlerine biraz daha yaklaştırdığını bildiği için zorlandı, gayretini artırmaya çalıştı...

Burhan, birdenbire durakladı... Bulundukları mevkiin, sağ alt kesimindeki yamaçlara doğru baktı, baktı, baktı...

Dönüp arkadaşlarını hayretle kontrol ederken:

– Geliyorlar, dedi... Aramızdaki mesafe de oldukça az...

Orhan, aynı noktayı dikkatle taradıktan sonra:

– Kayaların arkasına yatalım, dedi. Bizi görmeden geçerler... Bunu yapamazsak işler felâket...

Şehrin içine girebilmeleri için, altı yedi yüz metrelik bir mesafe kalmıştı... Çocukların heyecanı çoğaldı, endişesi fazlalaştı...

Bulundukları yerin yamaç bir arazi oluşu işlerine yarayabilirdi. Burhan:

– Çökün, dedi... Herkes yere uzansın.

Dilo, elini sakat gözüne götürüp, kapatarak sağlam gözü ile gelenleri görmeye çalıştı, iyi kötü görmeyi başarmıştı. Burhan, olanların farkına varıp Dilo'yu azarladı:

– Yat diyorum sana...

Ceketinin alt ucundan tutup, hışımla çekti. Dilo, yıkıldığı yerden Burhan'a sinsi sinsi baktı. Etrafını kontrol edip acı dolu bir zorlanışla ayağa fırladı.. Ortalığı yırtarcasına bağırıyordu:

– İmdaat, imdaaat, kurtarın beniiii...

Yollarda yıldırım gibi koşan eşkiya sürüsü, sesi duyar duymaz durdu, feryadın yükseldiği noktayı tâyine çalıştılar... Artık Dilo'yu görmüşlerdi.

Burhan, ani ve kesin bir emir veriyordu:

– Şehre doğru kaçın, sakın bölünmeyin, istikamet karşıdaki virane...

Ermeniler, sağ kanattan telâşla koşuşurlarken, çocuklar sol kanattan engebeli bir araziye doğru nefes nefes seğirtmeye başlamışlardı... Şehrin üç-dört yüz metre dışındaki viraneye böylece kavuşurlarken, artık adımları kendilerini ikaz etmeye başlamıştı...

Halsiz düşmüşlerdi.. Nefesler darlandı ve Burhan önlerindeki viraneyi siper almalarını söyledi...

– Duvarın arkasına saklanın...

Yıkık bir duvarın arkasına gizlenip beklediler... Zaman neler getirecek, aralarında koşan zebella gibi, gözleri dönmüş eşkiyalar, onları ellerine geçirirlerse neler yapacaklar, düşünemeden beklediler..

Dilo, sevincinden çıkan gözünü bile unutmuşa benziyordu. Önce Kazar'ı görür görmez bacaklarına sarılıp ağladı:

– Kazar ağabey, beni eve götür, öldürecekler...

Dilo, hâin ve korkak insanların yaptığı gibi yalanların gölgesine sığınmayı tercih etmişti. Kendi düşündüklerini kendisine uygun görmeyenler için iftira ediyordu...

Sarışın uzun sakallı bir çeteci, Dilo'yu kucağına alırken; Kazar, zaman kaybetmeden Türk çocuklarının arkasından amansız takibini sürdürdü.

Onların, virane duvarın arkasına sığındığını açık seçik farketmişti... Virane ile bulunduğu mevkî arasında elli altmış metre mesafe kalınca durup, etrafı iyice kontrole başladı... Kafasında şehirden yana olan arazinin kesilmesini planlamaya çalışıyordu. Böylece çocukların şehirle olan irtibatlarını kesip, kolaylıkla ele geçirme plânını uygulayacaklardı.

Burhan siper aldığı duvarın arkasından hep onları seyretti.. Etrafları sarılırken, dönüp arkadaşına cesaret verdi...

– Hiç korkmayın. Şehir oldukça yakın. Silah sesleri Erzurum'dan duyuldu mu, zaptiyeler bir nefeste buralara kadar gelir...

Yeniden duvarın yıkık taşları arasından kafasını uzatıp baktı... Adamlar gittikçe yaklaşıyor ve etraflarını sarıyorlardı. Burhan ilk ikaz kurşununu Erzurum'un semalarına heyecan dolu bir tavırla boşalttı...

Ermeniler kurşun sesini duyar duymaz, kendilerini toprağın üzerine güçlükle atabilmişlerdi... Yattıkları yerden kaynar kaynar terlemeye başladılar... Kendilerine siper bulamayan çeteciler, şimdi çare için birbirlerinin yüzlerine bakıyorlardı... Burhan gökleri yırtarcasına bağırdı:

– Hiç biriniz siper bulamadınız. Eğer çekilip gitmezseniz, gün batmadan Erzurum'a leşlerinizi götürürler...

Çeteciler çaresiz kalmışlardı... Kazar, yanındaki çocuğa kızarak baktı:

– Söylesene ulan, bu harp oyununu kim çıkardı:

Dilo:

– Onlar, dedi... Biz de otuz iki kişi onlara ders veririz, diye gittik.

– Onlar kaç kişilerdi?

– Gördüğün kadar.

– Size silah çektiler mi?

– Hayır sapanlarla taş attılar. Sonra da Dilo yaralanıp düşünce hepimiz kaçtık...

– Dilo, onlara ne yapmayı düşünüyordu?

– Şey, hepsini yakaladıktan sonra linç edip, Ejder Tepesi'nin eteklerine gömecektik... Tabii sona da evlerimize gelip Türk çocuklarını öldürdük diye babalarımıza müjdeler verecektik...

Kazar, yanındaki çocuğa üzgün üzgün bakarken, acı acı gülümseyip yutkundu.

– Demek yarının Ermenistan'ını sizler kurtaracaksınız öyle mi?

Çocuk dayanamamıştı. Birdenbire taştı...

– Kazar amca.

– Söyle.

– Şimdi Ermenilik meselesini sizler mi savunuyorsunuz?

– Şey, o karşıdaki viraneyi siper alanlar var ya?..

– Var...

– Onların hepsi de benim yaşımdaki çocuklar... Korkmadıysan yaklaş da görelim...

– Ulan velet, silahın üzerine gidilir mi hiç?..

Çocuk içini çeke çeke güldü:

– Senin elindeki oyuncak değil ya.

Kazar bozulmuştu. Elinin tersini çocuğun suratına deyip hazırladı, ancak öylece kaldı...

– Adamı dinden imandan çıkarma, patlarım şimdi...

– Ne o Kazar amca, korktun mu yoksa?

– Ermeniler korkmaz.

– Yalan işte. Sadece çocuklara korkulmaz diye öğretirsiniz.

Çocuğun suratına yumuşak bir tokatı indirmişti. Buna rağmen çocuk, Kazar'la çoktan yüzgöz olmuştu. Korkmuyordu...

– Geri çekiliyor muyuz?

– Evet, karşımızdaki çocuktur. Şaka yapmaya gelmez.

– Onlar çocuk ama...

Yanındakilere bakıp, gidelim işaretini verdi...

– Dilo'ya da sorup, ondan sonra gerekeni yaparız...

Kazar, çocuğa dönüp sorusunu yeniledi:

– Onların elebaşları kim?

– Burhan ve Orhan...

– Kadı Esat Efendi ile Muallim Naci'nin çocukları mı?

– Onlar...

– Pekâlâ, diye dişlerini kıyasıya sıkıp, viraneden yana seslendi:

– Ulan viranenin arkasından çıkıp, evlerinize gidin, size dokunmayacağız.

Burhan yüksek bir sesle cevap verdi:

– Biz burada oldukça rahat sayılırız. Eğer siz hemen çekilip gitmezseniz, toprağın üzerinde mantar gibi gözüken kellelerinizi birer birer önünüze düşüreceğiz...

Hemen arkasından Orhan hitap etti:

– Ona kadar sayacağım, gitmezseniz ateş ediyoruz....

– Bir, iki, üç, dört, beş, altı, yedi, sekiz...

Karşıdan aceleci bir ses yetişti:

– Duuur. Gidiyoruz... Sakın kalleşlik edeyim demeyin.

Burhan, alaylı alaylı gülümseyip karşılık verdi:

– Kalleşlik etseydik, şu anda gözüken başlarınıza ateş açardık...

– Pekâlâ, pekâlâ gidiyoruz...

Yerlerinden birer birer doğrulup, geri geri yürümeye başladılar...

Koşup, ne hayallerle buralara kadar gelenler, şimdi hangi mazereti açabilmek için anahtar aramaya başlamışlardı. Uçarak geldikleri yollarda, şimdi ayaklarının ucunu toprağa sürte sürte tüketmeye çalışıyorlardı.

Bedel

Keşiş Lato, getirildiği evinde yeni yeni kendisine geliyordu... Mahalleli, Dilo'nun geliş müjdesini Keşiş Lato'ya büyük bir şamata ile verdi.

– Dilo geliyor...

– Dilo geliyor...

– Miher, Dilo'yu getiriyooor...

İçlerinden bir ihtiyar:

– Ya gidenler, diye sordu.

– Keşiş Lato, sinsi bir hareketle etrafına göz gezdirdikten sonra:

– Dillendirmeyin, belki bedeli alınmıştır, diye mırıldandı...

İçlerinden bir kadın:

– Doğru, dedi. Sustular....

Dilo, kalabalığın bulunduğu eve getiriliyordu. Herkesin gözü Miher'in kucağında bulunan Dilo'nun üzerinde ısrar ediyordu. Çok geçmeden sevinç ışıkları saçan bakışlar, tebessüm dolu dudaklar, nefretle dolmaya başlamıştı. Kin ve nefret yıllardır gönül kazanlarında kaynattıkları ve öğrenip öğrettikleri tek nesneydi...

Dilo, babasının acı çizgilerle kırışan suratına baka baka Miher'in kucağından inip koştu...

– Babaaa...

Öfkeli baba, bir harp malûlünü karşılıyormuş gibi ta yürekten seslendi...

– Dilooo...

Dilo, gözündeki yaranın verdiği ıstırapla, babasına sarılıyordu. Baba, oğlunu bağrına basıp, kafasını avuçları arasında tutarak suratına dikkatle baktı... Ağlıyordu...

– Dilo, canım oğlum. Sana bu acı sonu hangi zalim eller hazırladı?

Ev oldukça kalabalıktı. Dilo, sağlam gözünü güçlükle aralayıp, etrafını gözetledi. Sonra hıçkırıklı bir sesle babasına cevap verdi:

– Biz baba, biz, diyordu. Kendi ellerimizle hazırladık... Sen, ben şu başımıza toplanan gözlerini kin bürümüş kalabalık... Bize hep öldürmeyi öğrettiniz, bizler de başaramadık işte...

Lato, ıstırap içinde kıvranan oğluna bağırmaktan kendisini alamıyordu.

– Sana bu işkenceyi kim yaptı diyorum.

Ağlayan ses, titrek dudakların arasından isim verdi:

– Burhan, Kadı Esat'ın oğlu Burhan...

– Lato, birdenbire rahatlamış gibi gevşedi.

– Demek Burhan ha... Kadı Esat'ın oğlu Burhan... diye mırıldandı...

Kısasa kısas diyordu... Onun da gözü çıkacak. Kadı Esat kendi eliyle öz oğlunun gözünün çıkması için hüküm verecek.

Bir baba için en acı bir darbe. Yaşadıkça, oğlunun kör gözüne baktıkça vicdanını sızlatan, hatırladıkça içini burkan bir darbe...

Lato'nun evinde bulunan bütün kalabalık, hep aynı kelimeleri sayıklıyordu.. Az sonra Ermeni mahallesinden aynı fısıltılar yükselmeye başladı.

– Kısasa kısas, diyorlardı... Kısasa kısas... Hadise kısa zamanda Ermenileri biraraya getirmişti.. Bir sürü kalabalık anında birleşip, Zaptiye Kumandanına müracaatta bulundu...

❁

– Kumandan Bey, canımız, malımız tehlikede...

– Bizi tehdit ediyorlar...

– Neslimizi kesecekler....

Keşiş Lato, oğlu Dilo'nun elinden tutup Kumandanın önüne getirdi.

– Kumandan, Kumandan. Benim şikâyetim var, dedi... Bak biricik oğlumun gözünü çıkardılar... Hayatımız tehlikede bizim...

Zaptiye Kumandanı Eşref Bey, bıyık altından güldü... Alay dolu bir öksürükle başını yukarı kaldırıp, Keşiş Lato'ya baktı:

– Bütün endişenizin hepsi, çocuk kavgası mıdır? Malınız da canınız da emniyettedir. Bunu siz de iyi biliyorsunuz. Ancak size tek bir tavsiyem şudur ki, mevcut huzuru bozmaktan vazgeçin. Şimdi gidebilirsiniz.

Keşiş, içlenmişti... Yalvarır gibi konuştu:

– Kumandan Bey, benim şikayetim var, oğlumun bir gözü çıkarıldı.

Kumandan öfke doluydu.

– Anlaşıldı, dedi. Keşiş Lato, sen de biliyorsun, bu gibi şikâyetler Kadılık makamına yapılır.

Keşişin telaşesi daha da çoğalmıştı.

– Kumandanım, Kumandanım, oğlumun gözünü çıkartan Kadı'nın oğlu, insan nasıl kendi oğlunu mahkeme edebilir?

– İçinde Allah korkusu olan herkes, öz oğlunu bile mahkeme edebilir... Karşısındaki kendi dininden olmasa bile. Âdil bir şekilde yargılar.

Lato, buram buram terler döküyordu:

– Olmaz, olmaz öyle şey.

– Keşiş Efendi, telaşeni anlıyorum... Gel gör ki Müslümanlar hiçbir zaman hisleri ile değil, İslâm esaslarına uygun olarak ceza verir, ya da taltif eder. O merciye gelmiş bir insan vicdanının sesini dinlemesini mutlaka bilir. Gidebilirsiniz.

Keşiş Lato, daha fazla tutunamamıştı. Kafilesini aldığı gibi Kadı Esat Bey'in kapısına dayandı.. Babasına Burhan'ı şikayet ediyordu. Kısık bir ses, titreyerek hitaba çalıştı:

– Oğlun.. dedi, oğlun Burhan, oğlum Dilo'nun gözünü çıkardı. Bak şu içler acısı manzaraya da için sızlasın. Biricik oğlum Dilo'nun tek gözü artık çıkmıştır. Oğlundan şikâyetçiyim.

Esat Bey, elini çenesine yaslamış, düşünüyordu... İçinden gizli gizli kanayan ıstırabını artık saklayamaz hale gelmişti. Elini, dayadığı çenesinden yorgun bir hareketle çekip dizlerinin üzerine bırakırken, keşişin suratına acıyarak baktı:

– Demek bu kadar insanı toplayıp, Dilo'nun elinden tutarak Burhan'ı şikâyete geldin... Bence tek başına gelseydin, birer baba olarak hadiseyi konuşsaydık daha münasip iş olurdu sanırım...

– Hayır, hayır, diye ateşlenip itirazda bulundu. Ben mahkeme olsun isterim... Düşün, bir kere işin vebali çok büyüktür. Oğlumun hayatı sönmüştür. Mahkeme isterim, kısasa kısas isterim. Kısasa kısas, yani oğlun Burhan'ın aynı gözünü...

Esat Bey, esef dolu bir hareketle iç geçirdi.

– Oğlundan hadisenin nasıl olduğunu sordun mu?

Lato, kızgın laflar ediyordu:

– Hayır, sormadım. Lüzum da yok. Ben bedel istiyorum, bedel...

Kadı Esat Bey, sakin bir ifade ile konuştu:

– Ben sordum...

Keşiş oldukça heyecanlanmıştı:

– Ne dedi?

– Harp oyunu oynadıklarını söyledi. Oyunu oğlun Dilo teklif etmiş. Üstelik kurallara uymayarak, sekiz kişiye otuz kişi meydan okumuş. Hem de bir vahşet tuzağı kurmak istemişler... Kazansalar, Türk çocuklarını linç edip, Ejder Tepesi'nin eteklerine gömeceklermiş... En sonunda da beş Ermeni komitacısı, çocukların yollarını kesip müsademeye girmişler.

Lato, Esat Bey'i dinlemek istemiyordu:

– Ben onu bunu bilmem Kadı Efendi. Sonuç gözlerimizin önündedir. Kısasa kısas isterim...

– Burhan daha oniki yaşlarında bir çocuktur...

– İyi ya, baba rüştüne kadar çocuğun kefîlidir... Oğlunun gözüne kıyamazsan, kendi gözünün bir tanesini feda edersin...

Esat Bey kızmıştı:

– İşin ceza yönünü mahkemeler keşfederler.. Müracaatınızı yapıp, gidebilirsiniz... Aynı zamanda oğlun Dilo ve otuz bir arkadaşı daha mahkeme huzuruna getirilip yargılanacaktır. Onları tek tek bulup mahkeme huzuruna getireceksin. Ve de çocukların yolunu kesen beş komitacı daha. Görüyorsun ya, adalet oyuncak değildir. Masum kılığına bürünerek vicdanları acındırmak işi halletmeye kâfi değil. Şimdi gidebilirsiniz. Mahkeme önümüzdeki Perşembe günü öğle namazından sonra yapılacaktır.

❁

Esat Bey, geceyi rahatsız geçirdi. Hep mahkemeyi düşünüyordu. Artık zamanı iple çekiyordu... Gün ağarmadan abdestini alıp namazını kıldı... Burhan, kendi odasında ibadetini tamamlamıştı. Yatağına yatmadan, suçlu suçlu giyinip babasının yanına geldi. Kur'an okuyordu... Diz çöküp, o ilâhî emirlerin hassas ve duygulu dudaklardan sedef sedef dökülüşünü dinledi... Sonunda baba, Fatiha, dedi ve dudaklar dua içinde kımıldayıp, sonunda eller yüzlere sürüldü...

Burhan, oldukça sıkılmıştı, pencereden yükselen güne bakıp:

– Dışarı çıkıyorum, dedi... Uzaklara gitmem. Bahçemizde dolaşıp dönerim...

Baba ıstırap kümesine girmişçesine cansız ve muzdarip bir şekilde kafasını sallayıp, oğluna müsaade ettiğini bildirmeye çalışıyordu. (Burhan korkma) diyebilse... Diyemiyordu... Bu cesaret, en azından adalet için verilmiş bir taviz olurdu... Sanki omuzlarına yüklenecek âhiret vebali olurdu. Sadece oğlunun izin isteyen gözlerinin içine baka baka:

– Korkuyor musun, diyebildi.

Edep dolu, saygı dolu bir tavırla babasına dönüp:

– Hayır, diye cevap verdi.. Korktuğum falan yok. Ancak üzüntüm şudur ki, kandırılıp ölüm tuzağına arkadaşlarımla birlikte düşürüldüm.

Şimdi topluca masum peçesini yüzlerine doladılar.

Baba, oğlunun derdini daha fazla depreştirmek istememişti:

– Pekâlâ Burhan, diye kesti. Gidebilirsin... Ancak bahçemizde dolaşmak şartıyle...

– Olur baba, bahçemizden ayrılmayacağım..

Burhan işin ciddiyetini daha yeni yeni anlamaya başlamıştı.

Bahçeye indiğinde üzgündü... Etrafında toplanan arkadaşlarını görmeyecek kadar da dalgın... Bu çocuklar, sabahın erken saatinde neden buradalardı?

İşte kendisine bu soruyu sorarak irkildi... Bugün mahkeme günüydü ve Burhan yargılanacaktı. Arkadaşları bu merak yüzünden erkenden kalkıp, nefesi Burhan'ların bahçesinde almışlardı. Etrafında toplanan çocukların donuk ve durgun bakışlarını üzerinde hissettikçe ezildi, duygulandı:

– Demek bana büyük bir ceza verilecek... diye içinden geçirdi. Arkadaşlarının gelişini böylece yorumlayıp, göğüs geçirdi:

– Suçsuzluğumuz sadece Allah'a ayandır, diye düşünüp kısa bir zamanda toparlandı. İç dünyasına gereken cevabı böyle veriyordu.

– Bizi Yaratanın herşeyi bilmesi kâfî, diye rahatladı... İçindeki sıkıntıyı kovmaya muvaffak olmuştu.

Baktı, arkadaşlarının yüzünde derin keder izleri vardı, sordu:

– Bu saatte burada işiniz ne?

Duygulu bir ses, arkadaşlarına tercüman oluyordu:

– Bugün mahkemen var diye geldik...

Çocuklar, gözlerinin içine acıyarak bakıyorlardı. Burhan sıkıldı, rahatsız oldu. Boş bulunup arkadaşlarına bağırdı:

– Gözlerimin içine acıyormuş gibi bakmayın öyle!

Sıkıntısı fazlalaşmıştı, elini alnına götürüp terlerini sildi...

Arkadaşlarını kırdığını hatırlayıp, kendisine çeki düzen verdi... Hassas ve titrek bir sesle onlara dönüp hitap etti:

– Afedersiniz, sebepsiz yere öfkelendim, dedi...

Arkadaşları, Burhan'ı anlayışla karşılamışlardı. Onu üzmemek için göz göze gelmekten çekinenler bile oluyordu... Burhan bu sıkıntılı havayı dağıtmak için zihnini yokladı:

– Şey, şey diye kekeledi. Hayatta herkes mahkeme olabilir. Hem suçumuz yok ki!

Orhan arkadaşlarından birine merakla sordu:

– Sen hiç mahkeme gördün mü?

– Yoook. Görmedim ama, duydum...

Orhan:

– İstersen ilk mahkemeyi burada yapalım, alışırsın.

Aklına yatmıştı:

– Olur mu dersin?

– Neden olmasın?

– Hadi öyleyse mahkemeyi kur.

Orhan:

– Ben kadı olayım, dedi.

Burhan:

– Ben de suçlu...

– İbrahim, Dilo olsun, Selim, Dilo'nun babası, şikâyetçi...

– Tamam, geride kalanlar da şahitler...

Orhan, bahçenin ortasındaki kanepeye oturdu...

– Hadi, dedi, çevrilin bakalım.

Orhan suçluyu tam karşısına almıştı. Mahkeme oldukça heyecanlı başladı.

Orhan, sesinin tonunu kalınlaştırıp, sırtını kanepeye yaslayarak, Burhan'ın gözlerinin içine baka baka hitap etti:

– Sen Esat oğlu Burhan... Ermeni Keşiş Lato'nun oğlu Dilo'nun sol gözünü çıkartmaktan yargılanacaksın.

Esat Bey, Burhan'ı merak ederek bahçeye çıkmıştı. Önüne çıkan manzara onu şaşkına çevirdi. Bahçedeki iri ağacı kendisine siper ederek, çocukların ilgi çekici mahkemesini dinledi.

Orhan, sert bir nida ile karşısındaki sanığa bağırdı:

– Söyle bakalım Burhan. Neden çıkardın Dilo'nun gözünü?

Burhan sahici yargıcın önündeymiş gibi heyecan doluydu:

– Ben suçsuzum, dedi. Dilo'nun gözü çıkmamış olsaydı, sekiz Türk çocuğunun canı çıkacaktı. Bir harp oyunu değil, kahpece bir ölüm tuzağına düşürüldük Kadı Efendi...

– Kim çıkardı bu harp oyununu?

– Dilo...

– Kaçar kişi oynamayı kararlaştırmıştınız?...

– Onar.

– Harp oyunu başladığında kaçar kişiydiniz?

– Biz sekiz, onlar otuz iki...

Burhan gerçeği konuşuyordu... Kendisini hadiselerin akışına öyle kaptırmıştı ki, neden sonra yalancı mahkeme olduğunun farkına varıp, bir espri ile arkadaşlarını güldürdü:

– Çok ödleklermiş Kadı Efendi... Kaçıp bizi yalnız bıraktılar.

Orhan tebessümün arkasından öksürüp, ciddiyetini korumaya çalıştı:

– Tabii gitmeseydiniz, bunların hiçbirisi olmayacaktı...

– Nasıl gitmezsiniz Kadı Efendi... Söz verdik... Gelmeyen ya da sözleşmeye uymayan taraf mağlûp sayılacak dedik. Gelmeyen taraf (korkak) çağrılacak dedik.. Sen olsaydın gelmem diyebilir miydin? Üstelik bu korkaklık lâkabı şahsına değil de milletinin adına atfedilecek olsaydı, yine de gelmem diyebilir miydin?..

Kadı makamındaki Orhan taştı:

– Doğru, dedi. O zaman insan ölümü bile hatırlamaz..

Yeniden öksürmüştü... Kadılar böyle yapmazlardı. Şahitlerden bir tanesi:

– Sadede gelelim Kadı Efendi, deyince Orhan Keşiş yerini alan arkadaşına seslendi:

– Sen ne dersin Keşiş Efendi?

Keşiş hiddetle bağırdı:

– Kısasa kısas... Kısasa kısas derim..

– Pekâla Keşiş Efendi. Şu suçlu makamında bulunan çocuğun sizin yüzünüzden, yani oğlunun getirdiği bir ihbar yüzünden bacağı kırıldı. Haneleri tecavüze uğrayıp, canlarına kastedilmek istendi. Başarabilmiş olsaydınız, bugün ne gördüğünüz suçlu, ne de babası ve annesi hayatta olacaklardı. Şimdi sebep göstererek sizin eve bir bomba atılacaksa ve de oğlunun ya da senin bacağının bir tanesi kırılacak dense, bu hüküm aynen verilse ne buyururdunuz?...

– Kadı Efendi, Kadı Efendi, suçlu oğlun diye savunma, benim sizden istediğim bacak değil, göz... Kırılan bacak iyileşerek eskisi gibi olur, ancak çıkan göz bir daha yerine gelmez...

– Keşiş Efendi, Keşiş Efendi, kırılan bacak sakat kalsaydı Burhan topal gezecekti. Şimdi de senin oğlun bir kaza sonucu tek gözü kör gezecektir... Üstelik hadiseyi çıkartanın Dilo oluşu... Otuz iki kişinin kuralları çiğneyerek sekiz kişiye karşı bıçaklarla, tabancalarla gelişi... En adisi de karanlık fikirlerle, çocukların linç hayalleri ile yola düştüklerini duyduktan sonra merak ediyorum, neler söyleyebileceksin...

Keşiş bağırdı:

– Kısasa kısas, kısasa kısas... Bir göz istiyorum, bir gööz.

Kadı kızmıştı:

– İyi be, ezberleyip gelmişsin... Kısasa kısas, kısasa kısas! Şimdi soralım bakalım, oğlun Dilo neler söyler?

– Dilo, sen bu Türk çocuklarını teslim alsaydın ne yapardın?..

Dilo'yu temsil eden çocuk bağırdı:

– Linç, linç... Sonra da ince ince doğrayıp kuşbaşı..

– Sonraaaa?

– Sonra tepenin eteğindeki çukura gömüp, evlerimize gelecektik... Baba ve annelerimize Türk çocuklarını öldürdüğümüzü müjdeleyip, yarının Ermenistan davasını nasıl yürütebileceğimizi şimdiden isbat etmeye çalışacaktık...

Burhan, Orhan'a hitaben:

– İşte gördün ya Kadı Efendi, düşünceleri aynen duyduğun gibiydi. Bu durumda hiçbir suçumuz yok.. Üstelik, taşı, gözü çıksın diye bile atmamıştım...

Kadı Efendi, uzun uzun düşündü. Elini yasladığı çenesinden ayırıp:

– Karar verilmiştir, dedi.

Çocukların hepsi de yüksek potansiyelli bir merakla Orhan'ın ağzına bakıyorlardı..

Orhan, hassas bir sesle hitap etti:

– Şu anda suçlu makamında bulunan Burhan'ın suçsuz olduğu anlaşılmıştır... Bir oyun sözleşmesinin tuzak olduğunu anlayınca nefsi müdafaaya geçilmiş ve bu arada sapandan çıkan bir taşın isabet kaydetmesi ile Dilo'nun gözünün bir tanesi çıkmıştır... Esasen cezanın Dilo ve arkadaşlarına verilmesi gerektiği halde, bir daha yapmamalarını tembîh edilip, affolunmuşlardır. Ne var ki oğlunu mahkeme eden bir babayım. Hadiseyi bilmeyenlerin yanlış değerlendirmelerini istemediğim için, suçu ortada görüp, Dilo'nun bir gözü bedeli olan akçenin yarısı olan diyeti Dilo'nun babasına ödeyeceğimi hükme bağlıyorum:

Şahitlerden bir tanesi avazı çıktığı kadar bağırdı:

– Ver bakalım Kadı Efendi, ver... Onlar da o para ile canımıza kastedip silah alsınlar, namlusunu da bize çevirsinler..

Arkadaşları Orhan'ı delicesine alkışlamışlardı. Çocukların bu mahkemesi Esat Bey'i derin düşüncelere sevkediyordu... Mahkemeyi kuranların ve görenlerin aynı kişiler oluşu, onu duygulandırmıştı... Hayalleri değil, gerçeklerin mahkemesi görülmüştü... Yalanların değil, hakîkatlerin ışığında bir mahkeme seyretmişti. Çocukları teker teker okşayıp sevdi...

❁

Mahkeme bitti. Yoğun bir kalabalığın izlediği, Ermenilerin ısrarla bedel talep ettiği mahkeme, bugün sona erdi. Esat Bey'in gördüğü dava aslında çocukların bahçede kurduğu mahkemeden çok farklı değildi...

Lato ve çevresindekiler hüsranla doluydu... Adalet onlarında bildiği gibi kendi lehlerine olmasına rağmen, gerçekleri göremeyecek fitne yayıyorlardı, Lato, Dilo'nun gözüne biçilen bedeli para olarak almayı reddetti.

– Biz bedeli para olarak almayız, diyordu...

– Dilo'nun sağlam gözü dünyayı görebilmesi için kâfîdir...

Daha bunu benzer dillerde çeşit çeşit lâflar dolaştı.

– Mahkeme uygunsuzdur.

– Bir baba öz oğlunu yargılayamaz.

❁

Keşiş Lato'nun evi artık katran kazanı gibi kaynıyordu. Tıpkı fokur fokur, kan ve irin kaynayan bir kazan gibi... Kin, garaz ve intikamın kaynatıldığı dışı kurumlarla kaplı huzursuz bir kazan...

Şimdi her Ermeni, çocuğunu dizlerinin dibine çekmiş, Burhan'dan bahsediyordu..

– Gördüğün yerde vur, kır, kaza deriz...

Büyükleri diyordu ama, her velinin aldığı cevap içler acısı...

– Burhan mı?

– Evet, Burhan...

Yüzlerce acı acı çizgileri çoğalan bir cevap:

– Olmaz..

– Neden?..

Sadece bir sözcük değil bu... Hırs dolu, ihtiras dolu, kin dolu bir:

– Neden?

Ve çocuklar, duyduklarını, gördüklerini anlatırken, mazeret bulmakta hiç de güçlük çekmiyorlar.

– Burhan kocaman çetecilere bile karşı koydu.. Silahlı çetecilere...

– Çeteciler bile ondan korkup, sonunda peşini bıraktılar...

– Yalan mı, kaçmadılar mı?

Burhan, evlerde, dillerde ve kinlerde devleşti. Bu hal Ermeni camiasında endişe olmaya başlamıştı. Hasta gönüllerinde baş bağlamayan bir yara...

Son günlerde herkes aynı şeyi düşünüp aynı şeyi konuştu.

– Bu devleşen isim, çocuklarımızın gözlerinden korkulu rüya, yeni yetişen genç neslin kafasında büyük engel olmaktan çekilmeli...

– Evet, çekilmeli...

– Yaşadıkça Ermeni çocukları yılgın yetişir...

– Hiçbir varlık gösteremese bile, çocukların gözü korkmuş.

– Ne pahasına olursa olsun, o yılanın başını ezmeliyiz..

– Evet, evet listenin başındaki isim Burhan olmalı..

– Ama nasıl?..

Bu sorunun cevabını vermek zor oluyordu..

– Burhan efsanesi kapanmazsa, çocukların yılgınlığı artar.

– Sokakta dolaşırken onu gören çocuklarımız evlerine zor kaçıyor..

– Son günlerde onun adından bahsedilmesi, Ermeni çocuklarında aşağılık duygusu peydah etti... İç güdülerinde devleşti, güç yetmez bir yiğit oldu...

❁

Burhan son günlerde Ermeni çocuklarına cesaret yerine korku, kin yerine ürkeklik olmuştu... Bu hal Miher ve Nirson'u deliye çevirdi...

İki çeteci birden:

– Yarının Ermenistanı, diye içlerini çektiler...

Miher, yarıda kalan cümleyi üzgün bir lisanla tamamladı.

– Yarının Ermenistanı, çürük temeller üzerine bina olacak.

Nirson:

– Doğru, diye söze karıştı. Beden çukurlarında benliğini, şahsiyetini yitirmiş bir sürü zavallının ellerinde Büyük Ermenistan'ın hayalini görmek bile düşündürücü olur.

Miher:

– Onlara tek şeyi öğretmeliyiz, tek şeyi, diye hiddetlendi..

Herkes Miher'in ağzından dökülen sözleri dinliyordu... Dilo sağlam gözünü Miher'in üzerinden ayırmadan baktı, baktı.

Miher:

– Ölümün vakti gelince, su içmek kadar kolay olduğunu ve hayatta en büyük düşmanımızın Türkler olduğunu anlatmalıyız. Aksi halde bu ürkek sürüye hiçbir vazife verilemez, diye haykırdı. Önce bizler görevimizi bilelim, sonra onlar bizi örnek alsınlar.

Miher, son sözlerini konuşurken, Dilo'nun oyuk gözüne dikkatle bakıyordu...

– Yarının Ermenistan'ının üzerine yemin ederim ki... Burhan...

Amansız Takip

Burhan, babasına ısrarla yalvardı:

– Babacığım, biraz dışarıda dolaşabilir miyim, çok sıkıldım..

Esat Bey, Burhan'a itirazlı itirazlı baktı. Derin düşüncelerin adamı olmuştu. Sadece kısık bir sesle:

– Hayır, dedi.

Burhan'ın acı çektiği gözlerinden belliydi. İçi burkuldu ve suratında üzüntü yüklü çizgiler belirdi. Duygulu ve insana dokunan hassas bir ses:

– Baba, dedi.

Düşünceli ve dalgın adam cevap verdi:

– Seni dinliyorum.

– Baba, bu, kendi memleketimizde, hürriyetimizin alınması demek olmuyor mu?

– Yanlış yorum yapıyorsun.

– Yanlış değil baba, düşün bir kere, bana sokağa çıkma izni vermiyorsun?

– Senin iyiliğin için..

– Baba bu çok acı bir şey... Üstelik ölümden bile acı... Söyler misin baba, bir evde, evin sahibi mi serbest dolaşır, yoksa misafir mi?

– Tabii ki ev sahibi dolaşır.

– Neden?

– Çünkü evin gösterilen yerleri hariç, geri kalan kısımları misafire mahremdir.

– Öyle ise?...

Baba, Burhan'ı yapmacık bir öfke ile susturmaya çalışıyordu:

– Burhan, bu misal yetersizlik ifade ediyor.

Burhan, babasının karşısında ilk defa müşkül duruma düştüğünün farkına varıyordu.

Sadece:

– Namaza bile, diye göğüs geçirdi. Artık camide namaz kılmaya bile izin vermez oldun?..

– Burhan, üzme beni... Evimizde kıl...

– Çok sıkıldım baba..

Esat Bey, olduğundan daha da yorgun görünüyordu. İsteksiz bir hareketle ayağa doğrulup, pencereden dışarıları gözetledi...

Bahçe duvarlarının arkasındaki yola bakıyordu...

– Bir ağaca yapılan aşı, diye mırıldandı. Daha sonra iki çeşit meyve veren ağaç ve ayrı ayrı koku ve tad, diye söylendi...

Yolda sinsi sinsi dolaşan iki Ermeni gencine, kızgın kızgın baktı. Hemen arkasından Burhan'a dönüp:

– Yaklaş, dedi. Pencereden dışarıya bak.. Kapımızın önü kadar yakın mesafelerde dolaşan o iki adam kim?

Burhan çarçabuk pencerenin önüne sokulup, babasının işaret ettiği noktaya baktı:

– Miher ve Nirson, diye mırıldandı. İki bozguncu...

– Onların niçin buralarda dolaştıklarını da biliyor musun?

Burhan, mana dolu bakışlarını babasının gözlerine çevirip, ısrarlı ısrarlı baktı... Suskun ve müteessir çocuğun cevabını babası veriyordu...

– Senin için, diye öfkelendi... Senin... Bedeli kabul etmediler, başka bedel istiyorlar. Bambaşka bir bedel.

Birdenbire sakinleşti:

– Burhan, istedikleri bedel çok fazla ve gaddarca... İşte seni onun için sokaklara bırakmak istemiyorum, anlıyor musun? Bedel ya sen, ya da ben... Veyahut ikimiz birden..

Burhan, dişlerini hırsla sıkıp, dışarılara baktı... Bu hal onu rahatlatmaya kâfî gelmiyordu..

– Baba, dedi, baba... Bizim hürriyetimiz bu zorbaların elinde mi? Bu eşkiyaların bizim var olan kanunlarımızdan haberleri yok mudur?..

Esat Bey, acı acı gülümsedi:

– Var, diyordu. Var... Hem zorbalıklar olmasaydı, hürriyetlerin anlamı kalır mıydı sanıyorsun?..

Artık Burhan'ın söyleyecek sözü ve itirazı kalmamış gibiydi, sustu...

Aradan üç gün geçmişti... Sıkıntıları körükleyen, üç asırdan daha uzun, üç uzun gün... Pencerelerden dışarıları seyrettikçe, Burhan'ın gözleri sokaklarda kaldı.

Oğlunun bu halini gördükçe, Esat Bey'in içi parçalanmaya başlamıştı. Aniden karar verdi..

– Burhan.

– Efendim Baba..

– Sen burada oldukça sıkılmaya başladın. İstersen bir süre Muallim Naci amcanlarda kal... Orhan'la, Neslihan'la oynar, açılırsın..

Burhan sevincinden uçuyor gibiydi:

– İsterim, diye yerinden fırladı.. Hem bahçeden dışarı bile çıkmayız.

Çarçabuk hazırlanmıştı... Annesinin elini öptüğünde Mehlika Hanım üzgündü... Gözlerinde beliren nemler sevincini gölgeledi.

– Ana, dedi... Gurbetlik değil ki.. Bir ya da iki gün, değişiklik olur diye...

Ana yutkundu, kırıştı. Kısık bir sesle:

– Güle güle, diyebildi..

Esat Bey, Burhan'ın elinden tuttuğu gibi yola koyuldu.. Etrafını dikkate gözetleye gözetleye, Muallim Nacilerin kapısına kadar gelip, durdu..

Orhan, Burhan'ı görünce sevinmişti.. Koşup, görüşemedikleri birkaç günün hasretini giderebilmek maksadı ile birbirlerine sıkı sıkı sarıldılar...

Esat Bey, Muallim Naci ile başbaşa kalıyordu. Burhan'ın birkaç gün için kendilerinde kalacağını bildirdi...

– Naci Bey, sakın gözden ırak olmasınlar...

– Sen hiç merakta kalma..

Akşam namazı için evde cemaat olmuşlardı..

Daha namazdan döner dönmez, Esat Bey müsaade istiyordu:

– Ben, hava kararmadan dönmeliyim... Mehlika yalnız korkabilir.

Muallim Naci ısrar etmiyordu.. Burhan babasının elini öpüp, tembihlerini dinledi..

– Emredersin babacığım. Bahçeden ayrılmaz, dışarılara çıkmayız, sen sakın üzülmeyesin..

Baba yola çıkar çıkmaz, Burhan caddeye bakan pencereye

koştu.. Babasının gidişini seyretmeye başlamıştı.. Bu bir arzu mudur; yoksa içinde derinliklere nüfuz eden, ona huzursuzluk veren bazı hisler midir; bilinemezdi..

Hareketlerinden anlaşıldığına bakılırsa, daha şimdiden yüzünde babasını özlemişliğin belirtileri okunuyordu.

Akşamın tükenişi yatsıya merdiven kurarken, gök kubbeyi parlak yıldızlar süslemeye başlamıştı.. Anlaşılan gece aydınlık olacaktı..

Burhan, oturduğu pencerenin önünden gökyüzünü seyrederken, hep bunları düşünüyordu... Birden gözleri bahçe kapısından daha yeni çıkan babasına takıldı.. Esat Bey arkasına bile bakmadan yürüyordu. Burhan'ın hareketleri, bakışları, hatta derisinin rengi bile değişmişti. Elleri titrek titrekti.. Pencerenin demir kolunu güçlükle çekip zorla açtı. Göz bebekleri irileşti, bakışları dumanlandı.. Babasını takip eden iki Ermeni'yi zorla tanıyabilmişti..

Acı dolu bir ses gökleri yırtarken, Esat Bey hayretle arkasına döndü:

– Babaaaaa!..

Ortalığı gürültüye boğan, peş peşe boşaltılan kurşun sesleri bu acı feryadın devamı oluyordu..

Esat Bey, neye uğradığını bilememişti. Gözleri Muallim Naci'lerin penceresinde ısrar edip, aynı şekilde kaldı.. Yolların ortasına, dallı budaklı, ağaçlar gibi devrildi. Istırap dolu dudakları tek kelimeyi heceliyordu:

– Burhan..

Burhan evin merdivenlerini yıldırım gibi indi...

Babası ile arasında bulunan uzaklığı tüketebilmek için koştu, koştu.. Bütün arzusu, babasının son nefesine yetişebilmekti.. Ne var ki Burhan'ın arzusu yerine gelemiyordu.. Esat Bey, çoktan Hakk'ın rahmetine kavuşmuştu bile. Etrafına bakınmak lüzumunu bile hissetmiyordu artık.

Babasının üzerine eğilip, acı dolu hislerle sarıldı. İskeleti, bakışları, duyguları bile perişandı.. Şuursuz bir telaş içinde çırpındı, çırpındı, durdu. Babasının sönük dudakları son sözlerini harcayalı çok olmuştu..

Muallim Naci, hadise yerine nefes nefese yetişti.. Acil bir hareketle önünde diz çöküp, arkadaşının nabızlarını kavradı. Heyecan dolu bakışlarını arkadaşının gözleri üzerinde sabitleştirip, ısrarlı bir şekilde baktı, baktı.. Işıkları çoktan sönmüştü.. Artık ne kararan geceye, ne de doğacak günlere hiçbir zaman açılamayacaktı..

Sokağın ortasında hazin bir manzara dekorize edilmişti. Vahşi, hain ellerin, kin, garaz ve ihanet projesinden bir sahne..

Orhan hıçkıra hıçkıra ağladı. Muallim Naci'nin on yaşlarındaki kızı Neslihan'ın feryadı arşa bağlandı ve halkın olay yerinde toplanması fazla uzun sürmedi..

Canîler arzularına kavuşmuş, ihanet görevini üzerine alan hainler vazifelerini başarmışlardı..

Eşref Bey, çok geçmeden ekibini alıp olay yerine geldi...

Cesedin başı ucunda ağlayan çocuk, ona hiç de yabancı gelmiyordu. Saygı dolu bir hareketle eğilip, elini Burhan'ın omzuna koydu. Şimdi hassas bir ses ona hitap ediyordu:

– Burhan...

Islak ıslak gözler, tanıdığı sese baktı.. Hıçkırıkları bir kat daha fazlalaşmıştı..

– Kalk oğlum..

Üşümüşcesine titriyordu.. Güçlükle yerinden doğrulup kalkarken, üzerinden kollarını çektiği babasına boğucu gözyaşları ile bakıyordu. Hıçkırıklarını bir türlü tutamıyor, çaresizlik içinde olduğunu her gören göze kolaylıkla anlatıyordu... Milyonlarca insanın arasında yalnız ve güçlü oluşu kadar güç kaybetmiş bir adamı andırıyordu.. Eşref Bey, bu harabe görünüşlü çocuğa ikinci kez seslendi:

– Burhan..

Bitkin bir hareketle dönüp, Eşref Bey'e ıslak gözlerle baktı.. Bütün arzuları boğazında düğüm düğümdü.

Eşref Bey sordu:

– Kim yaptı bunu?..

İçinden oylum oylum yükselen hıçkırıkların arasından iki ismi, güçlükle verebildi:

– Miher ile Meci, Kara Meci..

– Açıkça gördün mü?

– Gördüm tabii. Pencereden babamın gidişini seyrediyordum..

Kumandan. Burhan'ın verdiği isimleri defterine nefretle yazdı.. Etrafa dönüp:

– Önce bir tabut, dedi. Kaldıralım.

Muallim Naci diz çöküp beklediği cesedin başından doğrulup, Kumandan Eşref Bey'e hisli ve sitem dolu bir cevap verdi:

– Kaldıralım Eşref Bey, kaldıralım.. Salih Onbaşı'yı, Mülazım Sadık Bey'i, Kadı Esat Efendi'yi, daha arkasından listeye alınmış bir sürü insanı daha..

Kumandan Eşref Bey, manidar bir göğüs geçirdi ve hemen arkasından:

– Düzelir, diye bitirdi.

Muallim Naci öfke doluydu:

– Geride bir sürü yaralı fidan bıraktıktan sonra mı?

– Ne yazık ki öyle..

Burhan, babasının bacaklarına sarılıp ağlayan Orhan'a bakıyordu. Artık kendisinin hiçbir zaman sarılıp dayanacağı, cesaret alacağı babası olmayacaktı..

Acılarını, sevinçlerini birlikte paylaştığı adam, göçüp gitmişti. Son düşünceleri içinde yiv yiv derinleştikçe, acıları yenilenip hıçkırmaya başladı. O canı kadar sevdiği adamın üzerine eğilip, son defa yüzünü yüzüne sürdü:

– Baba, diye ağladı... Evden az önce birlikte çıktık. Düşünebiliyor musun, şimdi tek başıma döneceğim. Evde bekleyen anama ne cevap vereyim ben?..

Babam, babam derim... Babaaaaamm....

❁

Esat Bey'i kaldırdılar. O ay ışıklı gecenin parlak zülüfleri arasından bir tabut gidiyordu.. Ve de onun peşini takiben bir sürü insan.. Sitem dolu, figan dolu, intikam dolu bir sürü insan.. Hepsi de Zaptiye Nezareti'nin önüne kadar gelmişlerdi. Şehid sabaha kadar burada misafir kalacaktı. Nedense Eşref Bey, hastahanede değil de, Zaptiye Nezareti'nde kalmasını uygun görmüştü...

❁

Eşref Bey ve Muallim Naci, kalabalığın arasından Burhan'ı arıyorlardı.

Israrlı bakışları aradığını bulamayınca, Muallim Naci seslendi:

– Burhan... Burhan...

Burhan aralarından ayrılalı çok olmuştu. Eşref Bey ve Muallim Naci telaşa kapılmışlardı. Heyecanları birdenbire fazlalaştı, tedirginlikleri aniden arttı... Eşref Bey sadece:

– Eve, diye emir verdi...

❁

Burhan, sokakların arasında koşarken, nefesini zor yetiştirebiliyordu. Bahçelerinin kapısını yorgunlukla açabildi. Titreyen elini kapının ipine götürüp çekmekle, zili çalmayı başarmış oluyordu.. Yukarıdan annesinin sesi duyuldu:

– Kim o?

Ağlayan, halsiz bir ses, cevap oldu:

– Ana benim, aç kapıyı!

Ana, duyduğu sesin tesiri ile şaşırmıştı. Pencereyi açıp, kapının önüne baktı. Oğlunu görmüştü. Hayretle bağırdı:

– Burhan, sen misin?

Burhan kafasını güçlükle yukarı kaldırıp, pencereye baktı:

– Ana, görmez misin ben geldim.

Mehlika Hanım:

– Baban, baban, diye kekeledi.. Sen orada kalacak, baban gelecekti.

Burhan'ın hıçkırıkları amansız bir şekilde yenileniyordu:

– Kader anne, kader, diye hıçkırdı. Babam orada kaldı da ben geldim, beeen..

Mehlika Hanım, evin sokak kapısına bağlı ipini zorla tutabilmişti.. Titrek elleri ile ipe asılıp, kapıyı açtı. Evin ortasında pervaneler gibi döndü, döndü.. Çok geçmeden Burhan yanına gelmişti. Onun ıslak gözlerine yorgun bir tavırla baktı ve taşıyamadığı vücudunu dizlerinin üzerine bırakıp, Burhan'ın kollarından yapıştı.

Keder yüklü bakışları, Burhan'ın yaşlı gözlerindeki sihri çözebilmek için ısrarla bakıyordu..

Cevap gelmeyince, bitkin bir ses sual etti:

– Burhan, kurban olduğum oğul, desene bana baban Esat Bey nerelerdedir?

Burhan, konuşamıyordu, evin dolusu acı bir çığlık atabildi:

– Anaaa!..

Kollarını anasının boynuna dolayıp, sıktı, sıktı, sıktı..

Evin içi figanlarla dolmuştu:

– Babam, babam, babam...

❁

Esat Bey'in ölümü bölgede huzuru iyiden iyiye bozmuştu. Halkın ağzını artık bıçak açmıyordu. Sinirler gergin, tansiyon oldukça yüksekti..

Bugün büyük bir törenle toprağa veriliyordu.. O aziz millet evladının başucunda neler vaadedildi, neler..

❁

O da herşey gibi unutuldu, tansiyonlar düştü ve sinirler gevşedi. Burhan yakınlarının ısrarlarına rağmen, baba evinden ayrılmayı kabul etmedi. Artık tedbirsiz, vakitli vakitsiz sokağa çıkmak ona haram edilmişti..

Evin erkeği, direği, dirliği, sadece o kalmıştı.. Evlerinin bekçisi, annesinin can şenliği, herşeyi idi..

Burhan'ın şehadeti üzerine, Meci ve Miher yakalanıp nezarete atılmışlardı.. Ne var ki mahkemenin üzücü sonu, Burhan'ın içinde baş bağlamaz bir yara olarak kalıyordu. Daha Kadı'nın verdiği kararı duyar duymaz, yerle göğü yırtarcasına bağırdı..

Yanında oturan Muallim Naci, Burhan'ı güçlükle tutup susturmaya çalışıyorken, Kadı, esef dolu bakışlarla Burhan'ı seyretti...

– Burhan, diye seslendi... Adalet bu. Saygılı olmamız gerekir.

– Yanlış bir karara saygı değil, nefret duyulur. Bu millet kendi evlatlarının katillerini affetmemelidir, anlıyor musunuz affetmemelidir..

– Olmaz Kadı Efendi, olmaaz.. Gözlerimle gördüm. Allah bir hakkı için bunlardan başkası değildi. Bu gözü dönmüş katilleri yeniden sokağa bırakamazsınız, bırakamazsın...

Kadı, konuşmak bile istemiyordu.. Mahkeme yavaş yavaş dağılırken, Muallim Naci kısık bir sesle mırıldandı:

– Daha çocuksun Burhan. Daha doğrusu herşeyi anlayacak yaşta değilsin.

Şehadetin dikkate alındı, ancak yeterli sayılmadı..

Öfkesine susturucu takmış gibi sesini alçaltarak bağırdı:

– Onlardı diyorum..

– Ben de öyle diyorum, ancak bu mahkemeyi yönetenlerin de insan olduklarını unutmamak lazım. Hiçbir Kadı'nın her türlü gizlinin esrarını düzgünce çözüp açığa çıkarması mümkün değildir. Hele bazı perdeler vardır ki, bu dünyada aralanması imkânsızdır.

– Doğru, diye göğüs çevirip, çaresizlikleri yudum yudum içti.

– Bu durumda, o perdenin arkasını tek görebilene havale etmek kalıyor. En büyük mahkemeye bırakıp, derim ki:

– Allahım, Allahım, Allahım. Yeri göğü, bütün âlemleri yaratan Allahım...

İşte ellerini Yaratanına açıp, böyle yalvardı.. İçinden neler geçti, daha ne dileklerde bulundu, kimse bilmez. Onu da sadece Yaratanı bilirdi. Gönlünü bütün teslîmiyetle kendisine açtığı Allah'ı... Varlığı hiçbir varlığa muhtaç olmayan, bütün gizlilerin kendisine açık, bir müşkülâtı olmayan âlemlerin sahibi bilirdi.

❁

Artık Miher ve Meci, Ermeni kafilesi arasında birer kahraman kesilmişlerdi... Bedelin büyük oluşu onları sevindirdi... Dilo tek gözünden, Burhan babasından olmuştu... Dilo tek gözü ile dünyayı görebilecekti, Burhan ise babasız büyüyecekti...

İşte Ermeniler hep böyle konuştukça teselli buluyorlardı...

– Başlar gitti, daha da gidecek...

– Artık herkes baş olmaktan korkacak demektir...

– İşte bu sindirme harekâtını başardık mı, zafer yakın demektir...

– Bu aslında büyük bir harekâttır. Erzurum, Erzincan, Gümüşhane, Sivas, Tokat, Van, Giresun, Trabzon illerinde aynı faaliyetler örgütlerimiz tarafından yürütülmektedir..

❁

Miher ve Meci gözlerde devleşmişti. Son günlerde koltukları çifte karpuz az gelircesine kabarıktı... Dillerde isimlerinin destanlaşması, onları yeni yeni vazifelere zorluyordu..

Keşiş Lato'nun evi son günlerde, Taşnaktı Suyu Komitacılarının mekânı haline getirilmişti... En önemli kararlar burada alınıyor, son gelişmeler burada plânlanıyordu. Kara listeye göre yarınlar daha bir sürü yaralı fidanlara gebe kalacaktı...

❁

Burhan, ısrarların daha fazlasına dayanamıyordu. Mehlika Hanım'ın kesinkes kararı karşısında sadece sustu... Buruk bir acının ıstırabını duya duya sustu.. Acı dolu bir nefesle göğüs kafesini şişirirken, yorgun dudaklarının arasından cılız bir ses duyuldu:

– Gayri bu garip çatının üzerinde baykuşlar mı kışlasın?

Ana, için için ağlıyordu:

– Burhan...

Parlayan güneşe nispet, etrafta uğultu bir sessizlik hâkimdi.. Burhan'ların kapısında dört at arabası birden durakladı. Yürekler balya edildi, kap kacak toparlandı. Muallim Naci arabacılara talimat verirken, eşi içeriye girdi...

Burhan, bu hazin manzarayı ıslak bakışlarıyla, evin penceresinden seyrediyordu...

Mehlika Hanım, Burhan'ın hareketlerine baktıkça eridi, eridi...

Burhan'ın anasından habersizce mırıldanışı, onu deli etmeye yetiyordu.

– Acı göç, diye sızlandı...

Elini ağzını kapayıp, hıçkırıklarını Burhan'a duyurmamak için çabaladı. Elindeki işi bırakıp, çarçabuk arka odaya geçti. Hatıralarının sindiği odada istediği kadar boşalırcasına ağlayabilirdi.

Burhan, neden sonra annesini yanında göremeyince, ince ince gelen ağıt sesini derinleştirdi:

– Ağla, diyordu ağla, yoksa açılamazsın.. Çaresiz kalan her hareketin sonu ağlamaktır..

Evin dört köşesini sindire sindire seyrettikten sonra, kapıdan yana istikamet çizip, merdivenlerden usul usul indi. Belki de bu baba ocağını en son görüşü olacaktı.. Bütün çocukluk yıllarının tükendiği haneden ezik duygularını yüreğinin başına düğümleye düğümleye uzaklaşıyordu...

Bahçe kapısından sokağa doğru süzülüp giderken, bütün hatıraları gözlerinin önünden bir sinema şeridi gibi akıp geçti... Annesinin dizlerinin dibinde uyuyup, ninnilerini dinleyişinden, babası ile sırt sırta mücadele verip, balkonun üzerine göçüşüne kadar herşeyi yad etti...

O mahmur gözler, uykulu bir dalgınlık içinde süzülürken, yanıbaşından Muallim Naci'nin hanımının geçtiğini güçlükle farkedebilmişti.

Uyuşuk halini yenebilmek için durakladı. Evden yüz, yüzelli metre kadar uzaklaşmıştı... Yorgun bir hareketle evlerinden yana çevrilip, his dolu bakışlarla seyre koyuldu... Uzatmalı bir bekleyişle baktı, baktı. Daha şimdiden baba ocağına, hatıralarının sindiği yerlere hasret gidiyormuş gibi bir hali vardı...

Muallim Naci, bütün işlerini bırakıp, bahçe kapısından dışarıları seyretti... Gördüğü garip manzara onu incitmiş, yaralamıştı... Daha fazla tahammül edemeyip, gözlerini geri çekti.. İçinden bir his, ona hükmediyordu.

– Varsın, bıkıncaya kadar seyretsin, diye mırıldandı.. İnsanın doğup büyüdüğü yerden kopuşu kolay değildir, diye sızlandı.. Bu yerler onun için acı ve tatlı bütün hatıralarının sığınağıdır.

Muallim Naci, yeniden göç işleri ile meşgul olurken, Burhan uzatmalı bakışlarını aralıksız olarak sürdürdü... Dalmıştı. Daha doğrusu buna dalmak demek de doğru sayılmazdı. Adeta tek şeyi düşünerek beden çukurunun içinde donup kalmıştı. Ne var ki cırlak bir ses, Burhan'ı bu derin uykudan insafsızca uyandırmıştı. Hem de yüreğini, hislerini, öfkesini, kamçılaya kamçılaya uyarmıştı.

– Ne o Efe... Mahalleden kaçıyor musunuz?

Burhan, bu sesi çok iyi tanırdı. Çünkü bu sesin hayatında derin bir izi vardı. Kızgın bir hareketle muhatabına dönüp, bozuk bir asap ile baktı.

Öfke dolu bir ses, soru sahibine cevap oluyordu:

– Hayır, göçüyoruz...

– Korktunuz mu yani?

Yakasından hışımla sarılıp sarstı. Hiddet kusan bakışları ile muhatabının tâ gözlerinin içine bakıyordu:

– Şimdi o sağlam gözünü de çıkartırsam, dünyaya kör kör bakarsın, anlıyor musun kör kööör... diye sinirlendi.

Dilo'nun yanında bulunan Ermeni çocukları, korkularından zangır zangır titremeye başlamışlardı. Daha fazla dayanamayıp, dördü de selâmeti kaçmakta buldu...

Hatta üçü arkasına bile bakmayı beceremezken, bir tanesi adım tazelemekte güçlük çekti ve kırışan dudakları hıçkırırken nemli gözleri paçalarından sızan ıslaklığa baktı. Geçip gittiği yerlerde çizgi çizgi ıslaklıklar bırakarak sürüklenip gitti.

Burhan, Dilo'yu yumrukladı.. Tokatladı.. Bir türlü öfkesini alamıyordu. Dilo, Burhan kendisine vurdukça, kediler gibi miyavladı, ciyakladı durdu.

Yukarıya baktı... Keşiş Lato ve daha bir sürü adam koşarak kendisine yaklaşıyordu... Yakalarından tutup kaldırdığı Dilo'yu, hınçla kakıştırıp, sırt üstü yere itip, bıraktı...

Dilo, sıkışınca adet haline getirdiği bir sırrı daha açığa vurdu.. Sanki yetmeyen gücünü sözleri ile geliştiriyor ve böylece muhatabından intikam almış oluyordu. İşte yine öyle yaptı; yattığı yerden:

– Görürsün sen, diye homurdandı. Senin son dayanağın olan Muallim Naci de bir iki güne kadar dünyasını değiştirecek. Çarşamba günü kimsesiz kalacaksın.. Miher'le Meci onu da..

Keşiş Lato ve arasındakiler, Muallim Naci ve yanındaki arabacılar olay yerine kavuşmak üzereydiler.

Burhan yeniden öfkesini çoğaltmıştı. Artık bu uğursuz ağzın sesini duymak istemiyordu.. Yerden irice bir taşa eğilip zorla yukarı kaldırdı. Olanca gücü ile Dilo'nun başucuna kadar getirip tam kafasına nişan aldı, indireyim derken...

Hadise yerine yaklaşanların gökleri yırtarcasına haykırışı ona ninni söylüyor gibi gelmişti:

– Duuuur..

– Yapmaaaa..

Muallim Naci'nin acı acı seslenişi, kulaklarının dibinde çınladı.

– Burhaaaan!... Yapmaaaaaa!...

Bu sesleniş onun az da olsa zaman kaybetmesine sebep oluyordu.

Muallim Naci'nin eşi ve Mehlika Hanım daha hâdise yerine yeni yeni koşarlarken, Muallim Naci son anda havadaki taşı kapıp, hedefini bulmadan yere attı.

Sol eli Burhan'ı tutup zaptederken, sağ elini tabancasının kabzası üzerine bıraktı. Gözleri Ermeni kalabalığının üzerinde takılıp kalmıştı. Orta boylu, zayıf, balık etinde, esmer tenli, kıvırcık saçlı bir insandı. Onun için tedbir her zaman gerekliydi. Ermeniler, onun cesaretinden olduğu kadar, üstün zekâsından da korkarlardı.

İki grup arasında üçer metrelik bir mesafe çizgilenmişti. Dilo yerden kalkar kalkmaz, perişan hali ile babasının bacaklarına sarıldı. Hıçkıra hıçkıra ağlıyordu:

– Baba, baba.. Öldürecekti beni, öldürecekti..

Ermeni mahallesinin kadını kızı, ihtiyarı genci, olay yerine seller gibi aktı. Artık Ermeni kesiminden öfkeli sesler yükselmeye başlamıştı.

Muallim Naci ve yanındakiler, elleri tetikte ve sabırla beklemeyi uygun bulmuşlardı...

– Çoluk çocuğumuz rahat bir nefes alamaz olmuştur.

– Nerede hürriyet dedikleri hayal.. Bize istibdadı, kendilerine hürriyeti seçenler utansın.

İhtiyar bir Ermeni gücünün yettiğinde bağırdı:

– Yeter, yeteeeer...

Bir genç kadın:

– Ne isterler bu masum soydan? diye sitemlere renk katmaya çalıştı.

Ermenilerin şiddet harekatının başlangıcı, Keşiş Lato'nun arkasına sert sert bakışları ile eriyordu... Üstelik kızgın kızgın bağırdı:

– Susun bakayım. İnsanlar komşuları ile iyi geçinmelidir. İki çocuğun kavgası, bundan daha ileriye gitmemeli.

Durakladı... Muallim Naci'ye bakıyordu... Muallim Naci'yi alaylı alaylı gülüyor görünce, bakışlarını Burhan'a çevirip, bozuk bir asapla inceledi.. Bu hareketinin, yapmacık iyi niyetinin kamufle perdesini çoktan yırttığından habersiz baktı baktı... Aniden toparlanıp, hislerini gizleyebilmek için arkasında bekleyen Ermeniler'e bağırdı. Bu hali öfke dolu sesiyle kesin bir emrin komutasını andırıyor gibiydi...

– Gidin diyorum size.. Herkes evine dağılsın... Muallim Naci yakın dostumdur. Ona yapılan hareketi, kendime yapılmış olarak kabul ederim..

Ermeniler şaşkına dönmüşlerdi. Bir bir yüzlerine durgun durgun bakıştılar. Sonra Dilo'nun oyuk gözünden süzülen yaşlara dikkat kesilip, umursamazlık tavrına bürünerek dudak büktüler... İsteksiz adımlar Ermeni cemaatini mahalleye doğru sürüklerken, Mehlika Hanım'ın derin bir rahatlığa kavuşmasını sağlayan nefes alışı seyretmeye değerdi.

– Allah'ım, diye sızlandı ve yine en yüksek makama gönlünden yazılan dileğini sundu:

Evet:

– Allah'ım diyordu.. Dilekçenin başlangıcı ve bitişi, hepsi bu kadardı...

Sunulan makam onu bütün teferruatı ile anlayan, gönlünden geçen her şeyi en inceliği ile bilen en yüce makamdı.

Lato, Muallim Naci'nin huzurunda oğluna kızdı.

– Dilo, dedi. Gamsız herif. Çekil, doğru eve git. Beni orada bekle.

Maksatlı adımlarla Muallim Naci'ye yaklaştı. Bütün hareketleri ve takındığı tavırlar şaşırtıcı olmuştu. Zoraki tebessüm edişi, yüzüne bakan herkes tarafından kolayca anlaşılabilirdi.

– Neden kavga edersiniz be kuzum. Kardeş kardeş geçinmek dururken. Elini Burhan'ın saçlarına götürmüştü. Burhan saçlarının üzerinde dolaşan eli iğrenerek uzaklaştırdı.

Hemen arkasından gözleri, eli yüreğinde titreyen anasının üzerinde ısrar etti. Anasından yana, zor adımlarla yürüyordu..

Muallim Naci, Keşiş Lato'nun suratına manalı manalı baktı ve:

– Pekâlâ Keşiş Efendi, dedi. Biz de işimize bakalım.

– Taşınıyorlar mıydı?

– Evet.

Lato o bukalemun bakışlarını kendilerinden uzaklaşan Burhan'ın üzerine çevirip, gevrek bir lisanla hitab etti:

– Nedendir bilmem, bu çocukların yıldızı barışamadı gitti.

Burhan, dişlerini sıka sıka alaylı alaylı gülümsedi:

– Gidelim Naci Bey Amca...

Muallim Naci, Mehlika Hanım'ın yanında bulunan eşine hitap etti. Lato, oğlunun elinden tutup, sinsi adımlarla yürüdü... Muallim Naci, Burhan'la yalnız kalınca, etrafını alaycı bakışlarla seyre koyuldu..

– Siz Mehlika Hanım'la öndeki faytona binin, dedi. Burhan'a dönüp:

– Sen de yanıma gel, diye seslendi. Gidiyoruz artık...

Burhan gelip, Naci Bey'in yanıbaşında suçlu suçlu dikildi. Kısık ve isteksiz bir sesle karşılık verdi.

Muallim Naci oldukça duygulu ve yumuşaktı. Burhan'ın suratına garip bir tavırla bakarken, boğuk bir sesle:

– Burhan, diye mırıldandı.

Başı önüne eğik ve ayaklarının dibine baka baka:

– Efendim, diye cevap verdi.

– Sana bir şey sormak istiyorum.

– Dinliyorum efendim.

– Bana doğruyu söyler misin?

– Ben yalan bilmem efendim.

– Bundan eminim.

Burhan'ın gözlerinin içine baka baka sordu:

– Dilo'yu neden dövdün?

– Sataştı. Alay etti, dayanamadım...

– Buraya kadarını anladım. Önce bir hayli hırpaladın. Dövdün onu. Daha sonra o büyük taşı kafasına indirmek için büyük bir sebep olsa gerekir.

Burhan acı acı yutkundu.. Muallim Naci'nin suratına istek dolu, hatta hasret dolu pırıltılarla bakıyordu.. Gözleri bir anda ıslak ıslaktı. Dalmıştı. Acı dolu bir hali yaşıyordu; Naci Bey'in kanlar içinde yerde yatışını seyretmekteydi.. Tıpkı babasında olduğu gibi..

Kısık kısık bir hıçkırıkla rahatlamak istiyordu.. Muallim Naci neye uğradığını bilememişti:

– Burhan, diye ikaz etti...

Kâbus dolu bir rüyadan uyanırcasına sıçramıştı. Arzu dolu bir seslenişle, özlem dolu bir ismi dudaklarının ucuna verip haykırdı:

– Naci amcaaaa..

Kollarını açıp, Muallim Naci'ye sıkı sıkı sarıldı.

– Söyler misin Burhan, böyle birdenbire ne oldu sana? Yoksa sorular seni incitti mi?

Kafasını sallayışındaki itiraz dolu hareket:

– Yok, diyordu..

– Burhan diye yalvarıp, dizlerini toprağın üzerine bıraktı. Omuzlarından sıkı sıkı tutup, hafifçe sarstı.

– Söylesene Burhan, o çocuk sana ne söyledi... Neden öldürmek istedin onu?

Burhan yutkundu, yutkundu.. Dili bir türlü hakikati söyleyemiyordu.. Muallim Naci başka cevap alamayınca hüzünlendi.

– Pekala Burhan, dedi. Söylemek mecburiyetinde değilsin.

Sustu..

– Sakın gücenme Naci Amca, içimden söylemek gelmiyor işte.. Söylersem hep rahatsız olacakmışım gibi bir his var içimde.. Hem ne demişler...

Her hakkı söylemek haktır, lakin her hakkı söylemek hakkın değildir..

Burhan'ın yeni evlerine alışması hiç de kolay olmamıştı. Orhan'la yakın oluşu, bahçenin genişliği ve ata binme imkânlarının katkısı, ona bazı şeyleri az da olsa unutturmaya sebep teşkil ediyordu.

Zaman zaman bahçede ata binip dolaştı, bazen sulamak için vakit harcadı, bazen kaşağı için zaman ayırdı ve tam üç gün böylece eriyip gitti...

Ölüm Tuzağı

Burhan uykusuz bir geceyi sabaha güçlükle bağlayabilmişti. İnsan ruhuna hoşnutluk getiren sabah ezanı, gecenin tükendiğini, yepyeni, hayat dolu bir günün başlangıcını müjdeliyordu.

Yatağından doğrulur doğrulmaz annesine baktı, daha uyuyordu. Odanın sükûnetini hassas bir seslenişle bozdu:

– Anneee.

Ana uyanmıştı.. Gözlerini yorgun bir hareketle açıp baktı.

Kulağına hoş bir seda ile dolan ezan sesleri, Burhan'a cevap vermesine lüzum bırakmıyordu.. Ana kalkıp giyinesiye kadar, Burhan leğen ve ibriği çoktan hazırlamıştı. Annesinin önünde diz çöküp:

– Dökeyim, dedi.

Ana itiraz doluydu:

– Sen bırak yavrum, ben kendim alırım.

– Olmaz ana, gönlüm öyle rahat oluyor...

Ana üstelemedi.

Burhan namazdan sonra pencerenin önünden ayrılmadı. Rahatsız ve kuşku dolu bir hali vardı. Ana elinde okumakta olduğu Kur'an'ın sayfalarını tükettikçe, oğlunun tedirgin hareketlerini kontrolü altında tutmaya çalıştı. Sonunda Kuran-ı Kerim'i kılıfına koyup, öperek yerine astı ve oğluna sordu:

– Burhan?

Nezaket dolu bir hareketle arkasına dönüp cevap verdi:

– Buyur anne.

– Bu sabah Kur'an okumadın.

– Üzülme anne, okurum.

– Rahatsız bir halin var, öyle durmadan dışarılarda neyi seyrediyorsun?

– Etrafı seyrediyorum anne..

– Gözlerin ısrarla birisini bekliyormuş gibi bakıyordu.

– Şey, kimseyi beklediğimden değil. Dışarıyı öylesine seyretmek geldi içimden.

– Bugün her zamankinden başka mı?

– Başka anne, bugün bambaşka bir gün. Gel sen de bak istersen. Sisli bir gökyüzü, toprakta yağlı bir ıslaklık, ağaçların dallarında çiçekler bir başka türlü katmerlenmiş ve sanki herşeyin üzerine yaslı bir uğultu çöküyor.. İşte bu garip hava beni büyülüyor, sıkıyor, ağlatmak istiyor..

– Hisli hisli etrafı seyrederken, sana değişik bir manzara ortaya çıkarmış olmalı..

– Değil anne, değil. Bu hava bana başka bir günü hatırlatıyor.

– Anlatsana biraz.

– Derler ki kurtlar..

– Dumanlı günü severmiş.

– İşte o sözleri hatırladım da..

– Bugün senin kafanda değişik bir rüzgar esiyor.

– Benim kafamda değil ana.. İğrenç bir kafada vahşet dolu bir rüzgârın esintisi var.

– Söylesene Burhan, kimin kafasında?..

Boş bulunmuştu.. Uykudan uyanmış gibi sıçrayıp kekeledi:

– Hay Allah; saçmaladım galiba. Hava sıkıntılı filan derken...

Ana oğlunun suratına dalgın dalgın baktıktan sonra:

– İyi, diye mırıldandı.

Kararsız bir hareketle ayağa doğrulup, ocağa çorba tenceresini koydu.

Çorba, ocakta buhar buhar kaynadı ve pişti... Sofra kuruldu...

Burhan hâlâ pencerenin önünden çekilmemişti. Ana oğlunun başucunda dikildi. Mahzun bir hareketle baktı, baktı ve hassas bir ses odanın bayatlamış sükûnetini yeniden bozdu:

– Burhan..

Gözleri sokakların görüntüsünü kesip, annesine baktı:

– Sofranı hazırladım da.

Gözlerini yeniden sokaklara çevirip dikkatle baktı... Yerinden kurşun gibi fırlayıp, sofranın başına oturdu.. Bir iki lokma ekmek, iki üç kaşık çorba atıştırıp, yeniden pencereye koştu. Ananın elindeki kaşık küt diye sofranın üzerine düşmüştü.. Burhan'ın gözleri hâlâ sokaklarda birşeyler arıyordu...

– Burhan..

Sesin geldiği tarafa çevrildi:

– Burhan, bu gün benden saklamaya çalıştığın bir şey var. Söyler misin, sokakların ortasında neyi arıyorsun öyle? Çorbanı bile içmedin...

– Şey, anne doğrusunu istersen bu hava bana çok dokundu.

Kuşları, çiçekleri, hatta sessizliği.. Bırak ana, bırak ki doya doya seyredeyim.

Acı dolu bir sesle mırıldandı:

– Bak, dedi, bak. Sadece gönlündeki bakmaksa, bıkıncaya kadar bak.

Burhan'ın gözlerinin içinde bir top çıra yanıp yanıp söndü..

Muallim Naci atları çıkarmış, arabasını koşuyordu.. Tek kelime ile şaşırmıştı. Ancak annesine birşeyler sezdirmemek maksadı ile, sevinçli gözükmeye çabaladı..

– Ana, diye yanına sokuldu. Naci amcam araba koşuyor, ben de onunla gidebilir miyim?

– Nereye gideceğini biliyor musun?

– Hayır.

– Belki uzaklarda bir yere gider.

– Uzak bile olsa, Naci amcam yanımda olduktan sonra...

– Pekâlâ Burhan, götürmemek isterse ısrar etme ama...

– Olur anne.. Şey. Şayet götürmezse, biz de Orhan'la bahçede oynar, ata bineriz..

Ana oğluna hayran hayran bakıp, mülayim bir sesle yalvardı:

– İki gözümün nûru, biricik evladım benim, sakın uzaklara ayrılmayasın.

– Emredersin anne.. Ayrılmam tabii.. Sen hiç merakta kalma.

Bir şeyler unutmuş gibi duraklayıp, annesinin suratına hayran baktı, hemen arkasından:

– Allahaısmarladık, dediği gibi koştu.

Muallim Naci'nin yanına geldiğinde, nefes nefese kalmıştı.

Muallim Naci, Burhan'ın telâşesini görünce şaşırmıştı..

– Hayır ola Burhan. Sabahın bu saatinde. Sokakta ve telâş içindesin..

– Namazdan sonra yatmadım. Sonra pencereden bakarken seni görüp yanına geldim.

– Ben de yola gidiyordum da...

– Gideceğin yer uzak mı?

– Oldukça.

– Nereye?

– Hasankale.

Suratı birden mahzunlaştı, bakışları mahmurlaştı. Yalvaran bir sesle boynunu bir yana yıkıp, hitap etti:

– Gitmesen olmaz mı?

Muallim Naci, garip bir tavırla irkildi ve az sonra toparlandı:

– Nedenmiş o?

– Şey, hava bozuk gibi de, yağabilir hem..

Muallim Naci kahkaha atarak güldü:

– İlâhi Burhan, ben de mühim bir sebep var sanmıştım. Tuz değiliz ki eriyelim.

Hislerini gizlemeye bir türlü muvaffak olamıyordu. İçli bir sesle hitabını yeniledi:

– Naci amca?

– Efendim.

– Yola gideceğini daha önceden başka yerde söyledin mi?

Muallim Naci şahadet parmağını çenesine dayayıp, derin derin düşündü ve cevap verdi:

– Tabii ki söylemişimdir.

– Evden dışarıda söyledin demek..

– Ne var bunda?

– Hiç, aklıma başka şeyler geldi de..

Muallim Naci, Burhan'ı tepeden tırnağa süzerken:

– Senin garip bir halin var, diye mırıldandı.

– Ortalık karışık da.. Başka bir güne ertelesen diye düşünüyordum.

– Olmaz. Çok mühim bir mesele bu.. Orhan'la senin istikbalin için.

– Orhan'la benim için mi?

– Hı hı..

– Daha da meraklandım. Söyler misin?

– Geri döndükten sonra, umarım ikiniz de sevineceksiniz. Burhan'ın hiçbir şey umurunda değildi. Onu sevindirebilecek tek şey, Muallim Naci'yi yolundan alıkoymaktı.. Başaramadığı için suratında ıstırap çizgileri kaynaşıyordu. Bu hal, Muallim Naci'nin dikkatinden uzak kalmamıştı.. Elini Burhan'ın omzuna bırakıp, ısrarlı bir bakışla seyrederken, kısık bir sesle mırıldandı:

– Ne o, senin üzgün bir halin var. Anlatır mısın neler oluyor?

– Canım sıkılıyor da. Yola gitmezseniz, oturup Orhan'ın benim okul işini konuşurduk.

Muallim Naci alaylı alaylı gülümsedi.

Üzülme, ben de okul işinizi Mehmet amcanla konuşmak için gidiyordum.

Burhan, Muallim Naci'yi durdurmanın imkânsız olduğunu anlamıştı. Yorgun bir tavırla arabanın yanından aralanıp:

– Güle güle, dedi. Dikkatli ol.

Muallim Naci, Burhan'ın sıkıntısını giderebilmesi için iş verdi:

– Sen de boş durma, hemen gidip dor atı çıkar, bahçede antrenman yaptır.

Sevinmişti:

– Olur, dedi ve koştu.

Atı çıkarıp üzerine atladığı gibi bahçede gezinmeye başladı.

Ana, pencerenin önünden hep onu seyrediyordu.. Atın üzerinde gezindiğini görünce rahatladı. Artık evdeki işlerine bakabilirdi.

Muallim Naci'nin de işi tamamdı. Hane halkı ile ısmarlaştı, atları kamçıladığı gibi yollara düştü. Keşiş Lato, evinde Mecir ve Miher'e talimat verdi:

– Yolu, bizim kapının önünden geçecektir, başka yol yok. Ben atı hazır tutar, sonra da biniyormuş gibi yaparım. Daha sonra da, beni arabasına almasını isterim. Gerisine karışmayın siz. Tam büyük taşın dibine gelince, su dökmek için durdururum... Ben arabadan inince, işiniz kolaylaştı demektir.

Meci ve Miher, atlarına bindikleri gibi yolların üzerinde kurşun gibi akıp gittiler. Lato, gidenlerin arkasından şeytanî gülüşünü de unutmamıştı..

Kapıda hazır vaziyette duran atının yanında bekleyip, yol gözetledi.. Fazla beklemiş sayılmazdı. Uzaklara alıcı kuşlar gibi baktı. Muallim Naci, diye mırıldanıp harekete geçti. Aralarındaki mesafe kısalır kısalmaz, tebessüm edip seslendi.

– Naci Efendi, yolculuk mu var?

– Öyle sayılır Keşiş Efendi..

– Ne tarafa niyet?..

– Bilmem, gidiyoruz işte.

– Ben de yola niyetlendim de..

– Ne tarafa?

– Hasankale.

– Aynı tarafa niyetlenmişiz.

– Şey, şayet destur olursa, ben atı bırakayım. Tabii bir Keşiş ile yolculuk yapmayı mahzurlu bulmazsan.

– Sen bilirsin. Benim için mahzuru yok...

– Öyle yapmalı, diye mırıldanıp evlerine seslendi:

– Atı ahıra çekin, araba ile gidiyoruz.

Koşarak arabaya bindi. Muallim Naci, derin bir düşüncenin arkasından atları kamçıladı:

– Hayır ola Keşiş Efendi. Hasankale'de ne var ki?

– Mehmet Efendi ahbabımdır, onunla bazı işlerim var.

– Demek öyle. Ben de Mehmet Ağa'ya gidiyordum. Tesadüfe bak.

❁

Bıkkınlık veren dumanlı hava çiseledikçe, üstlerindeki urba ıslandı.

Araba bir hayli yol almıştı. Tekerlekler nemli toprağın üzerinde sürtüne sürtüne döndükçe, Keşiş Lato yolları iple çekti. Dalgındı... Muallim Naci'nin sorularına kısa kısa cevaplar verdi, sormazsa şeytanî şeytanî düşünüp durdu. Uçurum denilen mevkiye yaklaşınca, Keşiş Lato'nun hareketlerinde daha da bariz değişiklikler göze çarpıyordu. Muallim Naci, garip tavırlar takınarak oturduğu yerde sancısı tutmuş hanımlar gibi kımıldanmaya başlayan Keşiş'i uzatmalı bir bakışla seyre koyuldu. Hemen arkasından, manalı bir soru ile hitap etti:

– Birdenbire değiştin, heyecanlandın, rahatsızlandın mı yoksa?

Kararlaştırdıkları büyük taşı geçmek üzerelerken Keşiş Lato, ezile büzüle Muallim Naci'ye bakıp:

– Naci Bey..

– Söyle Keşiş Efendi.

– Ayıptır söylemesi, çok sıkıştım da. Arabayı beş dakika durdurursan...

– Bürrrüüüüt...

Muallim Naci dizginlere asılmadan önce hayvanlara işte böyle hitap etmişti.. Sözü edilen büyük taşı ancak on metre gerilerde bırakmışlardı. Atlar yolun orta yerinde durakladı...

Bulundukları yolun sol kıyısının önü, yamaç bir araziye bağlanıyordu. Keşiş Lato, daha ayağını yeni yeni toprağa basmak için çabalarken, kolları arabanın tahtasına takılıp kaldı... Gözleri iri iri olmuş, benzi sararmıştı..

Bir an hareketsiz katılaşıp kaldı.. Muallim Naci hayret yuvasına benzeyen suratına alıcı kuşlar gibi bakarken, o kazıklaşan vücudu zangır zangır titremeye başladı... Bir anda herşey olup bitmişti.. Ortalık acı acı dağları yırtan kurşun sesleri ile inlemeye başlamıştı.. Keşiş toprağa bastığı ayağını güçlükle yukarı kaldırmaya çabalarken, Muallim Naci'ye yalvarır gibi bakıyor, kendisini yukarıya çekmesi için merhamet dileniyordu. Bir dakikalık zaman, ona bir kova ter döktürmüştü.. Dudakları:

– Silah sesleri, diye mırıldandı..

Muallim Naci'nin hareketleri evham doluydu.. Kuşkusunu daha yorum yapmaya zaman ayırmadan açığa döktü:

– Kimler olabilir ki Keşiş Efendi?

– Bilmem. Basıldık mı yoksam?..

– Belki de sen bilirsin diye sordum..

Ölüm saçan kurşun sesleri ile birlikte, acı dolu feryatlar yükseliyordu:

– Yandım...

– Ooof..

Hadise on ya da onbeş metre geride bıraktıkları büyük taşın arkasında sahnelenmişti. Erzurum'un dağlarını inleten kurşun seslerinin arkasından ortalık yeniden eski sessizliğine bürünürken, Keşiş, ecel nefesi veren bir hastadan farksızdı...

Muallim Naci, tabancasını kınından sıyırıp, elini tetiğe götüreli çok olmuştu...

– Gidip bakalım, diye mırıldandı. Tedbiri de elden bırakmak gerekir. Önce siperlenmeli..

Keşiş, zor durumda kalmıştı:

– Şey, şey, diye kekeledi. Kimbilir belki avlanıyorlardır.

Muallim Naci, öfkeli konuştu:

– Bu bambaşka bir avdı Keşiş. Daha doğrusu bir insan avı. Belki de vahşice kurulan bir ölüm tuzağı...

– Bunlardan bize ne, yolumuza devam etsek olmaz mı?

Muallim Naci, oturduğu yere yapışmış gibi duran Keşiş'e bağırdı:

– Kalk oradan bre Keşiş, senin cesaretinin hepsi bu kadar mı?

Tabancasını Keşiş'in böğrüne dürtüp, kızgın bakışlarla başında bekledi..

Keşiş, arabadan inerken perişan bir hali vardı.. Ayaklarının toprağa basışı görmeye değerdi. Ayakta duruşu, adımlarını atışı, yeni yeni yürümeyi öğrenen çocuklarınkinden farksızdı. Soluk bir yüzle Muallim Naci'nin tabancalı eline bakarken, fersiz dudakları güçlükle mırıldanmayı başardı:

– Ne o Muallim Naci? Yoksa beni mi öldüreceksin?

Muallim Naci, acı acı gülümsedi:

– Müslümanlar kahpelikten hiç hoşlanmazlar. Seni yanımda götürüşümdeki sebep, sana itimadımın olmayışındandır.

Vücudunun dengesi tamamen bozulmuş, ayakları yerlere patır patır inip kalkıyordu.

Arkasına dönüp yeniden yalvardı.

– Keşkem gitmesek. Bakarsın bizi de vururlar.

– Doğrusu çok merak ettim Keşiş Efendi.. Vurulsak da, vurulmasak da gidip bakacağız..

Keşiş çaresiz kalmıştı. Muallim Naci'nin önünden yürüye yürüye, büyük taşın yakınlarına güçlükle gelmişti.

Hemen önlerinde yamacı kaplayan iri iri taşlar, heybetli duruşları ile müthiş bir manzara arzediyorlardı..

Keşiş Lato ve Muallim Naci, şimdi kuşkulu gözlerle büyük taşın üç beş metre ilerisine bakıyorlardı.

Keşiş'in gözlerinden sessiz sessiz yaşlar dizilirken, taşıyamadığı vücudunu dizlerinin üzerine bıraktı.. Muallim Naci, neye uğradığını bilememişti.. Miher sanki kendilerine bakar gibi, yerli bir taşın dibine uzanmış, kanlar içinde sessiz sedasız yatıyordu.. Onun hemen arkasında Meci vardı. Kırmızı beyaz bir taşın üzerine vermiş, tabancası sarkan elinden yere düşüp kalmıştı... Doğrusu yamaçlık arazi, bir nefeste garip bir manzara olup çıkmıştı. Keşiş Lato, hıçkırıklarını tutamıyordu.

– Yiğit Miher.. Yiğit Meci, sizlere kim kıydı, kimler?...

Her ikisinin gözleri de, yamacın uzaklarından uçup giden bir atlının üzerinde ısrar ediyordu. Uçarcasına giden bir atlının...

Keşiş:

– Kaçıyor, diye bağırdı.. Yiğitlerimin katili kaçıyor işte..

Muallim Naci, uzaklardaki atlıya dikkatle baktı.. Ancak tanınacak kadar yakın olmadığı için, sadece seyredip düşündü.

Keşiş'e bakarken öfke doluydu:

– Ya bunlar Keşiş Efendi, ya bunlar, diye bağırdı.. Bu eli silahlı eşkiyalar, buraya ne yapmak için gelmiş olabilir?

Keşiş, korku doluydu...

– Bilmiyorum, dedi. Çarpılayım ki bilmiyorum. Hem ben nereden bilirim Naci Efendi?..

– Keşiş, senin dinin imanın yalan söylemek mi? De bana, bunların burada ne işleri vardı?

Tabancanın dipçiliğiyle Keşiş'in ense kökünü dürterek bağırdı:

– Söyle dedim, yoksa acımadan gebertirim seni.

– Naci Efendi, ayaklarının altını öpeyim, değme bana.. Hiç birşey bilmiyorum.. Ben de senin yanında olmamış olsaydım, suçu bal gibi senin üzerine yıkarlardı.

– Neden benim üzerime yıksınlar?

– Şey, bunlar Esat Bey'in katili bilinirdi. Sen de Esat Bey'in en yakın arkadaşı olduğuna göre..

Muallim Naci, göklere bakarken, kâinatın sahibini zikretti:

– Doğru, dedi, bak sen bizleri Yaratanın büyüklüğüne ki, beni suçlandırmamak için, senin gibi bir Keşiş'i de benimle beraber göndermiş.

– Göndermiş ya, hem de bir güzel göndermiş ki, deme gitsin...

– Dahası var Keşiş Efendi, dahası.. O giden atlıyı da beni bu ölüm tuzağından kurtarsın diye göndermiş..

– ....

Keşişin ağzını bıçak açmaz olmuştu. Muallim Naci suratına manidar manidar bakıp ilâve etti:

– Ulan Keşiş Efendi, bakıyorum da hâlâ altını ıslatmamışsın... Arabayı durdururken doğum sancısına benzer acılar içinde kıvranıyordum. Hâlâ doğuramadın gitti..

– A be Naci Bey, latifenin sırası mıdır. Konuştuğun lâfa bak. Bu korku, şu acı manzara, Keşişte sancı mı bıraktı...

– Keşiş Efendi, ömür boyu bile olsa, bir defacık doğruyu konuş. De ki, sana bu ölüm tuzağını bu eşkiyalarla birlikte hazırladık... Gel gör ki, bizleri Yaratan müsaade etmedi, suçlular belâsını buldu, benim de marifetim ortaya çıktı. Bu kadarını olsun söyle..

Keşiş acele acele itirazda bulundu:

– Yok, yok. Naci Efendi, yemin ederim ki yok.

– Yemin, göğsünde iman olanların ağzından çıkarsa makbuldür.

Keşiş, sükût etmekte fayda bulmuştu.. Muallim Naci...

– Hasankale'ye gidiyor muyuz, diye sordu.

Keşiş, ıkındı, sıkındı, sonra:

– Geri dönsek, diye yalvardı. Şehir fazla uzak sayılmaz. İlgilileri durumdan haberdar etsek fena olmazdı..

Muallim Naci, bir an için tefekküre daldı..

– Pekâlâ Keşiş Efendi, dedi, nasipte gidememek de varmış deriz olur biter.. Senin dediğin gibi olsun, istersen sen burada bekle, ben gider haber veririm.

Keşiş, Muallim Naci'nin fikrine şiddetle karşı çıkmıştı:

– Yok, yok Naci Efendi, olmaz. Beraber gördük, gidip beraberce haber veririz, olur biter.. İkimizin şahadeti ancak birbirimizi kurtarır..

Atlar, ıslak yolların üzerinde izler bırakırken, tekerlere çamurlar sıvandıkça sıvandı.. Gökler çökecekmiş gibi çatırdadı.. Yağmur sicim sicim yağdı.. Atlar ve arabanın üzerinde bulunan Muallim Naci ve de Keşiş sırılsıklam olmuşlardı..

Atlar yorgun yorgun Zaptiye Nezareti'nin önünde durakladı.. Keşiş Lato ve Muallim Naci, Meci ile Miher'in ölüm haberlerini bizzat Kumandan Eşref Bey'e duyurdular..

Yağmur, o yerleri deniz haline getiren yağmur, artık kesilmişti. İki müfreze asker silah kuşanıp, at koşturdular. Aldıkları emir üzerine tarif edilen olay yerine doğru yol alırlarken, şehrin içi değişik değişik fısıltılarla çalkalanmaya çoktan başlamıştı bile...

Cenazelerin şehre girişi, Ermenilerin figanını arşa bağlamıştı. Her yüzde neyi beklerken, neyi bulduklarının hüsran çizgileri kümeleşmişti.

Diller, gerçekleri tersine çevirip, iftiraları destanlaştırmaya gayret sarfediyordu...

– Muallim Naci canavarı, iki yiğide nasıl kıydın?

– Keşiş Lato'yu da yanında şahit mi götürdün..

Kumândan Eşref Bey, Ermenilerin ağıtlarını duydukça alaylı alaylı gülmekten kendisini alamıyordu...

Cenazeler sahiplerini buldu; figanlar yoğunlaştı.. Muallim Naci'nin verdiği ifadeye göre, Keşiş Lato suçlu bulunup, hadise aydınlığa kavuşuncaya kadar nezarete atıldı.

Muallim Naci, Zaptiye Nezareti'nden çıkar çıkmaz, arabasını kapının önünden aldığı gibi, evlerinden yana çevirip, dizginleri sıkı sıkı çekti..

Sokaklardan geçerken, bütün Erzurum'un çalkantıda olduğunu görüp, tedbiri elden bırakmadı. Bahçelerinin kapısına kadar böyle geldi.

Atları çözmeden arabayı kapının önüne bıraktı.. Ev halkı, onu sabırsızlıkla bekliyordu. Eşi ve oğlu yanına sokulup, kendisine hasretle bakarlarken, Nesrin Hanım:

– Naci Bey, diye seslendi. Nedir bu olanlar?

Orhan:

– Babam, diyerek koşup bacaklarına sarıldı...

Nesrin Hanım, hassas bir sesle hitabını yeniledi:

– Bir şeyiniz yok ya?

– Elhamdülillâh. İyiyim.

– Çok korktuk. Anlatılanların hepsi doğru mudur? O Ermeniler sana tuzak mı kurmuş?

– Aynen duyduğun gibidir.

– Ya o keşiş?

– Nezarette.

– Seni kim kurtardı?

– Allah..

– Vasıta kimdir, bilir misin?

– Meçhul bir insan.. Sanki herşey bir anda kendiliğinden olup bitti.

Orhan, annesinin konuşmasının bitmesini sabırsızlıkla bekliyordu. Daha fazla dayanamayıp, söze karıştı:

– Baba, diye taştı.. O ölen adamlar Esat amcanın katilleri miydi?

Naci Bey:

– Onlardı, derken, derin düşüncelere dalıp kalmıştı. Unuttuğu bir meseleyi hatırlamıştı. Tefekkürün hemen arkasından gözleri Burhan'ların kaldığı evin penceresinde ısrar etti.

Pencereden Naci Bey'lerin bahçesine bakan Mehlika Hanım geri çekilmişti.. Naci Bey, aynı noktaya bakarken, eşi Nesrin Hanım'a sordu:

– Burhan evde mi?

Cevabı Orhan veriyordu:

– Evde baba, biraz önce gitti..

– Ata çok bindi mi?

Eşi:

– Bindi, dedi. Hem de çok bindi. Nedense ata çok meraklı... Annesi de kızdı. Bahçede hevesini alamayıp, uzaklara gitmiş. At geldiğinde çatlamak üzereydi...

– Giderken buralardan ayrılmamasını söylemiştim. Demek dinlemedi. Aklınızda olsun, soran olursa evden ayrıldı filân demeyin, bakarsın başka türlü değerlendirenler olabilir.

Oğluna dönüp emir verdi:

– Orhan.

– Buyur baba.

– Gidip Burhan'ı bana çağır.

Orhan, önce durakladı. Sonra koşarak soluğu Mehlika Hanım'ların bahçesinde aldı.. Mehlika Hanım, pencerenin gerisinden olanları seyrederken, Orhan'ı görünce pencereye yaklaşıp seslendi:

– Orhan.

Biraz duraklayıp, yukarı baktı. Sonra nefesini genişletip cevap verdi:

– Efendim, Mehlika Hanım Teyze.

– Neler oluyor bugün?

– Korkacak birşey yok, babam Burhan'ı çağırıyor da..

Pencerenin önünden ayrılıp, Burhan'ın yattığı müsüfa denilen sedirden yana baktı. Düşünceler onu iyice yormuştu... Burhan, uzandığı yerde kımıldamadan yatıyordu... Yaklaşıp kontrol etti. Uyuyor muydu, yoksa uyanık mıydı, kestiremeyince ellerini bırakıp, hafifçe salladı:

– Burhan...

– Ne var anne, bir şey mi oldu?

– Bilmem, Naci Bey amcan seni istiyormuş...

– Dönmüş mü?

– Daha içeri bile girmedi..

– Hani Hasankale'ye gidiyordu?..

– Demek ki gitmemiş..

– Beni neden çağırdı dersin?

– Bilmem. Merak ettim doğrusu.. Çabuk gidip bana da haber getir.

– Bir şey mi duydun anne, üzgünsün?

– İçimde bir sıkıntı var.. Sebebini bilsem söylemez miyim hiç?

– Sen üzülme anne. Seni öyle gördükçe ben de üzülüyorum.

❁

Burhan bir nefeste koşup Muallim Naci'nin yanını bulmuştu.. Muallim Naci, sırtını arabaya yaslamış, kendisini bekliyordu. Nesrin Hanım, atları çözüp ahıra götürürken, Orhan da annesine yardım ediyordu..

Burhan, daralan bir nefesle gelip, Muallim Naci'nin önünde durdu.. O yorgun hali ile, Muallim Naci'nin gözlerinin içine bakıyordu.. Az sonra muhatabının kızgın ve keskin bakışlarına mukavemet gösteremeyip, bakışlarını ayaklarının ucuna yıktı... Zor duyulan bir sesle:

– Geldim, diyordu.

Muallim Naci, soğukkanlı bir tavırla kımıldadı, yumuşak bir sesle sual etti:

– Uyuyor muydun?

– Evet.

– Çok mu yorulmuşsun? Hayır Naci Bey amca, yorgunluktan değil. İçimden öyle geldi de, biraz uzanayım demiştim.. Şey, hani siz Hasankale'ye gidiyordunuz.. Neden döndünüz? Yoksa bir aksilik filan mı oldu?

– Öyle oldu ya, büyük bir aksilik hem de..

Muallim Naci'nin suratına hayretler içinde bakmıştı. Sabırsız bekleyişi, Muallim Naci'nin gözlerinden kaçmıyordu.

– Korkunç bir tuzak, diye mırıldanıp, arkasından usulca devam etti.

– Sahi, senin böyle bir tuzaktan haberin var mıydı?

Suçlu bir hali vardı. Boynunu sağ omuzunun üzerine yıkıp fısıldadı:

– Nereden olsun?

– Biliyor musun Burhan, Miher ve Meci, ikisi de öldüler..

Bir top nefret salgısı içinden bir nefeste dışarı püskürür gibi olmuştu.. Kin dolu bir heceyi, ağzını doldura doldura dudaklarından fırlattı:

– Gebersinler..

– Bunu kim yapmış olabilir?

– Bunların hepsini niçin benden soruyorsunuz?

– Şeeey, belki de bilirsin diye.

– Öldüklerine sevindim. Öldüren kim olursa olsun önemli değil.

– Bugün atla nerelerde gezdin?

– Şuralarda.. Yani biraz evin arkalarına doğru gittim..

– Yâ, demek biraz arka taraflarda dolaştın..

– ....

– Pekâlâ Burhan, annen seni bekliyor olmalı, merak etmeden eve git. Söyle annene, üzülecek hiçbir şey yok; gördüğün gibi sağ salim döndüm... Olanları aynen anlatırsın. Annen merakta kalmasın.

– Olur Naci Amca. Allahaısmarladık.

– Güle güle Burhan.. Bana sormadan dışarılara çıkmak yok, unutma..

Canlı bir sesle karşılık verdi:

– Unutmam, sen hiç merak etme.

Ana, oğlunu derin bir merak içinde karşılamıştı. Burhan'ı kollarının arasında sıkı sıkı sararken sordu:

– Söylesene Burhan, neler olmuş?

– Çok şey ana, çok şeyler olmuş bugün.. Miher'le Meci'yi gebertmişler. Naci amcam bunu söylemek için çağırmış beni.

Ana, nasıl da keyiflenmişti:

– Sahi mi, diye telaşlandı. Sahi vurmuşlar mı?

– İkisini de

– İkisi birden ölmüş mü?

– İkisi birden ana. İkisi birden.

Ana:

– Kalkmayasılar, diye homurdandı. Kalkmayasılar.. Demek Naci Bey amcan çağırıp, bunu müjdeledi sana..

– Müjdeledi ya.

– Sevindin mi Burhan?

– Sevinmez olur muyum hiç ana. Bizi can evimizden vurdu onlar. Daha babamın kefeni bile solmadı... Gözlerimin önünde, hiç acımadan vurmuşlardı.. Hiç acımadan..

Mahkeme

Keşiş Lato, yalancı şahitler göstererek, hiçbir şeyden haberdar olmadığını savundu... Evet, Muallim Naci'nin savunması yine yarıda kalıyordu..

– Tam büyük taşın dibinde, diye kızdı.. Silah seslerini duyunca inmekten vazgeçti.. Yemin ederim ki, ondan sonra dışarıya çıkmak ihtiyacını bile kendisinde hissetmedi... Tuzağı kuran bu adamdır.. Keşiş Lato hainlerin başıdır.. Bunun şahitlerine inanmanızı istemiyorum. Bu adam, hadiselerin kundakçılığını yapan bir haindir..

Keşiş Lato, yine gerçekleri gönlünün gizliliklerinde hapsediyordu.. Beraberinde oluşu, Muallim Naci'yi kurtarmıştı. Ne var ki mesele bununla bitmiyordu.. Bütün Ermeniler:

– Burhan, dedi..

– Onu da mahkemeye çağırmışlardı. Burhan, soğukkanlı bir şekilde huzura çıkıp:

– Bilmem, dedi...

Mahkeme delil bulamayınca, Burhan'ı serbest bırakıyordu.

Ermeniler, bu defa büsbütün çileden çıkmıştı.

Burhan, Muallim Naci'nin yanında evlerine dönerken alevli

bakışlar, kin dolu yürekler, açıktan açığa nefretini kusa kusa baktı..

Artık Burhan bir daha olur olmaz sokaklara bile çıkamayacaktı. Çünkü onu tehdit eden dillere karşı, kendisini sevenler böyle istiyordu...

Son günler Burhan için işkence olmuştu... Pencerenin önünden dışarıya bakarken, gözünden akan yaşlara engel olamıyordu:

– Ana, diye sual etti. Ben bu dört duvarın içine, ne zamana kadar mahkûm edildim. Bari bir gün söyleyin. Bir ay mı, bir yıl mı, yoksa bir ömür boyu mu? Bu hal daha ne kadar sürer?

Ana sızlandı.. Gözlerinin pınarından ıstırap yüklü seller aktı.

– Oğul, diye içlendi. Benim kulağıma dokunanları duysaydın; sen de aynı şeyleri yapardın.. Seni gezmeye gönderir gibi, ölüme mi göndereyim? Benden bunu mu istiyorsun.. Duyduklarımı söylemeye dillerim dolaşır... Derlermiş ki, Burhan'ın mezarını kazıp hazırladık.. Sen bu söylentilerden habersiz misin? Gece gündüz evimizin önünde devriyeler dolaşmamış olsa, sağ kalır mıydık sanıyorsun?

– Kalırız ana, dünyada içecek bir yudum suyumuz kalmışsa, elbette sağ kalırız.. Şayet rızkımız tükenmiş ise, kader deriz biter.. Her gün ölmektense, bir gün ölürüz.. Şayet kazılacak bir mezar varsa, onlar kendi mezarlarını kazmak zorundadırlar. Bu asil ve dualı milletin sabrı, ergeç tükenecektir, ergeç.. Bu milletin evlatları kendi yurtlarında yurtsuz, kendi vatanlarında vatansız gibi yaşayamazlar. Bu hal onların acı sonunun başlangıcı demektir. Hem göreceksin anne, Burhan hiçbir zaman onların kazdıkları mezara sığmayacak. Bu millet, kendi şehidinin mezarını kendi elleri ile kazar. O kadar sahipsiz mi sanırsın bizi?

Burhan'ı o gece uyku tutmamıştı. Sağa döndü, sola çevrildi.. Bir türlü gözlerini uykuya kapatamıyordu... Kafasına takılan sözler, rahatsız olan bedenine diken diken battı..

– Demek Burhan için mezar kazmışlar öyle mi? Ben ölürsem, bana mezar kazacak Türk mü kalmamış? Palavra herifler siz de!.. Eğer bu bedenin içindeki can sizden korkarsa namert olsun.. Terledi, öfkesinden nefesi kısılmıştı.. Kağıt kalem bulup, birkaç satır karaladı.. İçinden geçen duyguları kâğıdın üzerine geçirdikten sonra, bir köşeye bırakıp:

– Ooof, diye derin bir nefes aldı.

Yeniden uykuya varabilmek için, sırt üstü uzandı. Gözlerini kapadı, ne yapsa olmuyordu.. Yorgun bir hareketle yerinden doğrulup kalktı. Tuvalete gider gibi hole geçti... Aradıklarını bulmuştu.. Az da olsa rahatladı. Bir metre uzunluğundaki silinmiş, düzgün bir tahtanın üzerine, sabit kalemle az önce kâğıdın üzerine geçirdiklerini işledi... Önce ucu sivri bir bıçakla ustaca oyup, sonra kopya kalemle oyukların içini ustaca boyadı.. İç odaya kulak verdi, ses yoktu.. Kazma kürek bulup, tahtayı da onların yanına koydu. Artık rahatça yatağına uzanabilirdi. Durmadan saatine baktı, durdu...

Kafasında kurduğu saat, gelip çatmıştı.. Kazmayı, küreği ve üzerine nameler yazdığı tahtayı alıp, ayaklarının uçlarına basa basa, merdivenlerden indi..

Sabahın erken saatlerinde, sisli bir gökyüzünün altından gölge gibi süzülüp gtti.

Mezar

Şehrin doğu yakasında, bir tümsek başlar..

Buradan bütün Erzurum'u seyretmek mümkündür.. Hemen yerleşme bölgesinin bitiminde oluşu, bütün şehri önüne alışına yardımcı olur..

Kesif bir sis, tümseğin üzerini yoğun bir şekilde sarmıştı. Yerlere cılız bir hareketle düşen çise, toprağın üzerinde ince bir ıslaklık bırakıp geçiyordu...

Burhan, manzaranın cilvesine aldırış bile etmeden, örtüsü ıslak olan yumuşak toprağı gönlünce kazdı, kazdı ve kazdı...

Daha Ezân-ı Muhammediye yeni okunmaya başlamıştı ki, işini yeni tamamlayabildi.. Kazıp boşalttığı çukurun içinden güçlükle dışarı çıktı.

Kenarlara atılan toprakları etrafa düzgün bir şekilde dağıtıp, çiğnedi. Üzerine nağme yazdığı tahtayı alıp, boş mezarın başucuna çaktı.

Yorulmuş ve terlemişti.. Küreği ve kazmayı aldığı gibi evlerine doğru yürüdü.. Aradaki mesafe uzak sayılmazdı.. Yolları tedbirli bir şekilde tüketmişti.. Kazma ile küreği bahçelerinin emin bir köşesine bırakıp, namaz kılmak için camiye koştu.. Caminin çeşmesinde abdestini alıp, cemaate yetişmişti..

Muallim Naci, Tesbih Duası'nda Burhan'ı farkedince hayretle baktı.. Çıkarken gözden kaçırmamak için ısrarla aynı noktaya baktı... Daha dışarıya çıkar çıkmaz, elini omzuna bırakıp:

– Allah kabul etsin dedi..

İçten gelen bir ses karşılık oluyordu:

– Amiiin..

– Demek sabah namazına geldin...

– Gönlümden öyle geçti de.

Muallim Naci, manidar gülüşünü yine unutmamıştı:

– Demek yine gönlünden geçti.. Ya annen uyanınca meraklanmaz mı? Anlaşılmaz bir çocuksun. Üstelik de çok cesursun. Gidelim..

Yürüdüler. Eve yaklaşmışlardı. Muallim Naci kafasını kaldırıp, tek kanadı açık pencereye baktı, üzülmüştü. Burhan'a bakıp mırıldandı.

– Bak, annen oldukça telâşeli.. Gözleri yollarda kalmış. Namazını evde kılmakta bir mahzur yoktu..

– Sevabı daha fazla diye düşündüm de. Bir daha sizin dediğiniz gibi yaparım..

Muallim Naci'den müsaade isteyip koştu. Bir nefeste evlerine varmıştı.. Annesinin yüzündeki endişe taşkındı.. Onun gönlünü almak için gayret harcadı:

– Bu halin ne anne, üzüldün mü yoksa?..

– Burhan diye göğüs çekip, boynunu bir yana büktü..

– Gördün ya anne. Naci amcamla beraberdik..

Ana, Burhan'ın ceketinin altındaki kabarıklığa bakıp, elini üzerine koydu:

– Ya belindeki tabanca?

– Şeey, tedbir olsun diye...

Vakit bir ilerlemiş, kuşluk vakti gelip çatmıştı. Ana oğluna uzun uzun nasihatte bulunuyordu.. Az sonra ikisinin bakışları da sokaklara doğru akıp gitti. Mahalleli, akın akın tümseğin mevkiinden yana doğru gidiyordu. Bunların arasında Muallim Naci bile vardı.

Son günlerde Erzurum'daki tansiyon haddinden fazla yüksekti... Gümüşhane'den, Van'dan, Kars'tan gelen katliam haberleri, halkın duygularını galeyana getirmişti. Halk boş mezarın başına, işte bu duygularla akın akın gidiyordu.. Sanki bir nefeste Erzurum'un her tarafından duyulmuştu..

Muallim Naci, coşku dolu halkın arasından sıyrılıp, mezarın baş ucunda durdu.. Gözleri toprağa çakılan tahtanın üzerinde ısrar etmişti.

Yazıyı sindire sindire okudu.. Halkın arasından sesler yükseliyordu.

– Sesli oku..

– Biz de dinleyelim...

– Bizim okumamız yok.. Okusana Muallim Naci..

– Oku.. Oku...

Ve Muallim Naci dayanamayıp okudu:

Bak, şu fanî dünyanın, ne garip havası var..
Öz yurdumda yurtsuzum, hem vatan sevdası var..
Bol bol hürriyet verdik, bize istibdat kaldı,
Gel gör ki vicdansızlar bizi anlayamadı..
Kiracı geçinmezse sonunda evsiz kalır,
Gizli emeller için, işte bu mezar kalır..

BURHAN...

Halk, o yüreğinden yaralı halk, bu sözlere alkış tutuyordu.

Muallim Naci

– Bu yaşta bu duygu, diye mırıldandı..

Dudaklarını kıyasıya gererken, içinden bir gerçeği haykırdı.

– Demek bütün yetişkinlerin kanı dökülse bile, çocuklarımız bu vatanın katıksız sahipleri olarak kalacaklardır.

Zaptiye Kumandanı, kalabalığı dağıtmak için gelmişti. Olay yerini iyice inceledikten sonra, boş mezarın kapatılıp üzeri nağme yazılı tahtanın kaldırılmasını istedi..

Halk duygularına inanmamış gibi vaveyla koparmaya başlamıştı:

– Olamaz, bu mezar bir sembol olarak kalacak, bu çukura ancak gizli emeller gömülecektir...

Bu gökleri delercesine yükselen ses, Erzurum eşrâfından sözü sohbeti dinlenir bir insanın sesiydi.

Halk büyük bir coşku içinde, itirazını hep bir ağızdan haykırmaya başlamıştı:

– Bu mezar ancak gizli emeller gömüldükten sonra kapanabilir...

Halktaki heyecanı gören kumandan, anında fikrini değiştirdi.

– Kabul, diye bağırdı. Ancak dağılmanızı istiyorum.

Kumandanın dedikleri olmuştu. Halk sessiz sedasız, birer ikişer dağılırken, Kumandan arkalarından hisli bakışlarla onları uğurladı.

O da öyle karar vermişti.. Mezar hiçbir zaman kapanamayacak, o mısralar çakıldığı yerde kalacaktı...

Aynı gün, Ermeni cemaati içen içe kaynaşırken Mehmet Ağa'nın yük arabası da Muallim Naci'nin kapısının önünde durdu.

Biraz evvel dağıldığını söylediğimiz halk, Burhan'ların evinin bahçe kapısı önünde toplanmıştı. Mehlika Hanım, pencerenin arkasından dışarılara hayret dolu pırıltılarla bakarken, kalabalığın arasından yükselen sesler kuşkusunu arttırmıştı...

– Mücahid Burhan, Mücahid Burhan..

Sesler ve alkışlar tempo tempo semalara tırmandı.. Ana, endişe dolu gözlerini önce halka, sonra pencerenin gerilerinde oturup sesleri dinleyen oğluna çevirdi... Hayret dolu bir hitap düşük bir tonajla sorulaştı:

– Burhan, sen padişah mı oldun oğlum? Bu halkın burada işi ne? Bu Mücahid Burhan diye yükselen seslerin aslını söylesene..

– Halkın içinden gelen bir ses bu anne..

Kolluk ağaları da hemen halkın arkasından gelmişlerdi..

– Dağılın, diye yükselen bir ses, halkın coşkusunu yine yarıda kesiyordu.

Ana, dağılan halkın arkasından, şaşkın şaşkın bakarken, mahzun bir çehre ile Burhan'dan yana çevrilip, dizlerinin dibine oturdu. Yüreğini soğutuncaya kadar oğlunun gözlerinin içine baka baka, sordu, sordu:

– Burhan söylesene anana, yine neler yaptın?

– Anamsın, ne olur üstüme varma, kötü olan hiçbir şey yapmadım. Suç filan işlemedim..

Burhan kalkıp pencerenin önüne dikildi, annesi de arkasına.. Her ikisinin gözleri de Muallim Naci'lerin kapısı önünde ısrar edip kaldı.

Burhan:

– Mehmet amcam, diye mırıldandı...

Ana:

– Gördüm, dedi. Hem de ailece gelmişler...

– Naci amca da yanlarına yeni geliyor...

– Öyle...

Atlar içeri çekildi. Misafirler içeriye alındı. Ne var ki Burhan'la ananın gözleri bir türlü içeriye girmiyordu... Az sonra Orhan koşa koşa sokağa fırladı. Kendilerine doğru geliyordu. Nefes nefese içeri girdi. Derin bir soluyuşun arkasından, açılan kapıya baktı.. Karşısında Mehlika Hanım'ı bulunca:

– Mehlika Hanım teyze diye seslendi...

Mehlika Hanım, heyecan yuvasına dönen gözlerini Orhan'ın üzerinden çekmeden konuştu:

– Söylesene Orhan, bir şey mi var?

– Hayır, merak edecek hiçbir şey yok... Annem birazcık bize kadar gelmeni istedi... Ben de burada Burhan'la kalacakmışım.

Mehlika Hanım, çarçabuk çarşafına bürünüp, dışarı çıktı... Orhan, hemen Burhan'ın yanına sokulup, sitem etti:

– Alacağın olsun senin, sabah beni çağırmadan gitmişsin...

– Her şey gece başladı, sabah tükendi, haber veremezdim ki. Annemi neden çağırdılar?

– Bilmem. Babam Mehmet amca ile konuştu. Sonra dışarı çıkıp, annemin yanına geldi... Fısıl fısıl bir şeyler konuşup içeri girdi. Sonra da annem bana, anneni çağırmamı söyledi. Bütün bildiğim bu kadar.

– Ne olabilir dersin?

– Bilmem... Babam çok heyecanlıydı... Annem onu dinledikten sonra, o da heyecanlandı... Bana seni çağırmamı söylerken de ağlıyordu.

– Ağlıyor muydu?

– Eveeet...

Burhan, garip bir tavırla pencerenin önüne geçip, uzakları gözetledi. Orhan, hemen yanı başına dikilmiş, onun baktığı noktayı dikkatli bakışlarla seyrediyordu...

Neden sonra Nesrin Hanım, Mehlika Hanım'ı uğurladı. Mehlika Hanım kafasını önüne yıkmış, seksenlik nineler gibi beli ikiye katlanmış olarak eve geldi...

Daha yüzünden nikabını kaldırmadan, ağlamaya hazır heyecanlı hâli belli oluyordu.

Orhan'ı garip bir hal almıştı. Uyuşuk bir hareketle inler gibi konuştu:

– Gidiyorum...

Açık duran kapıdan, yorgun adımlarla süzülüp gitti...

Burhan nikabın altından çıkan ıslak gözlere hayretler içinde baktı. Mehlika Hanım, sırtından çıkardığı çarşafı yere güçlükle savurmuştu... Çarşaftan boşalan kollar, oğlunun boynuna dolanırken, evin içi acı çığlıklarla doluyordu:

– Burhaaan...

Burhan neden ağlasaydı... Hangi sebepten dolup, ne için boşalsaydı bilemedi... Daha bunlara sebep bulamadan, içinden bir burkulma başladı... Boğazında kabaran hıçkırıklar, dudaklarının ucuna, dudaklarının titreyişi göz pınarlarının ucuna, göz pınarlarına bir şeyler terketti. Kirpikleri artık ıslak ıslaktı...

Ana hem hıçkırdı, hem de nemli gözlerle oğlunu doyasıya seyre koyuldu... Burhan bir şeyler hissetmişti... Hassas bir ses yüreğinin başından kopup sorulaştı:

– Ana, yoksa ayrılık mı var?

Ananın hıçkırıkları biraz daha yükselmişti... Burhan'ı hemen elinden kapacaklarmış gibi bağrına bastı:

– Burhan

– Söylesene ana, yoksa bu gözyaşları ayrılık habercisi midir?

Ana konuşamıyor, Burhan'ı kollarının arasında sıkıştırdıkça sıkıştırıyordu.. Burhan sıkıntısından ve kendisini daraltan kolların ağırlığından patlayacak gibi olmuştu... Acı bir kuvvetle sıyrılıp çıktı... Derin bir nefesin arkasından yalvarır gibi sordu:

– Ana söylesene, yoksa sebep dilini tutacak kadar acı mı?

Ana zor konuştu:

– Yoook, diye uzattı, o kadar değil.

– Desene ana, göynümün başı çiban çiban yaralarla doldu... Onları kanatmadan söylesene... Onları kanatmadan söylesene...

Ana:

– Ayrılık, dedi... Sustu...

– Ağlayacak kadar uzun mu?

– Uzun ya... Tam altı yıl...

– Hükümet bana gün mü vermiş?

– Yok, diye sızlandı. Öyle değil.

– Ya nasıl ayrılık bu?

– Sabah, gün Erzurum'un üzerine doğmadan başlayıp, tam altı yıl sonra bitebilecek bir ayrılık...

– Söylesene ana, beni üzer oldun.

Ana içine çöreklenen taze bir hasretin özlemi ile oğlunu seyre dalmıştı...

– Orhan ve sen, dedi... İkiniz birden...

– Nereye?..

– Uzak uzak yolların, bitmek bilmeyen yolların ötesinde bir yere...

Burhan biraz doluydu:

– Hiçbir yere kımıldamam, diye haykırdı... Babam seni bana emanet etti...

– Ya baban öyle istemişse.. Vazıyet yazıp, Mehmet Ağa'ya bırakmışsa, yine de gitmem der misin?

– Vasiyet mi?

– Vasiyet...

– Nereye?

– Sabah gün doğumu öncesine kadar sözüm var.

– Ama dedin be ana.. Gideceğimi bildikten sonra, nereye gitmişliğin ne önemi var ki?

Burhan başka hiçbir şey sormamıştı. Sofra kuruldu... Lokmalar ikisinin de boğazlarına tıkanıyordu. Sonunda kurulduğu gibi kaldırıldı.. Ana yatakları aynı odaya, sedirlerin üzerine serdi...

Her ikisinin içinden de yatmak gelmedi. O ıslak gözler, neler sordu ne cevaplar aldı bilinmez ama, upuzun gece, sanki bir nefeste eriyip geçti... Ana duvardaki saate baktı, vakit oldukça yakındı... Ağladığını bildirmemek için kalkıp Burhan'ın valizini hazırladı. Daha sonra, koynundan bir miktar para çıkartıp, oğluna uzattı:

– Burhan, diye sızlandı... Bunu yanına al, gurbet ildir, lazım olur.

Burhan mahmurlaşan gözlerini anasının gözlerine çevirip, önüne uzanan eli tuttu...

– İstemem ana, istemem. Bunlar sende kalsın. Kimsesiz birisin. Nereye gideceğimi bilmem ama, sanırım gittiğim yerde karnımı doyuran bulunur...

Ana ısrar doluydu:

– Al, dedi, al, gideceğin yeri de söyleyeceğim.

– Ana, istemem dedim. Sen yalnız bir kadınsın. Beni sevindirmek istersen, para sende kalsın. Ancak öyle yaparsan sevinirim.

Ana boşaldı.. Elini yumruklaştırıp göğsüne dayadı. Burhan'ı kıramıyordu... Kalkıp ocaktan çorba tenceresini indirdi... Zor hareketlerle kahvaltı hazırladı.. Ortadaki sofra bile mahzun bir hüviyete bürünmüştü. Hep birbirlerinin yüzlerine bakıp kaldılar. Ana dayanamayıp yalvardı...

– Yesene...

– Canım istemez oldu.

– Oğul, bu ayrılık sofrasıdır. Yenmez olur mu hiç? Kim bilir kaç yıl bir sofraya gelemeyiz artık. Belki de...

Burhan titreyen elini kaşığın sapına götürdü. İki kaşık çorbayı ağzına zorla boşaltmıştı.. Ana da öyle yaptı. Burhan elini karnına koyup:

– Doymuşum, dedi. Nasıl söylesem bilmem ki. Sanki yılların tokluğu var midemde.. Apayrı bir tokluk bu ana, apayrı bir tokluk.. Anlatmak istiyorum, anlatamıyorum...

Ayağa doğrulup, pencerenin önüne geçti..

– Ana, diye seslendi. Vakit dolmuş. Desene şimdi bu yolculuk nerede biter?

Ana hem Muallim Naci'lerin bahçedeki hazırlıklarına baktı, hem de konuştu...

– İstanbul'a, diye mırıldandı.. Orada Mekteb-i Harbiye'de okuyup, Mülâzım çıkacaksın..

Burhan sanki bütün ıstırabını bir anda yok etmişcesine sevinmişti.

– Mekteb-i Harbiye mi? Mülâzım mı?..

Anasına ateşli bir heyecanla sarılmıştı.. Sevinci az sonra söndü:

– Mülâzım olmak iyi ama, senden ayrılmak, seni bu illerde yalnız bırakmak da olmasaydı...

Ayrılık vakti çoktan gelmişti. Karşı bahçeden el edildi...

Ana oğlunun valizini alıp, elinden tuttu.. Bahçeye kadar birden durakladı.. Ana daha ileri gitmeyecekti.. Elindeki valizi yere bırakıp, Burhan'ın gözlerine baktı. Ayrılık saati gelip çatmıştı. Ana oğluna sarılınca, ikisinin gözlerinden akan yaşlar, birbirine katık oldu..

Burhan:

– Ana, dedi. Beni dualarında unutma sakın. Kendine iyi bak. Naci amcam, Mehmet amcam sana mukayyed olurlar. Başka şeyler konuşmak istiyorum da, konuşamıyorum işte... Elini tutup boğazına götürdü:

– Bak, tam burada işte, bir şeyler tıkanıp kaldı... Uzat elini de öpeyim.

Ana bahçe kapısına dayanmasa, ayakta duramazdı... Sarıldı, sarıldı. Önüne uzanan eli öptü.. Sonra yerdeki valizi aldığı gibi, kendisini bekleyen arabadan yana yürüdü..

Ana, atlar yola koyulup, Burhan'la Orhan geride kalanlara el sallayıp, gözlerden kayboluncaya kadar yaslandığı direkten ayrılamadı...

❁

Yollar gurbete bağlanırken, zaman erimez olur... Hele bir de geride bırakılan yaşlı gözler, yorgun yorgun sallanan eller hatıra düştükçe... Ne mazide kalan acı ve tatlı günler, ne atînin gül bahçeleri vaad eden tatlı hayalleri, ne de yağmurlu bir havada üşümüşlük, ilgilendirmez adamı.. Han duvarlarına karayazılarla yazılmış hasret yüklü mısralardan maada hiçbir şey. O silik kir ve yağ lekeleri ile islenmiş, insanın içine çöreklenen acı dolu nağmeler, ayrılığın, hasretin katmerlisinin tarifcesidir... Sanki her yolculuğun gönlünden birer parça kopup, han duvarlarına yapışmış gibi bir şey... Duygular, bu kirli çamdıların üzerinde eskiyip soldukça, değerini bulur.. Hislerin, en âlâsı, altun sahifeli yapraklarda değil, bu efkâr kere efkâr yüklü duvarlarda tarihleşir.. Burhan ve Orhan, yolculukları boyunca han duvarlarındaki yazıları ilgi ile okuyup, duygulandılar...

Sadece masallarda duyup, tarihlerde okudukları İstanbul'a doğru Sivas ilinden trene binip gelmişlerdi...

Muallim Naci'nin işi, hiç de uzun sürmemişti. Orhan'la Burhan'ı Mekteb-i Harbiye'ye yazdırıp, işlerini tamamlamıştı. Küçük Mülâzım adayları, üniformaları içinde melekler kadar saf ve temiz bir manzara arzediyorlardı. Onlardan ayrılış Muallim Naci'yi duygulandırmasına rağmen, dişlerini sıktı. Çocuklara hiçbir şey belli etmeden onları kucakladı, öptü, vedalaştı.

Durum

Muallim Naci'nin seyahati, Burhan'la Orhan'ın İstanbul yolculuğu, Erzurum'da hayretler içinde karşılanmıştı...

Burhan'ın gidişi Ermenilerin içinde bir ukde olarak kalırken, namı diğer Tarık Usta, boş mezarı duvarladı ve tahtanın üzerinde nağmeyi mermerin üzerine kazarak yerine dikti.. Sanki bu mezar, birlik ve beraberlik sembolü olmuştu..

Sadece halk Burhan'ın gizlice gidişine üzüldü. Her dilde aynı kelimeler dolaşıyordu:

– Onu krallar gibi yolcu ederdik..

– Krallar gibi...

Halk Burhan'ın kendilerine vermediği bir görevi seve seve yüklenmeyi istiyordu... Artık Mehlika Hanım hepsine Allah emaneti oluyordu.. Ona kimse yan gözle bakamayacak, kılına zarar gelmeyecekti...

Bir gün Muallim Naci, Burhan'dan annesine mektup getirmişti. Mektup Muallim Naci'nin dokuz on yaşlarındaki kızı Neslihan tarafından anayı buldu.

Nasıl sevinmişti bilemezsiniz.. Zarfı açmadan önce öptü, kokladı, sevdi. Beyaz zarfın üzerine, inci taneleri gibi yaşlar döküldü. Neden sonra zarfı açabilmişti.

– Ana, diyordu oğlu.. Muhterem Anacığım.. Önce bizleri Yaratan Yüce Mevlâ'nın selâmını gönderir, mübarek ellerinden incitmeden öperim.

Anneciğim. Sağ salim yolculuğu tamamlayıp, Mekteb-i Harbiye'nin saflarında yerimizi aldık. Babamın vasiyetini yerine getirmek fırsatını buluşum beni çok sevindirdi. Ana, oğlunu üniformalar içinde görmeni isterdim. Çakı gibi derler ya, öyle. Orhan da aynı. İkimiz de aynı sınıfta ve yan yanayız. Hasretimizi gideren tek tesellî, beraber oluşumuz.

Anne isterse hasret dedikleri ateş içimde oylum oylum derinleşsin; isterse gönlümün başını alev alev yakar olsun... Varsın efkâr tepemde duman duman tüter olsun... Yüksünmem. Yeter ki Rabbim senin gönlüne üzgünlük nişanesini takmasın. Allah'a emanet ol canım annem.

Oğlun Burhan

Son Günler

Deniz bugün masmaviydi. Marmara sanki ütülü bir çarşaf gibi durgun ve güzeldi.. Arada martıların konup kalkışı, yunus balıklarının cilveleşmesi sakin görüntüyü bozuyor, çarşaf muhtelif yerlerinden yara alıp, yeniden yamanıyordu...

Mekteb-i Harbiye'nin deniz kenarındaki sahasında harp eğitimi vardı. Yoğun bir çalışmanın arkasından istirahat verildi. Mülâzım adayları gruplar halinde muhtelif yerlere çekilip, sohbete koyulmuşlardı.

Kimi, sigarasını ateşledi. Kimi uzaklara bakarak, unutulmuşluktan, hasretten söz etti. Kimisi, efkârını rüzgârların önüne katıp üfledi, kimi dalgın bakışların ucuna takıp, denizin derinliklerine bıraktı.

Burhan ve Orhan da sıladan anlatıyordu. Orhan:

– Şimdi oralarda olsak, hatıralar bile bize yabancılık duyar.

– Bundan oldukça emînim... Anam şimdi beni sokakta görse, yaban gibi görüp kaçar. Dikkatlice yüzüne baksam, nikabını indirip, yel gibi savuşurdu. Öyle değil mi Orhan?

– Öyle ya... Aynen dediğin gibi olurdu. Annem de öyle yapar... Hele Neslihan, gelinlik kız olmuştur. Belki babam bile tanımadan geçer. Çok özledim onları...

Orhan'ın sözleri kursağında kalmıştı.. Burhan'ın suratına bakıp, analiz etti, sıkılmıştı. Mahcubiyetinden ne yapsın bilemiyordu... O ıslak gözlerin siyah bebeklerinde boğulup kalmıştı. Utangaç çehresini önüne eğip, yere baktı. Burhan da hatasını anlamış gibiydi. Arkadaşını garip pırıltılarla süzdü. Hemen arkasından hassas bir ses devamını istiyordu:

– Konuşsana, dedi, neden sustun?

Orhan, derin bir nefes alıp sükût etti. Burhan, Orhan'ın mahcubiyetini görünce ısrar etti:

– Konuşsana, hep oralardan anlat istiyorum. Sanki Erzurum'dayım gibi bir halim vardı... Duygulanmışım biraz da... Hem üzülmene sebep yok ki. Benim de annem var...

Orhan, sükûtu kendisine sığınak yapmıştı. Konuşmadı. Çok geçmeden, sessizliği cırlak bir borazanın gürültüsü ihlâl etti...

– Silah başına... diyordu.

Akşam ikisi de, karargâha yorgun dönmüşlerdi. İştahsız bir yemeğin arkasından, postanın sesi duyuldu.. Orhan'ın adı okunuyordu:

– Muallim Naci oğlu Orhan...

Yerinden ateş gibi fırlayıp kalktı. Önüne zarf uzatan bir ele hararetle uzanmıştı...

Burhan okunan isimlerin devamını sabırsızlıkla bekledi. Lakin postacının dudaklarında başka isim yoktu...

Orhan sevinerek Burhan'ın yanına döndü...

– Gidelim, dedi... Daha gün kararmadı, dışarıda okuruz...

Burhan'ın isteksizce ayağa doğruluşu, Orhan'a bir şeyler anlatır gibi olmuştu. Yüzüne bakıp ümit verdi:

– Zarf oldukça kalın. Bırak şu kederlenmeyi. Belki de ikimizin mektubunu yine aynı zarfın içine koymuşlardır.

Burhan'ın içinde ezik bir umut kıpırdanır gibi oldu. İkisi birden koşa koşa bahçeye gelmişlerdi... Kanepelere baktılar, sonra çimenlerin üzerine. Gözleri kararı çoktan vermişti bile... Kendilerini çimenlerin üzerine sere serpe bırakıvermişlerdi...

Zarfın yırtılırken çıkardığı ses, adeta Burhan'ın gönlünü kanatmıştı. Özlem dolu duygularla içinden çıkan kâğıtlara baktı.. İnce bir kâğıdın arasına titizlikle sarılmış bir pakete bakıyordu.

Orhan paketi dizlerinin üzerine bırakıp, satırlara göz attı. Yazı babasınındı.. Mektubu sesli sesli okumaya başladı...

Burhan'la Orhan'ın, belki de iki kardeşten daha yakın yanları vardı. Nitekim Naci Bey de bunu bildiği için, ilk defa Burhan'ın ismini zikrediyordu:

Çok değerli yeğenim Burhan ve mahdûmum Orhan efendilere... Önce üzerimize farzolan selâmlarımı gönderir, ikinizin de gözlerinden öperim.

Uzun uzun bir mektuptu. Özlem dolu sıladan havadisler dolu.

Ve şimdi oğlu Orhan'a hitab ediyordu.

– Orhan, diyordu, artık büyüdün... Yakında, mülâzım olacaksın. Vazifenin nerede olacağı kestirilemez. İşte bunları düşünerek, üzerime düşen görevimi yerine getirmiş bulunuyorum. Hayat ihtiyaçlarla doludur. İnsan saadetini evinde arayandır. Bilirsin Mehmet amcanın kızı vardı; Aslıhan... Görsen öylesine büyüyüp serpildi ki, tanıyamazsın. Güzellik desen... Daha doğrusu seni Aslıhan'la nişanladım. Bu benim babalık görevimdi. Belki şeklini şemalini merak edersin diye, kardeşin Neslihan'la birlikte çektirdiğimiz bir resmini gönderiyorum.. Yanlış bilmeyesin diye, kardeşinin resminin üzerinde işaret vardır...

Orhan artık satırların ilerisine bakamıyordu. Merakını yenebilmek için, dizlerinin üzerindeki pakete sarılıp açtı. Elindeki resme baktı, baktı. Tavırları ve hareketleri, memnuniyetinin ifadesi oluyordu..

Aslıhan'ı iyice seyrettikten sonra, kardeşine baktı.

– Yıllar, diye mırıldandı.. Yıllar insanı ne kadar da çabuk değiştiriyor. Neslihan gelinlik olmuş. Orhan bir türlü gözlerini resimlerin üzerinden ayıramıyordu. Mektuba yazarlardı da inanmak bile istemezdi.. Hep gelen mektuplarda: "Neslihan'la Aslıhan Erzurum'un en güzel kızları oldular." diye yazılıyordu. İşte şimdi inanmıştı...

Orhan resimlerle, Burhan iç dünyasının çilesi ile meşguldü. Duyguları, düşünceleri yıkılmış, arzuları kursağında düğümlenmiş insanlar gibi perişan bir manzara arzediyordu. Orhan bundan haberdar bile değildi... Bir an hayaller dünyasından ayrılır gibi kımıldadı, gözleri Burhan'ın üzerinde ısrar etti. Sanki bir anda onun da dünyası kararmıştı.

– Burhan, diye seslendi.

Burhan'ın buharlaşan gözleri, bu hitabın arkasından sessiz ve sedasız taştı. Orhan:

– Hay Allah, diye acındı... Elindeki resmi bile, yerdeki mektubun üzerine bırakmıştı.. Hassas bir seda ile dökülen sesi, anlayış dolu, sevgi doluydu:

– Kusura bakma Burhan. Bu gün ikinci pot kırışım. İnan bilerek olmadı.

Burhan, Orhan'ın sevincini gölgelediği için daha da sıkılmıştı. Kederi bir anda silip atmak için çabaladı. Elinin tersi ile gözlerindeki nemleri kurutmak için çabalarken, dudaklarını zor bir tebessüme teşvik etti.

– Kusura bakma, pot kırmış falan değilsin... Sevinmek elbette senin hakkındır, dedi. Tabii hatırlamak da benim. Keyfini kaçırdığım için, kendimi hiç affetmeyeceğim.

– Senin bunda bir suçun yok ki.

– İkimiz de birbirimizi o kadar iyi anlıyoruz ki, belki de bir ana evlâdını bu kadar iyi tanıyamaz. Babamı düşünüyordum. Olsaydı, senin mektupta yazılı her şey benim için de aynısı olurdu. Sadece cümlelerin kuruluşu değişik manada aynı sonuca varan iki mektup... Beni şimdi daha iyi anlıyorsun değil mi?

Burhan sözü değiştirmek için çabalıyordu:

– Sen de pek sabırsızmışsın, diye tebessüm etti. Daha mektubu bitirmeden, nişanlının resmine bakıp kaldın. Oku bakalım, daha ne havadisler var.

Mektubun üzerindeki resmi avucunun içine alıp, kaldığı yerden mektubu okumaya devam etti. Muallim Naci satırlarına aynen şöyle devam ediyordu:

– Sakın Burhan kendisini unuttuğumuzu sanmasın. Mehlika Hanım, kardeşin Neslihan'ı Burhan'a münasip görmüş. İstedi.. Biz de, Allah'ın emri ile verdik... Gözlerinizden öperim. Erzurum'dan kucak dolusu selâmlar...

Orhan sanki sevinçten patlayacak gibi olmuştu. Ayağa fırlayıp:

– Burhaaan, diye haykırdı...

Belki de silâh başına borusu bu kadar gür sesli olamazdı. Etraftakiler onlara hayretler içinde bakarken, Orhan, Burhan'ın boynuna sarılıp, alnından öptü.. Daha sonra çocukca boğuşup, yerlerde altüst yuvarlandılar.. Yorulduklarını anlayınca nefes nefese çimenlerin üzerine uzandılar.. Orhan birdenbire duraklamıştı. Cebine koyduğu resmi çıkartıp, Burhan'a uzattı:

– Al kardeşim, şimdi nişanlına bakmak senin de hakkındır. Üzerinde işaret olan resim, müstakbel zevcendir...

Burhan resme dalgın dalgın bakarken Orhan konuştu:

– Seninle daha da yakın olmayı düşünürdüm.. Düşünürdüm de, bu türlüsü hiçbir zaman aklıma bile gelmezdi. Ne iyi etmişler. Biliyor musun, Erzurum'a varır varmaz, düğünümüz bile çifte olacak..

Dönüş

Ömürler zaman içinde zaman yaşalar bile, dünler tarif edilemeyecek kadar kısa ve acısızdır.. Velev ki o günlerde insan, ıstırap kazanında kaynasa bile.. Beyin şeridinde acıların ya da sevinçlerin iz bıraktığı birkaç resim ve geriye baktıkça insanın unutamayıp hatırladığı birkaç sözcük.. Birkaç sevap, bir sürü ah ve bir yığın günah.. İşte yaşantının arkasında bıraktığı sadece bunlardan ibaret...

İşte altı yıl da böyle oldu. Bazen hızlı, bazen yavaş yavaş akıp geçti. Yıllar elbette tükenir, zaman dünya durdukça ilerler, saatler yalan yanlış işler, zaman bunların potasında eriyip gider. Ne var ki hadisesiz, acısız, sevapsız, günahsız olarak değil. Geçen altı yıl da çok şeyleri değiştirerek geçti. Zaman ömrün akrebi ve yelkovanıdır, o çalıştıkça ilerleyen...

Zaman Mehlika Hanım'ın saçlarında ak, yüzünün derisinde bir yığın çizgi olarak geçip gitti. İşte her şey buna göre değerlendi. Muallim Naci, Mehmet Ağa, yaşlılık sırrına ererlerken, Neslihan ve Aslıhan da gelinlik çağına girmişlerdi. Mehmet Ağa'nın oğlu Burhan da on üç yaşında delikanlı olup çıktı.

Son günlerde uyuyan yılanlar yeniden uyanmıştı. Ortalık bulandı. Van'dan, Gümüşhane'den, göller bölgesinden, katliam haberleri duyuldu. İstanbul'dan Kayseri'den, Trabzon'dan, Giresun'dan. Sadece bununla da kalmıyordu.. Bütün dünya milletleri büyük bir bunalımın içinde, işkence kazanı gibi kaynıyor, kaynıyordu. Dünya, ne doğuracağı bilinmeyen sancıların gebeliği içinde, çalkalandı, çalkalandı durdu.. Bir Osmanlı Kumandanı, hâdiseleri değerlendirirken aynen şu sözleri harcıyordu:

– Birinci Dünya Harbi patlayabilir. Buna rağmen Osmanlı, tarihte yine eski yerini ve adını alır...

İşte, bu zor günlerde Orhan ve Burhan, mülâzım diplomalarını alıyorlardı. Yeni mülâzımların tayinleri birer birer okundu... Orhan ve Burhan, ikisi de Üçüncü Ordu emrine, Sivas Sancağı'na tayin edilmişlerdi...

Bu haber, ikisini birden nasıl da sevindirdi, tarif edilemez. Kıtaya dönmeden verilen sıla izinleri vardı. Daha varır varmaz, düğünler kurulacak, hasretler bitecekti.. O kaçarcasına terkettikleri şehre şimdi Mülâzım olarak dönüyorlardı.

Arkadaşları ve kumandanları ile birer birer vedalaşıp, altı yıl önce geldikleri yollara yeniden düşmüşlerdi.

Han duvarlarından, pınar başlarından, amansız dağların eteklerinden geçerek, upuzun yolları Erzurum'a bağlamak için sabırsızlanıyorlardı. Sat on ikiyi gonklarken Erzurum'a kavuştular. Valizlerini ellerine aldıkları gibi, evlerinin yolunu tuttular. Bakalım baba ve anneler, kardeş ve nişanlılar, bu iki yiğidi tanıyabilecek miydi? Hep bunları düşünerek evlerine giden yolu adımladılar...

Mehlika Hanım ocağı iyice yakmıştı... Oturmuş kazak örüyordu. Dalmıştı. Kimbilir neler düşünüyor, kafasında neler kuruyordu. Birden kapının çalınışı ile irkilir gibi olup, toparlandı. Elindeki örgüyü bir yana atıp koştu. Kapının arkasından ses verdi:

– Kim o?

Dışardan iki erkek sesi cevap oldu.

– Biziz, oğulların.

– Burhan, diye bir çığlık attı.

Kapıyı güçlükle açabilmişti. Gözleri sevinç gözyaşları ile ıslak ıslaktı. Karşısında dikilen çakı gibi iki delikanlıya baktı, baktı, baktı..

Her ikisi de üniformalar içinde, bakmaya kıyamayacak kadar güzel bir yiğit olmuşlardı. İkisi de uzun boylu sayılırdı. Anasına bakarken Burhan'ın kahverengi gözleri nemlendi, pırıltılar sevinç ışıkları ile kaynaştı.

Burhan, Orhan'a göre biraz daha uzundu. Kumral tenli, güldükçe suratında gamzeler meydana gelirdi. Sol yanağının üzerinde süs gibi duran ben, anasının gözünden kaçmamıştı. Anası, birdenbire duygulanıp boşaldı:

– Beni tanıyamaz mı sandınız. Hiç ana doğurduğu yiğidi bilmez mi?.. Sızlandı, derin derin hıçkırarak Burhan'ın boynuna sarıldı.

– Sol yanağının üzerindeki beni unutur muyum sandın, ha, söyle bakalım yaramaz çocuk.

Ana ve oğulun birbirine sarılıp hasret giderişini seyrederken, Orhan'ın gözleri dolu dolu olmuştu... Sonra Burhan'ın kolundan tutup çekti:

– Müsaade buyur da, teyzemin elini öpeyim... Burhan geriye açılıp, kafasını salladı. Orhan, Mehlika Hanım'ın elini öptü.

– Müsaade olursa, birlikte bizimkilere gideceğiz, dedi...

Mehlika Hanım:

– Gidin dedi, ama çabuk gelsin...

– Olur anne, hemen dönerim...

Muallim Naci'ler öğle yemeğini daha yeni yiyorlardı. Kapı vurulur vurulmaz, Muallim Naci sofranın başından fırlayıp kalktı. Kapıyı açtığında hayretler içinde kalmıştı:

– Çocuklar, diye mırıldandı. Demek geldiniz ha?..

Saçları beyazlamış, eskisine göre az da olsa değişmişti. Daha hoşgeldiniz bile demeden, içeriye koştu:

– Hatun, hatun bak kimler geldi?..

Arkasından iki mülâzım birden girip, evin orta yerinde çivi gibi dikilip kalmışlardı. Evin kadını ve baba hayran hayran Mülâzımları seyrederken, Neslihan utancından adım bile atamadan, olduğu yerde mumya gibi kaldı. Orhan dayanamıyordu. Karşısında ne yapacağını şaşıran anasına kollarını açıp sarılınca problem çözüldü.. Mülâzımları ayırdedebilmek, oldukça zordu. Birbirlerine benziyorlardı, aynı zamanda aynı üniforma içinde oluşları, onları biraz daha benzetmişti.

İkisi de uzun boylu, balık etinde, tenleri güneş yanığı, gözleri bakan göze muhabbet pırıltıları gönderirken kaynayan iki yiğit.

Muallim Naci, ayrı ayrı ikisini de kucaklayıp, alınlarından öptü. Neslihan ağabeyinin elini öperken, utancından ter içinde kalmıştı.

Burhan:

– Ben gideyim, diye mırıldandı. Anam beklemesin...

Çıkarken göz altından nişanlısına bakmayı da ihmal edemiyordu.

Haber kısa zamanda Erzurum'un içinde bomba tesiri yapmıştı.

– Burhan ve Orhan gelmiş...

– Çakı gibi Mülâzım olmuşlar..

– Üç beş güne kadar çifte düğün var...

Diller sevdiği Mülâzımlar için işte böyle dönüp dururken, düğün hazırlıkları çoktan başlamıştı bile...

Sene bindokuzyüz ondört... Sarayova'da işlenen bir cinayet, dünyanın içinde bulunduğu sıkıntıların anahtarı oluyordu... Avusturya veliahtının ölümü, milletler arasındaki kızıştırmayı ateşlemeye kâfi geldi.

Avusturya ve Macaristan, Sırbistan'a behemehal harb ilân ediyordu... İşte Birinci Cihan Harbi artık kaçınılmaz olmuştu. 1 Ağustos 1914 tarihi, alevleri körükledi. Dünya milletleri varlık ve yokluğun dönüm noktasında bulunuyorlardı... Zincir büyüdükçe, tehlike güç yetmez bir vaziyet almaya başlamıştı... Hemen arkasından Alman İmparatorluğu, Rus Çarlığı'na, daha sonra Fransız Cumhuriyeti'ne, harb ilân etmişti... 4 Ağustos günü Belçika Krallığı'na ve İngiltere İmparatorluğu'na, 6 Ağustos'ta ise Avusturya ve Macar İmparatorluğu'na...

Artık dünya vazgeçilmez bir çalkanışın pervanesine takılmış gibiydi. Bu en büyük insanlık zelzelesi, vicdanları sızlatmadan vahşet sarsıntısını sürdürürken, yolun dönülmezinde olduğunu anlayanlar, utanmayı bile unutmuşlardı...

Doğmadan hayatını kaybeden çocuklar, düşman askerlerinin esiri olan genç kadınlar ve kızlar, iğrenç emellerin unutulmaz vahşetini yaşıyorlardı...

Sanki dünya insanlığı kudurmuş, delirmişti... Tek gaye biraz daha fazla toprak sahibi olmak, insanlığın huzurunu bozup yeryüzünü kana boyamak, dünya insanlığını esaret zincirine vurup, sadist ruhları tatmin etmek...

İşte sebep bu... Dünya işte bu basit gayeler için ateşler içinde kaynatılmaya terkediliyordu. Bunalan, manadan kopuk, maddeye teslim olmuş bir dünya... İnsan fıtratını tanımamış, kaprislerine ve nefsinin köleliğine terkedilmiş, duygusuz, acımasız, yığın yığın insan kalabalığı...

Felaketlerin üzerine saadet kurmak isteyen kısır akıllı, azgın ruhlu insan sürüsü...

Kutsal bir gaye için değil, nam almak ve ün yapmak için girişilen, nefisleri ve gönüllerindeki macera arzusunu tatmin için idarecilerin verdiği şuursuz bir karar: "Harp". Osmanlı Devleti'nin yorgun savaşçıları daha Balkan Harbi'nden yeni dönmüşlerdi.

Bâbıâlî karışan dünyanın dışında kalabilmek için çaba harcarken, halk içten içe kaynaşmaya başladı.

Yeryüzü, daha doğrusu bütün dünya dönmüştü. Zaman zaman yanıp yıkılan yerlerden alevlerin göklere yükselişi, makinalı tüfeklerin, uçakların, topların vahşet saçışı, canlı cansız bütün mahlûkatın etrafta külden öbekler oluşu... İşte bir harbin sonucu.

Dünya barışının tehlikeli gidişi Ermenileri yeni baştan harekete geçirmişti... Doğu illerimiz yeni yeni karışıklıklara sahne olmaya başlayalı çok olmuştu.

Rus, İngiliz ve Fransız konsoloslukları Taşnaktısuyun'lara vaadlerini artırmaya başlamışlardı.

Osmanlı tedbirler almaya zorlanırken, Bâbıâlî hâlâ dünya siyasetini zor şartlar altında idare etmeye çalışıyordu. İşte dünyanın geleceğini değiştirmek isteyen harp, her şeyi kasıp kavuruyor ve her tarafta kan, ateş manzarası ile cehennem kazanı gibi kaynatıyordu.

Naci Bey ilan ettiği çifte düğünü her ne pahasına olursa olsun bitirmeye kararlıydı. Bütün hazırlıklar tamamlanmış, şenlikler çoktan başlamıştı. Burhan'la Orhan'ın düğünleri olur da,

Erzurum yerinden oynamaz mı hiç... Meydan oyunları, cirit atmalar, millî marşlar ve ilahîlerle halk coştu, coştu..

Büyük bir acele içinde gelinler alınıp, nikahlar kıyıldı. Gerdek duasını müteakip, halk usul usul evlerine dağıldı.

Bu gecenin sabahı her günkinden başkalık arzediyordu. Burhan erkenden kalkmıştı. Vurulan kapıyı Mehlika Hanım açtı.

Karşısında iki zaptiye erini görünce şaşırmıştı.. Nikabını yüzüne indirip, kısık bir sesle sordu:

– Bu saatte kimi ararsınız?

Uzun boylu zaptiye eri cevap verdi:

– Burhan Bey'i..

Burhan konuşmaları duyup kapıya yaklaştı. Ana heyecan doluydu...

Burhan silahlı zaptiyeye sordu:

– Kim gönderdi sizi?

Aynı er cevaplandırdı:

– Zaptiye Kumandanı..

– Ne istermiş?

Er elindeki telgrafı mülâzıma uzatıp, selâm verdi. Burhan, telgrafı açıp, bir nefeste okudu.

– Orhan Bey'e de uğradınız mı?

– Uğradık Kumandanım...

– O da hazır mı?

– Hazır Kumandanım...

– Pekâlâ kardeşim. Siz vazifenize dönünüz. Biz az sonra karakola geliriz..

❁

Ananın gözleri ıslak ıslaktı...

– Burhan'ım söylesene az sonra nereye gidersin...

– Vatan ve milletimizi, din ve mukaddesatımızı korumak için çağrıldık. İzini yarıda kesip, birliğime iltihak edeceğim ana...

İçeriye girip boy abdesti aldı... Yaratanın huzuruna durup iki rekat nafile namazı kıldıktan sonra hazırlıklarını tamamlamış oluyordu..

Neslihan daha vedalaşmak için odasına girdiği vakit, durumdan yeni haberdar oluyordu. Burhan daha bir gecelik eşinin yanında durup:

– Sana elveda demek için geldim, dedi. Vatan ve milletimizi müdafaa için...

Gidip dönmemek, gelip görmemek var... Bana hakkını helal eder misin?

Dolu dolu gözler suratına utanarak bakarken, kısık bir ses:

– Helal olsun, dedi. Sen de hakkını helal eder misin...

– Helal olsun...

– Seni sabırsızlıkla bekleyeceğim... Yolun açık, kılıcın keskin olsun. Din, devlet uğrunda dövüşürken, bizi unutma. Hep dua edeceğim... Allah'a emanet ol...

– Sen de, diye duygulandı.

Belki de bu bir gecelik evli çift, birbirlerine son defa bakışıyorlardı.

Merasim uzadıkça, ayrılık çekilmez olurdu. Burhan yorgun bir hareketle geriye dönüp el salladı. Sıra anasına gelmişti. Bahçe kapısında, oğlunun valizi elinde, yolcu etmek için beklerken, Neslihan evin penceresine dolanıp, bahçeyi gözetledi. Bahçe kapısında ana ve oğulun birbirlerine sarılışları görmeye değerdi...

Orhan da aynı duygular içinde evden ayrılmış, pencerenin önünde ağlayan kızkardeşine ve Mehlika Hanım'a:

– Allahaısmarladık, demeye gelmişti...

İki mülâzım karşılıklı evleri dolaşıp vadalaştıktan sonra Sivas yollarına sessiz sedasız çoktan koyulmuşlardı...

Orhan, sessizlikten inleyen yollara sitem dolu sözler bırakarak geçti.

– Önce vatan, diyordu. Vatan olmayınca, ana-baba-yâr olmaz.

Burhan:

– Doğru, diye mırıldandı. Olmaz ya...

Orhan dertleşmeye bile utanıyordu. Burhan'a dönüp:

– Ayrılık zor şeymiş, diye mırıldandı. Sen de farkettin mi?

– Farkettim ya... Ne var ki, insanın sevdikleri ile beraber olması için vatan gerek, dinin yücelmesi, inançların yaşanması için bile... Vatan... Harp olan bu ülkede, ibadetler bile serbestçe yapılamaz. Ayrılık ne ki Orhan, ayrılık ne ki...

Dört gün, dört gecede, bindikleri fayton onları Sivas'a getirmişti. Kıtalarına kavuşur kavuşmaz, telsizler haberleri yoğunlaştırıyordu.

Daha kışlada bir gece bile geçirmeden, Osmanlı'nın fiilen harbe katıldığı bildirildi.

31 Ekim 1914 günü Rusların, Doğu Beyazıd'ın kuzeyinden sınırlarımıza tecavüzleri, 1 Kasım günü İngilizlerin Akabe Körfezi'ni bombalayarak işgali, Osmanlı'yı tahrîke yetmişti...

İngilizler Basra Körfezi'nden askerî harekâta girişmişlerdi... 3 Kasım'da Rusya, 5 Kasım'da Fransa ve İngiltere Osmanlı'ya savaş ilân etti. 11 Kasım'da Bâbıâlî İtilaf devletlerine karşı harbe girdiğini açıklıyordu.

Rus müttefiki Fransa ve İngilizlere, Mehmetçik:

– Çanakkale geçilmezdir, diye haykıracak...

18 Mart 1919 günü deniz ve karalar cehennem kazanı gibi kaynayacaktı. Aynı gün on yedi bin Mehmetçik şehadet şerbetini içecekti.

Yirmi beş bin düşman askeri Çanakkale'de topraklarına gömülecekti. Bir insanın ölümü, bir dünyayı karıştırır; insanlık vahşet ve delalet içinde, insafsız bir zelzelenin şiddeti ile sarsılacaktı. Doğu sınırlarımızda harp bütün şiddeti ile devamını sürdürüyordu.

Aradan tam iki koca yıl geçmişti. Zaman içinde zaman olan iki yıl... Takvim 16 Şubat 1916 tarihini gösterirken, Erzurum da düşen şehirlerden birisi oluyordu.

İçimizde barındırdığımız, ekmeğimizle büyüyen Ermeniler, şimdi Rus askerleri ile kader birliği ediyorlardı. Babıâlî'nin askerlik çağrısından kaçanlar, şimdi Moskofla beraber yine meydanda at oynatmaya başlamışlardı.

Erzurum ve havalisindeki düşük şehirlerde vahşet tabloları ve tezgahlanırken, düşmek üzere olan şehirler, köyler ve kasabalar için düne kadar bizden zannettiğimiz, millet-i sâdıka dediğimiz, devletin en üst kademelerine getirdiğimiz Ermeni vatandaşlarımız, en zayıf zamanımızda düşmanın yanında yer almış, herbiri birer eşkiya kesilmişti. İhanet planlarını çoktan uygulamaya başlamışlardı.

Evet, Erzurum düştü.. Erkekleri cephede, ihtiyarları, çocukları perişan, kız kızan barınağı, dul ve yetimlerin diyarı, müdafaadan nâçar kalmış bir Erzurum...

Erzurum düştü deyince elbette Neslihan, Aslıhan ve Muallim Naci, Mehlika Hanım, Nesrin Hanım, Mehmet Ağa ve oğlu Burhan'ı akla getirmemek olur mu?

Erzurum düştü de, Ruslarla işbirliği yapan Ermeni eşkiyaları, içlerinde besledikleri kîni unuttu mu dersiniz?..

Burhan ve Orhan... Muallim Naci deyince içleri kanayan Ermeniler, çifte düğün olunca evlerine kapanan Ermeniler, bu isimleri unutabilirler mi hiç?

Neslihan ve Aslıhan isimlerini ezberleyen çeteciler, hele Neslihan'ın bir de erkek çocuğunun olduğunu duyduktan sonra kudurmazlar mı?..

Burhan'ın, oğlunun, eşi Neslihan'ın, annesi Mehlika Hanım'ın varlıklarını hissetmek, onları rahatsız etmek mi hiç?

❁

Daha Erzurum düşmemişti. İki zaptiye eri kan ter içinde Mehlika Hanımların kapısını dövmeye başladı. İçeriden titrek bir ses dışarıya cevap oluyordu:

– Kim o?

– Zaptiye eriyiz, açar mısınız?

– Nedenmiş o?

– Burası Burhan Bey'in evi değil mi?

– Evet.

– Hanım teyze haber var.

Mehlika Hanım telaşlanmıştı. Kapıyı aralayıp hayretle sordu:

– Yoksa acı bir haber mi?

– Yok ana, öyle değil... Erzurum düşmek üzere... Kumandanım sizin için başka bir ev düşünmüş, oraya gitmemiz lâzım.

– Hemen mi?

– Hemen ya... Giyecekleriniz haricinde hiçbir şey almayacaksınız.

Çarçabuk hazırlanıp, ellerine bohçalarını, kucaklarına Mücahid'i de alıp, evden çıktılar. Zaptiyeler aldıkları emir üzerine onları emin bir eve yerleştirmişlerdi. Yetmişlik bir ninenin yaşadığı, altında dehliz bulunan perişan görünüşlü bir eve... Artık Neslihan, Mücahid ve Mehlika Hanım, bu sefil görünüşlü evi mekan tutacaklardı.. Yetmişlik nine dışarıdan olan ihtiyaçlarını görecek, gelin kaynana ve torun bu ahşap binanın içinde, Erzurum'un kurtuluş gününü bekleyeceklerdi.

Sadece taşındıkları yerden Muallim Naci ve annesi haberdardı. Bunun dışında eş dost, herkes onları kaybetmiş oluyordu.

Muallim Naci kendi hanesinden kımıldamazken, Mehmet Ağa önce Hasankale'deki evine dönmüş, Muallim Naci'nin müsaadesi ile, daha emin olduğunu anlatarak, kızı Aslıhan'ı da yanında götürmüştü.

Artık Erzurum, o serhatler şehri olan diyar, karanlık gecelere gebelik çekiyordu...

Babanın oğuldan, ananın çocuğundan habersiz kaldığı kara günler... Gelinlerin kocalarından, nişanlıların civanmertlerinden ayrı düştüğü günler... Gonca gonca güllerin vahşi, acımasız dikenlere takılıp pörsütüldüğü günler... O taze taze çiçeklerin, mahrem ellerle kirletildiği günler, hamile kadınların karınlarının deşildiği, çocukların süngülerin ucuna takıldığı günler... O geride kalası, bir daha geriye dönmeyesi günler...

Ermeni eşkiyalarının herbiri birer derebeyi kesilmişti artık. Yer yer adım adım, Mülâzım Burhan'ın ve Orhan'ın eşlerini aramaya koyulmuşlardı.

❁

İlk vahşet Muallim Naci'nin kapısını saran eşkiyalar tarafından başlamıştı.

Bir Ermeni sesi bahçe kapısından avaz avaz yükselmeye başladı:

– Muallim Naciii...

Muallim Naci pencereye çıkıp, sesten yana baktı. Eşkiya sürüsünü görünce her şeyi anlamıştı. Geriye çekilip, iki rekat namaz kıldı. Silâhının namlusunu pencereye yaklaştırıp:

– Ne istiyorsunuz, diye haykırdı.

Eşi Nesrin Hanım hemen yanında, elinde silah hazır vaziyette bekliyordu. Karşıdan gelen çirkin sesleri duyunca, tüyleri diken diken oldu.

– Kızını, gelinini, eşini alıp buraya gel...

Tok bir ses karşılık oluyordu:

– Anlamadım..

– Getirdikten sonra anlarsın...

Muallim Naci'nin tüyleri ürpermişti:

– Bu millet her şeyden fedakârlık edebilir, ancak namus ve şerefinden asla... Parmaklıkları tetiğe öfke dolu bir davranışla oturmuştu...

Bir nefeste eşi Nesrin Hanım ve kendisi, dört beş leşi birden bahçenin ortasına uzatmışlardı. Arkadan gelen işgal kuvvetleri:

– Teslim ol! dedikçe...

Muallim Naci haykırıyordu:

– Gel de aaaal...

Kanlarının son damlalarına kadar namuslarını savunmuşlardı. Çok geçmeden evin etrafına dökülen gaz ve üzerine çakılan kibrit, ümitlerini iyice azaltmıştı. Alevler binanın tepesinden göklere yükselirken, onlar teslimiyet gösterdikleri yüce Allah'a ellerini açmışlar:

– Yarab sana geliyoruz, namusunuza el sürdürmeden huzuruna geliyoruz. İslâm âlemine ve din kardeşlerimize sen yardım eyle!..

Muallim Naci ve Nesrin Hanım'ın şehit edilişi Neslihan'ı perişan edip bırakmıştı. Duyar duymaz gözyaşları sellere döndü.

Saklanıyordu... Arandığını bile bile, mahrem ellerin pençesine düşmemek için, Burhan'ın kazıp bıraktığı boş mezara gömülmemek, düşmanın yüreğini serinletmemek için saklanıyordu.

Ellerinde paçavra gibi dolaşacak, diyen iğrenç dillerin tehdidini duya duya, onlara karşılık bile veremeden saklanıyordu...

Her gün yeni acılarla burkulan diller Erzurum'u adım adım elerken, fısıltılar geçilmez olmuştu; her hikâye, ağıt dolu her olay destan olup, tarihe kanlarla yazılmaya başlamıştı.

Hasime Nine dışarıdan belini büke büke içeriye gözyaşları ile girmişti. Neslihan, kucağında oğlu Mücahid'le Hasime Nine'nin önüne dikilip:

– Neden ağlarsın? diye sual etti.

Dudakları titreyen Hasime Nine:

– Tam yetmiş kişi, diye sızlandı. Tam yetmiş kişi, kız kızan, çoluk çocuk, genç ihtiyar demeden, bir ahıra doldurup yakmışlar...

Dudakları hayretle mırıldandı:

– Nee! yakmışlar mı? Nasıl?..

Hasime Nine yorgun bir hareketle minderin üzerine çöreklenip:

– Yakmışlar, dedi, kara dinli herifler vicdanları bile sızlamadan... Mirza diye bir delikanlıyı yorganla birlikte bir buğanın üzerine sarıp, bir teneke de gaz dökmüşler, yetmiş kişiyi ahıra birlikte doldurup buğaya basetmişler ateşi, daha sonra kitleyip ahırın kapısını seyre koyulmuşlar... Feryatlarını dinleyen canlar bayılmış, erimiş ama, elden gelen ne var ki... Esaret zincirine vurulmuşuz bir kere...

Daha bunlar ne ki hay kızım, Yanıkdere cesetlerle doluymuş. Çalışmak için götürdükleri masumları orada bin zulüm işleyerek kurşuna dizmişler. Bir taze gelini yakalayıp, kucağındaki çocuğu ateşe atmışlar. Sonra da ateşte pişen çocuğun ciğerini çıkartıp, yiyeceksin diye anasına işkence etmişler.

– Yemiş mi?

– Hayır, diye inledi. Yemedi diye çırılçıplak soyup, bir sürü ahalinin gözleri önünde.

Neslihan evin dolusunca bir çığlık atmıştı.

– Yapamazlar, yapamazlar...

Hasime Nine titrek parmaklarını Neslihan'ın ağzına götürerek sıkı sıkı kapadı...

– Ne yaptığını sanıyorsun be kızım... O azgın kâfirler sürüsü yana döne seni ararlarken...

Neslihan sakinleşmiş gibiydi.

– Hasime Nine, diye sızlandı.

Suratı benek benek terler içinde kalmıştı. Mehlika Hanım:

– Sus, dedi. Sus. Rabbim onların hakkını verir. İnşallah!

Hasime Nine acı dolu haberlere devam ediyordu:

– Köylerinde işkence etmedik kız kızan koymuyorlarmış... Erkeklerin göğüs derilerini açıp cep yapıyor, sonra açtıkları deliğe sigara, çakmak, tarak, tabaka koyup alay ediyorlarmış...

– Namussuz herifler...

– Camilerimizi hela yapıp, hayvanları doldurmuşlar...

Neslihan'ın özü dayanmaz olmuştu...

– Hasime teyze, Allahaşkına yeter artık, diye yalvardı...

Erzurum, Trabzon, Giresun, Erzincan, Kars... Köy köy, kent kent, kasaba kasaba aynı haberler... İnsanın dinlemeye mukavemet gösteremediği vahşetler, dünya milletlerinin kulaklarını çınlatsın... Çınlatsın da, bu iğrenç emeller için sadist duyguların kölesi olan insan utanma hasletini yitirmemişse, duyup öğrendiği vahşetlerden kızarsın...

Mehmetçik değil... Düşmüş bir şehrin içinde kalan müdafaasız halka, dillerin tarif edemeyeceği edepsizlikleri ve vahşeti layık görenler, kadın ve kızlarına kirli ellerini uzatıp, onlarla şerefsizce mücadeleye giren, çocukları ve ihtiyarlarını katleden şerefsiz askerleri, tarih nefretle ve utançla ansın...

Çocukların ve genç kızların yattığı kanlı dereler...

Dillerin tariften utandığı vahşetler, harp değildir... Böyle şerefsizliği kendisine şiar edinen insanlık utansın...

Erzurum'un üzerini, kara kara bulutlar kaplamıştı... Her yüzde acı yüklü, ıstırap dolu çizgiler vardı... Her yüz, gülmeyi bile unutmuş, kara bir burs... Her gözde donuk bir bakış, her bakışta kırık dökük çizgiler var...

Erzurum yetim çocuklar gibi, ufuklardan doğacak zafer güneşinin hasretini çekiyordu...

Erzurum kızıyla kızanıyla, genciyle ihtiyarıyla, velhasıl bütün mahlûkatıyla bozulmayan bir yas içinde, sancılı günler yaşıyordu. Dünya insanlığı kara vicdanlığını, sadistliğini, sapıklığını, en adi vahşetlerle, hatta adinin bayağısı işkencelerle tarihin sayfalarına bir daha pazarlamaya çalışıyordu.

Öyle ki, gelecek belki de o iğrenç emellerini satırlaştırdığı sayfaların üzerine, o rezilcesine tezgahlanan oyunları lanetleyerek, tükürecektir...

Erzurum diyorduk... Yaslı, suskun ve boynu bükük.. Erzurum, o serhatler, civanmertler diyarı... Yiğitleri, toprağını, dinini, mukaddesatını, namusunu müdafaa için çarpışırken boşalmış, sonunda düşmüş, kahpece düşürülmüş sessiz bir şehir... Şimdi eli silahsız, müdafisiz kalmış, ihtiyarlarla, kadınlarla, kızlarla, gözyaşı dolu bir şehir...

Zaman Erzurumlu insanları çilelerin en çekilmezinin potasında yoğura yoğura eririken, kahpelikler ve Ermenilerin intikam duyguları her gün biraz daha artıyordu.

Geçmişte kim hangi Ermeniye kızgın bakmış olsa, onun intikamı en gaddar bir şekilde alındı.. Körpe evlâtları acımasız bir şekilde süngülendi, kurşunlandı.

Sanki insanların üzerinde kumar oynarcasına hain eller nişan almak için hedef seçiyorlardı. Başlarına yumurtalar kondu, elmalar dikilip, nişangah yapıldılar. Genç kızları bütün milletin önünde soyup, urbalarını parçalayıp, iffetini kirletme yarışına katılıyorlardı.

Moskoflar Ermenilerle, Ermeniler Moskoflarla, iffetsizlik yarışına girmişlerdi.

Bu kadar şerefsizlikler yapılırken, elbette Dilo diyeceksiniz... O çocukluğundan beri Türk çanağını yalayan Kör Dilo.. O çocukluğundan beri Türk ve İslam düşmanı olan Keşiş Lato'nun oğlu Dilo, nasıl bir görevin başında diye düşünmekte haklısınız.

❁

Gün cam gibi parlak, Erzurum nurdan pırıltıların çarşafı gibi berraktı. Erzurum sînede o bahtı kara insanların üzerine en tatlı pırıltılarını sedef sedef aksettirip, cömertçe yaldızlıyordu..

Dilo, o vicdanında şeref ve haysiyetin kırıntısı bile bulunmayan adam, Rus kumandanının odasına girip, karşısında ezik bir tavırla el bağladı.

– Sizi saygı ile selâmlarım Ekselans. Rus ordusunun şerefli ve kahraman kumandanı...

Kibirli, makamında kasılarak oturan subay, Dilo'ya hayretle bakıp:

– Yaklaş, dedi.. Önce ne istediğini söyle...

Dilo, çekingen bir tavırla ayakta sallanırken, ürkek adımlarla kumandanın masasına biraz daha yaklaşmaya gayret ediyordu...

– Yüce Kumandanım. Ben büyük bir Türk düşmanıyım. Ruslar Osmanlı Devletine harp ilan ettiği günden bu yana, askeriniz gibi çalışırım... Sebeb-i ziyaretim şudur ki... Erzurum'un dillere destan olan bir güzelini sizden sakladıklarını söylemek için huzurunuzda bulunurum.

Kumandan uyuz köpekler gibi kımıldanıp genneştikten sonra:

– Dillere destan bir güzel mi.. diye mırıldandı.

– Evet yüce kumandanım, dillere destan bir güzel... Tam size layık... Emir buyurursanız, onu size en kısa zamanda bulup getirmeyi bir görev sayarım.

Kumandan süt içen kediler gibi yalanırken Dilo'ya sordu:

– Kimmiş o güzel?

– Neslihan, kumandanım. Neslihan... Ermeni milletine kan kusturan bir baba kızı. Şimdi Rus ve Ermenilerle çarpışan bir Türk subayının bir günlük karısı...

– Sen kendisini gördün mü?

– Ermeni kadınları anlatırlar. Gözlerinin böyle bir güzel görmediğini söylerler.

Rus kumandan, mağrur bir hareketle yaslandığı sandalyeden doğrulup:

– Bulamazsan, diye mırıldandı...

Dilo yılışık bir sesle:

– Yeter ki sen emret, diye yılıştı...

Ezildi, büzüldü ve asıl arzusunu kustu:

– Sadece sizden yardım istiyorum, arayıp bulmak için yanıma bir manga asker. Böylece evleri ararken, bakarsın başka başka şeyler de bulunur...

Rus kumandanı sinsi sinsi düşündükten sonra:

– Başka başka şeyler, diye mırıldandı. Başka başka şeyler.

Dilo'nun dedikleri aynen olmuştu... Rus Kumandanı Dilo'nun yanına bir manga asker verip, arama yapmasını emretti... Sanki her ev cephanelik; ya da taarruza hazırlanacak asker barındırıyormuş ihbarı yapılmışcasına aranacaktı... Dilo'nun şu fanî dünyada bundan daha başka bir arzusu olamazdı. Askerler peşinde, evleri birer birer ararken, tek şeyi düşündü.

Burhan'ın eşi Neslihan'ı kendi esiri yapıp, Rus kumandana başka bir güzel götürüp, sözünü yerine getirmiş olmak... İşte o zaman Burhan'dan intikam alacaktı...

Aradığı her evden, gördüğü her insandan Neslihan'ı sormaya başlamıştı. Önce sahte bir dille yalvardı, sonra dipçikle dehşet kusa kusa haber almaya çabaladı...

Deşilen midelerden, insan kafasına inen dipçiklerden ses çıktı da, kimseden sır çıkmadı. Dilo her işkencenin arkasından Rus askerlerine dönüp aynı sözleri tekrarlıyordu:

– Taşlardan bile ses çıkar da, bu milletten sır çıkmaz...

Aramadık ev, çıkarmadığı rezalet kalmamıştı. Bıkmadan, usanmadan vahşet dizilerini çoğaltırken, yine bir eve daha baskın yapıyordu.

Bu defa üç katlı bir binaya girmişlerdi. Üçüncü katın kapısını açtırmak için, dipçikle insafsızca dövmeye başladılar. Dilo:

– Açın, açın diyorum size, diye bağırırken kuduz köpeklerden farksızdı.

İçeriden direniş başlar başlamaz, Dilo evin kapısına omuz verip kırdı. Gördükleri manzara oldukça hazindi.. Yetmişlik bir nine elinde silah tetiğe dokunamadan, Rus askeri odanın içinde ateş püskürtmüştü.

Nine, ince bir sızı ile ikiye büküldü, sonra elinden silah yere küt diye düştü kaldı. Nazlı, caddeye açık olan pencerenin önüne arkasını vermiş, yerde yatan ninesine korkulu gözlerle bakarken, acı dolu bir çığlık attı...

– Nineeem... Eli kırılası haydutlar, daha ne istersiniz bizden?

Dilo, Nazlı'yı hayret dolu bakışlarla seyrederken, şeytanî şeytanî güldü..

– Tam aradığım cinsten, diye mırıldanışını yarım yamalak Türkçe bilen bir Rus askeri bile anlamıştı.

– Çok bir şey değil, diye homurdandı... Seni kumandana götüreceğim. Rus kumandanına...

Nazlı'nın tüyleri diken diken olmuştu. Ninesinin kanlar içerisinde yatışını çoktan unutmuştu...

– Yapamazsınız bunu, diye haykırırken, açık pencerenin duvarına biraz daha kuvvetlice sırtını yaslıyordu.. Gözleri irildi, korkusu gittikçe geçilmez olmuştu.. Dilo kendisine kısa adımlarla yaklaşırken:

– Ne var bunda, diye sırnaştı. Bir Rus kumandanına dostluk etmek şerefine ulaşacaksın, fena mı?

Nazlı odanın dolusu bağırmıştı:

– Yaklaşma yanıma pis köpek... Biz şerefsizlikleri şeref sayan bir milletin çocukları değiliz. Bizi hiç kimse iğrenç emellerine oyuncak seçemez.

– Seçtik bile... Bizimle beraber geleceksin.

Nazlı'nın gözlerinden inci inci yaşlar sıralanırken, yerde son nefesini veren ninesine bakıyordu. Dilo aradaki mesafeyi ufak ufak kapatmaya çalışırken, Rus askerleri onu takip etti.

Nazlı durumu sezer sezmez, kararını verdi. Sadece iffetini kurtarmak, namusuna el sürdürmemek için kurtuluş arıyordu.

– Yarabbi, diye ellerini açıp, titrek sesi ile alemlerin sahibine hitab etti. Sana dönüyorum, beni affet.. Bu kara dinli eşkiyaların eline düşmektense, ölüm en büyük kurtuluş olur. Sana tertemiz olarak geliyorum. Yarab, sen bu cinnet getirmiş insanları ıslah et. Bu din ve namus düşmanlarını Kahhar ism-i şerîfinle kahreyle...

Islak gözleri ile kendisine iyice yaklaşan askerlere, sonra da binanın üçüncü katından sokaklara baktı.

Ellerinde silahla yaklaşan canavar bakışlı düşmandan geri geri çekilip, balkona fırlarken dengesini kaybetmişti.

Odanın içinde bir şaşkınlık, hayret dolu bir bakış yığını mevcuttu... Acı bir çığlığın arkasından, sokakların ortasına ıstırap yuvalı bakışlar döküldü. Nazlı boşlukta düşerken:

– Allah'ım, diye feryad ediyordu..

Daha sonra yolun ortasında taze bir ceset peydah oldu. Nazlı çoktan gözlerini bu rezaletlerin tezgahlandığı dünyaya kapamış oluyordu.

Dilo pencerenin dibine yaklaşıp, aşağılara bakarken, uyuz kediler gibi hüsran doluydu.

Halk suskun, eli silahlı zorbaların, gözü dönmüş eşkiyaların suratına nefret ve lanetle bakıyordu. Kimse, aksi bir hareketi imkansızlık yüzünden göze alamamıştı. Istıraplarını içlerine göme göme, ölü ve ıslak bakışlarla seyirlerini sürdürüyorlardı. Dilo ve yanındaki askerler, hemen karşıdaki ahşap bir evin yolunu tutmuşlardı. Sanki Erzurum efkâr dolu bir sessizliğin üzerinde çalkalanırken, bir Ermeni kadın, kendisinden emin adımlarla Dilo'nun yanına yaklaşıp, seslendi.

– Dilo...

Durdu. Sesten yana baktı. Kendilerine yaklaşan kadın gözlerine yabancı değildi.. Onu istekle bekledi.

Kadın hemen yakınında durup:

– Ne aradığını duyup yanına gelmişim, diye kasıldı.

Kör gözü gerildi, diğer gözü faltaşı gibi açılmıştı:

– Söyle bakalım, neyi arıyorum?

Kadın yılışık bir sesle yaltaklandı:

– Neslihan'ı...

– Nerede olduğunu bilir misin?

– Bilmişte gelmişim...

Kadının gözlerinin içine bakarken, sevinçten uçar gibiydi.

– Söylesene nerede?

Rus askerleri kadını itina ile süzerlerken, kadın parmağını ahşap bir evden yana uzatıp, işaret etti:

– Nah karşıdaki ahşap ev... İhtiyar bir kadının yanında kalırmış...

Dilo, şeytanî şeytanî gülümserken, kadının omuzuna sertçe vurup sırnaştı..

– Yolun sonuna gelmişiz desene!..

– Geldin ya...

– Görsen tanıyabilir misin?

– Hemi de nasıl..

– O zaman sen de bizimle birlikte gelsene...

– Gelirim elbette. Yürü. Bizim de erkeklere yardımımız dokunmalıdır.

Duygulanmış gibi bir tavır takındı.

– Ne iyi dedin. Geçmeli ya, bu soyun kurtuluşu için hepimizin emeği geçmeli ki, soydaşlarımıza şerefli bir vatan bırakalım. Ermenice bilen bir Rus askeri, Dilo'nun suratına bakarken öfke doluydu. Dilo, gaf yaptığını hemen anlayıp, askerin yanına yaklaştı ve mırıldandı:

– İdare et... İşimiz bitesiye kadar tabii.

Rus askeri, anladım, der gibi kafasını salladı ve Dilo önde kadın yanında, askerler arkalarında, ahşap evden yana yürüdüler.

Neler hatırladığı bilinmez ama, Neslihan'ın gözleri ıslak ıslaktı. Dudakları dualarla kımıldarken, dizlerine yatırdığı oğlu Mücahid'i uyutmaya çalışıyordu. Bir ara dışardan gelen acaip seslerle irkildi, ürperdi. Az sonra ortalık yine sessizliğe bürününce, Mücahid'in uyku tutmayan gözlerinin içine dalıp kaldı. Hasime Nine sokakta, Mehlika Hanım, mutfakta bir işle meşguldü. Neslihan kısık bir sesle oğluna ninni söylemeye başladı:

Uyu yavrum, ninni diyeyim sana
Yaralı gönlümü salma figana
Hasret gidiyorum sanma babana

Uyu, zaferlerle dönecek ninni
Hak yolunda kimler ölecek ninni

Uyu yavrum, tepesinde çan yatan
Minareler midir seni ağlatan
Gün gelir, güldürür bizi yaratan

Baban zaferlerle dönecek ninni
Hak yolunda kimler ölecek ninni.

Odanın içi beklenmedik bir anda hayret yuvasına benzemişti. Hasime Nine içeriye yol gibi dalıp, kapıyı arkasından kilitledi. Nefes nefese Neslihan'a dönüp, zor konuştu:

– Çabuk ol, dehlize...

Kucağından Mücahid'i alıp, dehlizin üzerine örttükleri kilimi kaldırdı.

– Çabuk gir, diye yalvarıyordu. Geldiler.

Neslihan neye uğradığını şaşırmıştı; ecel terleri döken hastalar gibi yorgun ve benzi soluktu:

– Söylesene bana Hasime Nine, neler oluyor?

– Neslihan kızım, çabuk dedim sana...

Dehlizin kapağını şaşkın bir hareketle kaldırıp, geriye doğruldu. O sırada Mehlika Hanım aynı telaşla yanlarına koştu:

– Ne var, ne oluyor?

Hasime Nine, Mücahid'i Mehlika Hanım'ın kucağına verip, Neslihan'a kızdı:

– Çabuk be kızım... Eşkiyalar...

Açıklamasına gerek kalmamıştı.. Kapı acı acı vurulunca, Neslihan her şeyi daha iyi anlamış oluyordu. Dehlizin kapağını kaldırıp, merdivene ayağını götürdü ve üzerini örttü. Mücahid'i Mehlika Hanım'dan isteyememişti.. Dehlizin üzerine kilim kapatılıncaya kadar, kapı kırılır gibi sallanmaya başladı. Hasime Nine bükük belini doğrultmadan kapının arkasına yaklaşıp dışarıya ses verdi:

– Kimdir o, ne istersiniz?

Dilo dışarıdan azgın sesi ile bağırdı:

– Hakkınızda ihbar var, evinizi arayacağız.

– Ben ihtiyar bir kadınım, benim evimde ne olabilir? Gidin buradan, rahat bırakın bizi...

Öfke dolu bir ses, gökleri yırtarken, tüfeğin kabzası kapıya hışımla indi:

– Aç şu kapıyı, ne istediğimi az sonra görürsün elbet...

Hasime Nine güç durumda kalmıştı. Dönüp çaresiz bir biçimde kucağında çocukla dikilen Mehlika Hanım'a baktı.

– Sen de, diye mırıldandı.

Daha akılları başına yeni gelmişti. Mehlika Hanım, olumsuz bir tavırla başını salladı... Kurtuluş umudunu yitirmiş gibi bir hali vardı.. Önce, Hasime Nine'nin endişe dolu yüzüne, sonra hışımla kırılıp geriye dayanan kapıya baktı. Karşısında Dilo'yu Rus askerleri ile görünce, deliye dönmüştü...

Dilo:

– Mehlika Hanım. Kadı Esat Efendi'nin karısı bu, diye duraksladı... Kucağındaki torunun olmalı... Mülâzım Burhan'ın oğlu... Dünyada bir türlü hesaplaşmaya doyamadığım bir köpeğin oğlu...

Mehlika Hanım, Mücahid'i bağrına basarken:

– Domuz, diye bağırdı. Pis, kör domuz.. Burhan şerefli bir subaydır, senin gibi eşkiya bozuntusu değil..

Elindeki tüfeğin dipçiğini Mehlika Hanım'ın göğsüne acımasız bir şekilde dürterken kin doluydu:

– Sus diyorum sana kahpe...

Dudaklarından ıstırabı ile birlikte öfkesi dökülüyordu:

– Kahpe senin anandır, sen de onun dölü...

Dilo, tüfeğin dipçiğini olanca kuvveti ile Mehlika Hanım'ın kalbinin üzerine indirdi. Mücahid acı bir çığlıkla yerlerde çırpınırken, Mehlika Hanım, olduğu yere cansız serilmişti...

O kara vicdanlar sızlamak yerine daha da azgınlaşıyordu. Bir Rus askeri yarım yamalak Türkçesi ile Hasime Nine'nin örtüsünden tutup, şiddetle sarstı:

– Hanidir Neslihan?

– Yok, dedi. Başka hiç kimse yok...

– Sen yalan dersin, ben de seni süngü ile deşerim.

Hasime Nine askere sert sert bakıp, kambur belini güçlükle doğrulttuktan sonra, suratına bir top tükrük attı.

– Tuh!..

Bu hareketinin sonucu olarak, tüfeğin kabzasını tepesine yiyişi de bir oluyordu. Acı dolu bir çığlıkla yerleri kavrarken, Dilo yerde ağlayan Mücahid'i inciterek, pençelerinin arasına alıp, yukarı kaldırdı...

– Sus ulan it dölü... Şimdi ben size gösteririm... İntikam nasıl alınırmış, bütün Erzurum seyretsin...

Üç asker ve Dilo içeriyi, neferlerin geride kalanı, evin etrafını abluka altına almışlardı.

Neslihan dehlizin merdivenlerine yaslanmış, sessiz sessiz hıçkırırken, Mücahid'in çığlıklarına dayanamamıştı. Onun azgın bir düşmanın kucağında çağırmasına gönlü razı gelmiyordu. Dehlizin duvarında asılı tüfeğe ve bir dizi mermiye dişlerini sıka sıka baktı. Öfke dolu bir hareketle tüfeği yerinden alıp, mermileri boynuna astı. Mücahid'in çığlıkları feryadı feryad yararken, Hasime Nine'nin inleyişi, Neslihan'ın kulaklarında ateş ateş yandı...

Tüfeğin hazinesine kurşunları verip, Besmele çekti. Dehlizin kapağını şiddetle yukarı fırlatırken, Dilo ve Rus askeri bir anda hayret komasına girmişlerdi. Evin orta yerindeki manzara, onu deliye çevirmişti.

Mehlika Hanım cansız yerde yatıyor, Hasime Nine acılar içinde cılız hareketlerle debelenerek can veriyor, Mücahid, Dilo'nun vahşi pençelerinde hoyrat bir şekilde tutulurken, çığlıkları arşa bağlanıyordu...

Neslihan ortaya çıkmıştı, şaşkınlıktan istifade ederek tetiğe dokundu. İki Rus asker mantar gibi evin ortasına yığılırken, Dilo pusulayı şaşıralı çok olmuştu...

Gözleri yuvalarından fırlayacakmış gibi irkildi, rengi birdenbire soldu. Az önce aslan yapılı, kasıla kasıla bağıran Dilo şimdi kurşunların hedefine Mücahid'i tutmuş:

– Ateş edersen oğlunu vurursun, diyerek geri geri çekiliyordu.

Dilo ile içeriye giren Ermeni kadın fırsatları değerlendirip kaçmayı becermişti.

Neslihan, Mücahid'in çığlıklarına dayanamıyordu. Tetiğin üzerinde oturan eli titredi, titredi...

– Bırak o çocuğu diyorum sana, diye öfkelendi. Yoksa leşini sererim...

– Bırakmam, intikamımı almadan, ölsem bile bırakmam...

Tetiğe dokunsa, Dilo'nun kendisine siper olarak tuttuğu öz oğlunu vuracaktı.. Eli tetiğin üzerinde, gönlünden kanlar sıza sıza durdu.

Dilo fırsattan faydalanarak geri çekilmeye devam etti. Kapıya kadar yaklaşmıştı. İki eli ile Mücahid'i namlunun hedefine tuta tuta kendisini dışarıya attı.

Neslihan büyük bir hataya düştüğünü daha yeni yeni anlıyordu. Bastığı dehlizin merdivenlerinden yukarıya yıldırım gibi fırlayıp, evin kapı ağzına yaklaştı. Kırık kapıyı kendisine siper ederek, dışardaki it sürülerine kan kusturmaya başlamıştı... Şaşkına uğrayan Rus askerlerinin dördü, beşi silaha sarılmadan dünyayı terkederken, içlerinden bir asker endişeye düşüp, yardımcı çağırmak için kaçıyordu. Tüfeğini gerilerden hadiseyi seyreden halkın üzerine tuta tuta koştu. Dilo, iri ve köklü bir ağacı kendisine siper alıp, tabancasını kırık kapıdan yana ateş etti. Sağ olarak bir Rus askeri, bir de Dilo kalmıştı.

Kızgın bir ses, kucağında çığıran Mücahid'in sesini aşa aşa bağırdı:

– Ateşi kesmezsen, oğlunu gözlerinin önünde boğarım.

İçeriden yürekli bir ses haykırıyordu:

– Siz ancak çocuklarla ve kadınlarla savaşabilirsiniz. Kudurmuş köpekler...

Dilo daha kızmıştı:

– Silahını bırakıp, dışarıya çık dedim, yoksa oğlunu bıçakla delik deşik ederim. Sonra da ateşte kebap yapıp yediririm sana.

Neslihan evin kenarından sızmaya çalışan Rus askerini gözünden kaçırmamıştı.. Tetiğe dokunur dokunmaz tilki avlar gibi avladı. Dilo'nun gözleri etrafından imdat ararken, gerilerden gelen üç manga Rus askeri evin muhtelif yerlerini bölük bölük sardı. Gerilerden seyirci kalan halk, korkusundan gözlerden kaybolmuş, meydanlık bir anda boşaltılmıştı. Çekilen perdelerin arkasından sızlayan yürekler vardı. Yardım edemeyişin acısını çekenler, düşmanın üzerine gülle gibi acımasız inmeyi arzulayan acı dolu çaresiz insanlar vardı. İhtiyar kadınlar, yaşlı dedeler, savunmasız çocuklar, bu vahşet tablosunu pencerelerin arkasından buruk acılarla seyrederlerken gözyaşlarını tutamıyorlardı.

Neslihan, mücadeleyi bırakmıyordu, hazneyi doldurup doldurup, tetiğe Bismillah çekerek dokundu. Nasıl nişan alıp hâlâ nasıl dayandığı, Rus ve Ermeni askerleri şaşkına çevirmişti. Birkaç asker daha yerleri kavrayınca, Dilo:

– Dışarı çıkmazsan evi ateşe verir, oğlunu gözlerinin önünde yakarım, diye tehditlerini sürdürdü. Neslihan gürültüye pabuç bırakmıyordu. O biliyordu ki herşey artık bitmişti. O vahşî ellerde esir kalan Mücahid artık son saniyelerini yaşıyacaktı.. O seve seve şehit olmak isteyen bir neslin çocuğuydu. Tetiğe acımasız bir şekilde dokunup, kellesini açığa çıkartanı düşürdü...

Dilo'nun pençesinde Mücahid kısılmış sesi ile hıçkırırken, bir Rus askerine fısıldadı. Asker:

– Olur, der gibi kafa sallayıp, yanlarından uzaklaştı. Az sonra elinde binlik çivi ve bir de keserle Dilo'nun yanına döndü... Asker elindeki keseri ve çiviyi Dilo'ya uzatıp suratına aptal aptal baktı.

Dilo, Rus askerlerine yüksek bir sesle emir veriyordu:

– Kesin ateşi. Şimdi ben onu dışarıya uslu uslu çıkarmayı bilirim.

Aynen dediği gibi olmuştu. Ateş kesildi ve herkes Dilo'nun Neslihan'ı nasıl çıkartacağını merak ederek, onu seyretmeye başlamıştı.

Dilo dibinde bulunduğu ağacı kendisine siper alıp, Mücahid'i Neslihan'ın görebileceği şekilde yukarı kaldırdı.

Mücahid'in sırtını ağaca yapıştırıp, boşta kalan eli ile binlik çiviyi gösterdi.

– Eğer silahını atıp buraya gelmezsen, oğlunu bu ağaca acımadan çakacağım.

Neslihan'ın göz pınarları artık açılmıştı. Manzara, değil bir kadının, taştan daha sert yüreklerin bile dayanma gücünü gerilerde bırakıyordu. Titrek bir sesle:

– Burhan, diye inledi. Acep şu anda sen ne âlemdesin?.. Bak, bu vicdansız insanlar ne plânlar kurarlar... Erleri bırakıp, kadınlarla, çocuklarla savaşırlar... İffetimize kirli ellerini sürmek için kanlar dökerler. Yoksa harp diye, sen de bu şerefsizliği mi yapıyorsun? Şu anda ne yaptığını görmek isterdim.

Ordu İlerliyordu

Burhan ve Orhan aynı taburun birinci ve ikinci bölüklerine kumanda ediyorlardı. Yıldırım gibi ilerleyen ordumuz, Ermeni ve Rusların işgal ettiği büyük bir köyü daha kurtarmıştı. Köyün düştüğü günden bu güne Müslüman Türklerden bir tane bile kalmadan imha edilmiş, Ermeniler bölgeye yerleşmişti...

Köyü müdafaa eden işgal askerlerinin bir kısmı esir düşerken, geri kalanı kaçtı... Türk askerleri köyün içine doğru girerken, paniğe kapılan kız, kızan, genç, ihtiyar, müdafaasız sivil halkı seyretmeye değerdi. Ortalık bir anda ana-baba günü olmuştu.

Burhan, akın akın köyü boşaltan insan sürüsünün önünü askerle kesip, onları durdurduktan sonra hitab etti:

– Varıp evlerinize rahatça oturun... Namusunuz, canınız ve malınız emniyettedir. Biz Müslüman Türk askerleriyiz. Erle çarpışır, erlerle hesaplaşırız. Kadınlarla çocuklarla alışverişimiz yok bizim...

Hastası, yaralısı ve benzeri ihtiyacı olanlar gelip bizi haberdar eyleyeler.. Şimdi herkes birer birer yuvasına dönsün...

Evet, eli tetiğin üzerinde, gözleri yaşlarla dolu olan Neslihan, sanki Burhan'ın taarruzunu seyretmiş gibiydi... Kuru dudakları acı dolu bir hareketle kımıldar gibi oldu ve fısıldadı:

– Sana ancak şerefli hareketler yaraşır. Çünkü asil ve iman dolu bir milletin evladısın. Bir bak, diye dudakları titreşti. Daha iki yaşına giren öz oğlunu ağaca çakmak için hazırlanıyorlar... Bu çakal sürülerinin mezalimine yürek dayanır mı hiç?

Çaresiz kalmıştı. Hiçbir çağrıya kulak asmayınca, o gözü dönmüş Ermeni eşkiyası son kozunu kullanıyordu. Tarihin, bütün insanlığın utanç duyacağı en son kozunu... Dünya durdukça tarihin sahifelerine geçen bu vahşet, vicdanı olan milletler tarafından lanetle ve nefretle anılacaktı. O Yaratanın emri üzere yaşayan, o ilahî kanûniyete teslimiyet gösteren şerefli anne, iğrenç arzulara esir olmuyordu...

O kör zihniyetin, sadist dünyanın kana susamış eşkiyası Mücahid'i ağaca iyice çöktürüp, karnına binlik çiviyi bastırırken, emellerine erişemeyişin çilesini çekiyordu. Keseri çivinin tepesine yaklaştırdı, sonra avazının çıktığı kadar bağırmaya başladı:

– Bütün Erzurum şahid olsun, Dilo intikamını nasıl alırmış, herkes görsün. Keser acımasız bir şekilde çivinin üzerine oturmuştu. Hemen arkasından yere göğü sığmazcasına bir çığlık yükseldi..

– Allah Allaaaaaaah...

Mücahid'in can veren, içler acısı feryadına kurşun sesleri katılıyordu.

Neslihan yaradanını tesbîh ede ede tetiğe dokundu. Düşman üzerine ateş püskürtüp, kan kustura kustura hücuma geçmişti. Düşman eline geçmemek, namahremin arzularına oyuncak olmamak için eşkiya sürüsünün üzerine ateş açmıştı.

Yaratanının huzuruna şehid olarak gidecekti... Namusunu yaban ellerden, dini ayrı düşmandan koruya koruya şehid edilecekti. O daha konuşmasını bile beceremeyen yavrusunu şehîd edenlerin üzerine felaket götüre götüre şehid olacaktı. Mücahid'e doğru yaklaştı. Dilo emin bir yere kendisini atıp saklanırken, Neslihan aldığı yaralara aldırmadan Mücahid'in çivilendiği ağaca doğru ilerledi. Önüne çıkan askerleri kurşunları ile yerlere sere sere. Yavrusuna kavuşmaya kısa bir mesafe kalmıştı. Ancak artık dengesini sağlayamıyordu. Elinden tüfeği düştü. Bacakları iskeletini taşımakta güçlük çekiyordu. Dizlerinin üzerine, sonra yüzükoyun toprağın üzerine uzandı. Kafasını o vahşet tablosu olan ağacı görebilmek için zorla kaldırabilmişti.

Erzurum tarihin bir utanç sahifesini daha işte böyle yazıyor, unutulmaz bir dekora sahne oluyordu.

Neslihan Mücahid'e fersiz gözlerle bakarken, düştüğü yere doğru gelen çakal sürüsüne nefretle baktı. Ellerini kaldırıp:

– Allah'ım, Allah'ım, diye yalvardı... O namahrem eller vücuduma dokunmadan canımı al!..

Bütün mahlûkatı yaratan, onun sesini duyuyordu. Duası çoktan kabul olmuştu. Daha çakal sürüsü yanına yaklaşamadan alemlerin sâhibi emanetini almıştı bile. Gözlerini o iğrenç tabloyu dekorize eden insanların dünyasına kapatırken mırıldandı. Allah şahidim olsun ki, namusuma el sürdürmeden yaratanıma kavuşuyorum...

Bütün vücudu pelte pelte toprağın üzerine yapışırken; son nefesini:

– LAİLAHE İLLALLAH MUHAMMEDÜN RESULULLAH, diye tamamladı...

Artık o çıldırmış dünyanın vicdansızca hazırlanan sahnelerine bir daha şahit olmayacaktı.

Rus İhtilali

Ve Rus ihtilâli, harbi sınırladı. Ruslar aldığı yerleri ve cephaneleri Ermeni kalacak, yanlışlıkla silindi bırakıp kaçıyorlardı. Ordumuz toparlanmıştı. Rus askerlerinin arkalarından yıldırım gibi yetişmeye çalıştı. Ermeni sığınaklarını, siperlerini, tabyalarını söke söke, Rus ordusunun arkasından yetişmek için harekete geçti.

Artık ordumuz şahlanmıştı... Sıkışan Rus kumandanı ordusuna aynen şöyle hitab etti:

– Dağları takiben gelirlerse, Gümrü'yü... Batum'u takiben gelirlerse Moskova'yı boşaltın, diyordu...

Yılmayan ordumuz, Moskof çakalına bunu dedirtebilmişti. Daha düşmanla karşılaşmadan donan yetmiş beş bin erimiz şehîd olmasaydı... Dünya tarihi, şan ve şeref dolu sahifelerine yeniden altın harflerle Mehmet'in şahlanışını işleyecekti.

Türk ordusu yeni taarruzların hazırlıklarını yapıyordu. Erzincan köyü ve kenti ile kurtulmuştu. Rusların bıraktığı siperleri ve kentleri dolduran Ermeni sürüsü, Türk Ordusunun geçtiği yerlerde vahşet yerine hüsnüniyet gördükçe, bir an için olsun insan olduklarından utanç duyuyorlardı.

– Ne beklerken ne bulmuşuz...

Beklediklerinin hiç birisini bulamamışlardı...

Ne hayallerinde gördükleri güllük gülistanlık bir Grain bölgesinin ellerine teslimi, ne de döktükleri kanların savunmasız insanlardan hunharca misillemesi... Ne bu topraklarda verilecek bir karış yer, ne de İslâm ahlâkı ile ahlâklanmış bu millete soysuzlaşıp, iğrenç ve utanç verici bir katliam duygusu. Bu ordu ve bu milletin çocukları, harbin gayesini ve kiminle savaşabileceğini biliyordu.

Ne Neslihan'ın uğradığı insanlık dışı akıbet, ne de ahırlara doldurulup ateşe verilen insanların sonu, ne kör derelerde süngülenen çocukların kederi... Ne seksen yaşındaki ninelerin ne de sekiz yaşındaki sübyanların ırzına yapılan utanç verici hareketlerin hiç birisi, kendilerine yapılmıyordu.

Türk Ordusu kararlı yürüyüşünü, Erzurum sırtlarına kadar sürdürmüştü. Burhan, şimdi intihar mangası adı verilen, ileri hedefler gözcülüğünü üstlenmiş bulunuyordu... Orhan, Hücum Bölüğü'nün kumandasını üzerine almıştı. Taarruzdan önce iki arkadaş veda merasimini hâlâ bitirememişlerdi... Burhan, Orhan'ın elini sıktı, daha sonra kaburgalarını kırarcasına kucaklaştılar. Her ikisinin gözleri de dolu doluydu.

İlk fısıltı Burhan'dan geliyordu. Hassas bir sesle hitap etti:

– Orhan...

Buruk bir cevap aynı hassasiyeti taşıyordu:

– Gardaş...

– Şey, biliyorsun ki aldığım vazife ileri hedeflerde gözcülüktür. Oyun değil bu, harp içerisindeyiz. Dilim dönmez ama gidip dönmemek, gelip bulmamak var. Tuz ekmek yedik, bunca yıl gardaştan ileri arkadaşlık ettik, hakkını helâl eder misin?

Sızılı, sancı dolu bir ses emrivaki oluyordu. Çünkü cevap vermek zorundaydı. Kuru dudaklarını zorla açıp kapayabildi:

– Helâl olsun...

– Benim hakkım da sana helâl olsun.

Kısa bir devre sükût içinde beklemişlerdi. Burhan kısık bir sesle hitabını yeniledi:

– Orhan...

– Söyle gardaş...

– Bilir misin, bugün en çok heyecanlandığım bir ömrü yaşıyorum.

– Neden?

– Çünkü Erzurum'u, doğup büyüdüğümüz o şehri düşman işgalinden kurtarmak için çarpışacağız. Düşün bir kere, Neslihan, Aslıhan... Belki de kucaklarında birer çocukla bizleri karşılayacaklar. Sonra annem ve sizinkiler... Erzurum kurtulacak Orhan, Erzurum kurtulacak...

Orhan'ın gözleri dolu dolu olmuştu...

– Kulaklarım her vahşet harekâtını duydukça çıldıracak gibi oluyorum. Bu kadar yıkımdan sonra, sen hâlâ iyimsersin. Yüce Rabbim bize o günleri gösterecek mi dersin?

– İnşallah gardaş. Yaradandan ümit kesilir mi hiç?

– Kesilmez...

Artık ayrılık vakti gelip çatmıştı. Unuttukları bir şeyi hatırlayıp, ikisi birden durakladı.

– Burhan...

– Söyle gardaş.

– Vasiyetimizi yapmadık.

– İçim dayanmadı dedim ya... Şimdiye kadar hiç böyle olmamıştım.

– Söylesene...

Duygulu duygulu konuşurken, Burhan güçlükle dinledi:

– Senin ailen benim kızkardeşimdir. Sen şehit olursan ona bakmak bana düşer. Anam babam, Hakkın rahmetine kavuşmuş olabilir. O zaman Aslıhan'ı elâleme muhtaç etmeyeceğin için bana söz verir misin?

– Ahiret sözü olsun gardaş...

Orhan ağladığını farkettirmemek için yeri gözetliyordu...

Burhan:

– Gazamız mübarek ola, diye seslendi.

Orhan sadece:

– Mübarek olsun, diye mırıldandı..

Burhan, atına atladığı gibi mangasının başına geçti. Atlar, o şahlanan atlar, gerilerde toz ve dumanlardan kaleler bırakarak gözlerden kaybolup gitti...

Gece Erzurum'un sırtlarına kâbus gibi çöküp kalmıştı.

Burhan mangasını emin bir yere çekip, ses dinledi. Az ilerilerde dağ köylerinde ölü ölü ışıklar sızarken, Burhan gözlerini köyün üzerinden ayırmadan, baktı, baktı...

Yanındaki Çavuş'a dönüp, alçak bir sesle hitap etti:

– Çavuş, buralar işgal altında inleyen köyler olmalı...

– Evet Kumandanım, durum öyle gösteriyor. Zannederim, karargâhları buraya yakın bir yerde olmalı.

– Gün ışır ışımaz ortaya çıkar.

– Çıkar Kumandanım...

– Çavuş, bana kalırsa çok yaklaştık.

– Evet kumandanım, bir hayli yaklaşmış durumdayız.

Gözcüler hiçbir zaman uyumazlardı. Onların her birisi ölümü, iki kaşının arasından daha yakın mesafede hisseden insanlardı. Hele bu görev tarihlerin bile utanç duyduğu vahşetlere son vermek, Müslüman Türk'e yapılan zulmü kırmak için olursa, gözler uykuyu kendisine kurtuluş gününe kadar haram bilirdi...

Şafak sökmeye başlamıştı. Dağ köylerinin eteklerinden yer yer kıpırdanmalar başlıyordu...

Mülâzım Burhan'ın dürbünü, bu hareketleri hayal meyal seçebildi. Ermeni çakalları ordumuzu Erzurum sınırlarına sokmamak için taarruz hazırlıklarına başlamışlardı.

Aralarındaki mesafe, üç dört yüz metreden daha fazla sayılmazdı.

Mülâzım Burhan dürbünü gözlerinden sıyırıp, yanıbaşındaki çavuşa emir verdi:

– Çavuş!

– Buyur Kumandanım.

– Tez yanına bir nefer alıp, bölüğümüze kavuş... Düşman gözcüleri üzerimize geliyor. Dereyi takîben giderseniz tehlikesiz olur.

Çavuş, Burhan'ın suratına hayretle bakarken:

– Ya siz kumandanım, ya siz, diye mırıldandı...

– Bizim arkadaşlarla birlikte üzerimize doğru gelen gözcüleri esir etmenin yollarını araştırmamız gerekiyor. Eğer bu görevi başarabilirsek, düşman birliklerini kolayca bozguna uğratabiliriz... Habersiz bir baskınla, düşünebiliyor musun?

– İnşallah Kumandanım. Allah yardımcımız olsun.

– Sizin de...

Yanlarında iki adet at bulunuyordu. Bu daha önce birliğe haber ulaştırmak için gerekliydi. Çavuş, yanına bir nefer alıp atları ile uzaklaşırken, Burhan dürbünle Ermeni gözcülerini adım adım gözetlemeye çabaladı. Kayaların arkasında mükemmel bir şekilde siperlenmişlerdi...

Düşman gözcüleri endişesiz ve emin adımlarla ilerlerken, Burhan arkadaşlarına sessizce beklemelerini emretti...

Birliklerin hemen arkalarında oluşu, onlara cesaret veriyordu. Kayaların arasından toplu bir şekilde fısıltılı sohbetlerle ilerleyip, siperde kendilerini bekleyen Türk gözcülerini üç-dört adım ileri geçmişlerdi. Tam o anda Ermenilerin yüreğini yakan bir ses yükseldi.

– Durun... Silahlarınızı yukarı kaldırıp, olduğunuz yerde bekleyin.

Tüfeklerin mekanizmaları çalışınca Ermeni gözcülerin ödleri patlamıştı. Yerlerinden santim bile ayrılmadan beklerlerken, gözcülerden, zayıf, uzunca boylu bir askerin bacakları titredi. Tüfeği güçlükle yukarı kaldırırken, elleri korkudan sarsılmaya başladı. Burhan'ın hemen arkasında eli tetikte bekleyen onbaşı, alaylı alaylı bıyık altından gülümsedi...

Nefer, altına akıtmıştı. Her birinin suratından ecel terleri boşalırken, Burhan, tüfeklerini teslim için ileriye iki adım attı. Mülâzımın kendilerine yaklaştığını gören Ermeni neferinin bacakları, artık iskeletini çekemez duruma gelmişti... Titreyen parmağı, tetiğin üzerine irade dışı bir hareketle yüklenip kalınca, işler tamamen karıştı...

Artık sessizlik bütün şiddetiyle bozulmuş oluyordu. Gözcüleri teslim almanın hiçbir kârı olmadığını anlayan Burhan:

– Ateş, dedi...

Dağların tepeleri kurşun sesleri ile inlerken, Ermeni gözcülerin işleri çoktan bitirilmiş oluyordu... Önlerinde cansız serilmiş yatanları kızgın bakışlarla seyrederken, Burhan, yanında kalan yedi arkadaşına emir verdi...

– Herkes üzerine göre bir elbise seçip tezce giyinsin.

Gözler yerde yatan Ermeni neferlerinin üzerinde kısa bir devre gezindikten sonra, çarçabuk elbise değişimi yapılmış oluyordu. Silahlarını düşman silahları ile değişip, dürbünleri karşı mevzilere doğru çevirdiler. Düşman karargâhlarında amansız bir kaynaşma başlamıştı. Burhan, etrafındaki erlere dönüp işaret etti:

– Az sonra iki ordu buralarda buluşacaktır. Biz daha önce bu kılıkta düşman birliklerinin içine sızmaya çalışacağız. Söyleyin kardeşlerim, böyle bir harekât sizce de münasip midir?

Hep bir ağızdan, aynı sesler yükseliyordu:

– Münasiptir Kumandanım...

✿

Aşkale'nin eteklerine doğru harekete geçilmişti. Burhan, yedi arkadaşı ile birlikte düşman karargâhının sağ cenahından ilerlemeye çalışıyordu. Düşman mevzilerine kılpayı denilecek kadar yaklaşmışlardı. Münasip bir mevkiye sessiz sedasız çekilip siperlenince, her iki tarafı dürbünlerle seyretmeye başlamışlardı.

Türk Ordusu, Aşkale sırtlarında görünmeye başlayınca, Ermeniler makinalı tüfeklerle, toplarla müdafaaya çekilmişlerdi...

Üç makinalı tüfek Türk ordusunun üzerine ateş püskürtürken, bir top, yine devamlı Türk siperlerini dövmeye başlamıştı.

İki ordu, amansız bir mücadeleye durmuştu. Yer gök ateşler içinde inlerken, bıçağın kemiğe dayandığını bilen Türk ordusunu artık kimse durduramazdı.

Manikalı tüfekleri, topları, hatta uçakları bile sustura sustura hücumdaydı. Düşman mükemmel bir şekilde sarılmıştı...

Yenilgiyi mutlak bilen Ermeni eşkiyaları, silahlarını mevzilerden söke söke geri çekilmeye başlamışlardı.

Mülâzım Burhan, olup biten her şeyi takip ederken, bozulup paniğe kapılan düşman askerini görüp, arkadaşlarına talimat verdi:

– Düşman bozulmaya başladı.. Dikkatleri hep ön mevzileri gözlemekten ibarettir. Arkalarından dolanıp aralarına karışırsak, makinalı tüfekleri ve topu teslim alabiliriz. O Türk askerinin üzerine ateş püskürten silahlar, onlara mezar olmalıdır... Allah yardımcımız olsun...

Mülâzım Burhan'ın dediği olmuştu. Arka sırtlardan panik içinde olan Ermeni birliklerinin arasına kolayca karıştılar. Sanki kahramanca çarpışıyormuşcasına, mermileri yaka yaka makinalı tüfeklerden yana sızmaya başlamışlardı... Siperdeki üç makinalı tüfekten ikisi geri mevzilere çekilme harekâtını sürdürürken, bir top ve diğer makinalı tüfek Türk birliklerinin üzerine ateş yağdırmaya devam ediyordu.

Sanki herşey, bir an meselesi gibi olmuştu. Burhan ve arkadaşlarının işleri kolaylaşmıştı. Makinalı tüfeklerin ve topun başında bulunan askerlerin üzerine yıldırım ateşi açıp, teslim almışlardı. Bir nefeste namluları, geri çekilen Ermeni birliklerinin üzerine çevirmeyi başarabilmişlerdi.

O Mehmet'in üzerine cehennem püskürten kızıl namlular, şimdi kaçıp kurtulmaya çalışan sürüyü orak gibi biçmeye başlamıştı...

Gözlerinde dürbün, düşman mevzilerini kontrol eden Mülâzım Orhan şaşırmıştı.. Yanıbaşında bulunan Türk ordusu kumandanı Kara Kâzım Paşa'ya dönüp:

– Kumandanım, diye seslendi... Düşman makinalıları kendi askerini biçiyor...

Kâzım Paşa, dürbününü gözlerine takıp seyre koyuldu...

– Hücûm, diyordu, Kâzım Paşa, Hücuuuuuum... Sakın o makinaların başında bulunanlara kimse zarar vermeye.

Hücum Bölüğü kumandanı Mülâzım Orhan, aldığı emri tekrarlayıp selam çaktı:

– Emredersiniz Kumandanım.

Hücuma geçen birliklerimiz, makinalı tüfeklerin başında

Türk gözcülerini bulunca, hayret içinde kalmışlardı. Kâzım Paşa, Mülâzım Burhan'ın alnından öpüp, görevini tazeledi:

– Hücum Bölüğü'ne Mülâzım Orhan Bey'le birlikte kumanda edeceksin.

– Başüstüne Kumandanım...

Tarih, oniki mart bindokuz yüz on sekiz... Erzurum ufuklarında yepyeni bir güneşin nurlu ışıkları parlıyordu... Ermeni çeteleri, Erzurum'un içine kadar sokulmuş, direnemez hale gelmişti... İl sınırında tarihlerin zor rastladığı bir çatışma sürmeye başlamıştı. Sanki olmak ya da olmamak kavgası veriliyordu. Ermenilerin büyük bir kısmı sınırlardaki direnişini sürdürürken, Erzurum'un içi, ana-baba gününe dönmüştü. İçerideki işgal kuvvetleri toplu katliama başlamış, mezalimlerine misli görülmemiş vahşetler eklemeye çalışıyorlardı.

Erzurum ateş püskürüyor, kan döküyordu. Figanların yükseldiği, ölüm şerbetinin kana kana içildiği bir zaman başlamıştı. Tabyalar birer birer yıkılırken, Ermeniler direnebilmek için ne lâzım gelmişse yapmadan içerilere sızarken, süngüler parladı, mermilerin sesi gök kubbeye şimşekler çakarcasına yükseldi. Hücum Bölüğü'nün sol cenahında bir bozulma, Burhan'ın gözünden kaçmamıştı. Hayret ve dehşetle yuvalanan ısrarlı bakışlarını ilerilere gönderirken, yanıbaşında bulunan Şükrü Onbaşı'ya emir verdi:

– Onbaşı, şu anda sağ cenahın kumandası sana verilmiştir. Hücuma devam...

Şükrü Onbaşı kumandanının emirlerine karşılık verdi:

– Başüstüne Kumandanım, kumandayı aldım ve düşman üstüne hücumu sürdürüyorum...

Mülâzım Burhan, kendisini kollaya kollaya bölüğün sol cenahına yıldırım gibi geçmişti...

Düşman birlikleri Erzurum'dan sökülmeye başlıyordu... Tabyaların arkasındaki birlikler birer birer dağılarak kaçarlarken, Kolordu, Erzurum'un içine süngü takıp, Allah Allah sesleri ile girdi... O ne hoş bir kükreyişti Yarabbi... Mehmet, dinine, mukaddesatına ve vatanına saldıran eşkiya sürüsünü köpekler gibi kovalarken, Erzurum'un semalarında ıslak gözlü bakışlar, figan dolu dudaklar, ilahî bir sesin yükselişi coşuyordu...

– Allahu Ekber, Allahu Ekber, Lâ ilâhe illallahu Vallahu Ekber, Allahu Ekber ve Lillahil Hamd..

Erzurum bir sürü kurban vermişti. Hainler sürülüyor, sağ kalan kadınlar, kızanlar, ihtiyarlar bu sesleri, içlerinden sökülen ulvî hıçkırıklarla dinliyorlardı.. Sadece onlar mı kulaklarını bu sese vermişlerdi? Bu özlemi çeken, bu sesleri duymak isteyen sadece Erzurum'un sağ kalan gazileri, çile çekmiş ahalisi miydi? Elbette değil...

Şimdi Mülâzım Orhan Bey de aynı içtenlikle ve aynı özlemle, arkadaşının kolları arasında uzanmış, gözlerini Erzurum'un semalarına dikmiş, göğsünden ılgıt ılgıt akan kanlara aldırış bile etmeden, ordumuzun Erzurum'a girişini seyredip, Tekbir seslerini dinliyordu. Kuru dudaklarından onun da aynı ilahî nağmeler dökülüyordu...

– Allahu Ekber, Allahu Ekber, Lâilâhe İllallahu Vallahu Ekber, Allahu Ekber ve Lillahil Hamd...

Burhan, bunların hiç birisine katılamıyordu. Orhan'ın solan yüzüne bakarken, gözlerinden yaşlar süzüldü. Hatta, bir damlası, son nefesinde olan Orhan Bey'in yanağına damlamıştı. Işıkları sönmek üzere olan gözlerini arkadaşına dikip hayretle baktı:

– Ne o Burhan, ağlıyor musun yoksa?

Burhan, artık hıçkırıklarını tutamıyordu:

– Yok, der gibi kafasını oynattı. Acı dolu, ıstırap dolu bir ses, kanayan dudaklarını güçlükle terkediyordu:

– Sevinç gözyaşları Orhan, sevinç gözyaşları... Bak artık hayal değil, Erzurum'a giriyoruz...

Orhan, belki de gözlerine son emri veriyordu. Ölü ışıkların arasından, fersiz yaşlar süzüldü. Boğuk ve fısıltılı bir ses:

– Demek Erzurum'a girdik ha? diye zorlanmıştı.

– Girdik ya...

– Ama ne yazık ki ben doyasıya göremedim. Burhan, sen benim yerime o doğup büyüdüğümüz Erzurum'u seyret olmaz mı?

Burhan arkadaşını ıstırap dolu bir hareketle bağrına basarken, Orhan can havliyle irkildi, Burhan'ı ikaz etti:

– Burhan, ağlamasana...

– Ağlamıyorum ki... Hem neden ağlayayım. Şimdi birlikte Erzurum'a gireceğiz. Sen özlemini çektiğin yerleri istediğin gibi seyredeceksin.

Orhan acı acı gülümsedi:

– Gardaş, neden gerçekleri unuttun. Görmez misin bana davet var. Bugün ben Allah'ıma kavuşuyorum. Hem de şehitlik mertebesine ulaşarak. Bunu gizlemekte ne mânâ var şimdi? Sen sağ kalanlarımıza benden selâm eyle. De ki, Orhan, Orhan de... Erzurum'u doya doya seyredemeden...

Göğsü tutulmuştu. Sözlerini yarıda kesip, dünya kelâmına boş verdi. Sanki büyük bir umursamazlıkla etrafına bakınırken, fersiz dudakları son cümlesini harcamaya gayret etti:

– Lâilâhe İllallah, Muhammedün Resulullah...

Orhan Bey, Erzurum'a giriyordu. Şahlanan ordunun arkasından tekbir seslerinin yükseldiği diyara giriyordu. Burhan Bey ve bir neferin yardımı ile, terk-i dünya etmiş olarak o özlemini çektiği diyarı seyrede seyrede Erzurum'a giriyordu. Bir vahşet sahnesi Erzurum'un hilkat garîbesi olan manzarasını göremeden, Erzurum'un sokaklarından geçiyordu. Karnında ateş yakılarak ölenlerden, başları ayakları bağlanarak katledilenlerden... Toplu halde evlere doldurulup yakılanlardan, karınları süngülenmişlerden, kulakları burunları kesilmişlerden habersizce, Erzurum'u geziyordu. Gez Mahallesinden, topçumuzun kaçan Ermeni trenini ikiye biçtiğini göremeden, çakal sürülerinin Erzurum'dan defolduğunu göremeden Erzurum'u seyrediyordu.

Birliklerimiz, Erzurum halkının yarasını saramadan, figanı arşa yükselenlere hatır soramadan, kaçan düşman sürülerinin peşine düşmüştü...

Burhan Bey, arkadaşını daha fazla gezdiremeyecekti. Erzurum'un ortasında yatan binlerce kefensize bakıp hüzünlendi. Hepsini ayrı ayrı gömmek, onlara birer abide misali mezarlar kazmak istedi, ama bu mümkün değildi:

– Hiç değilse Orhan'ı, diye düşündü. Geri dönmek nasîb olursa arayıp bulmak için... Yanındaki nefere emir verdi...

O yorgun asker, bir nefeste Şehit Mülâzım'ı Erzurum'un Gez Mahallesi'nin bir köşesinde toprağa veriyordu...

Burhan, Erzurum'da tanıdık bir yüz bulup rastlayamayınca, ıstırabını içinde duya duya, arkadaşını Erzurum'un kucağına terkederek, düşman birliklerinin peşine düşmüştü...

Hasankalesi'nden yana birlikler ilerliyordu...

Hasankale şimdi tarihin utanç sahifelerini hazırlamakla meşguldü. Ermeni birlikleri şahlanan Türk ordusunun önünde duramayınca, müdafaasız halkı camilere, büyük binalara doldurup, ateşe vermeye başlamıştı. Doldurdukları binalardan çıkanlar kurşunlandı, geride kalan halkın çoğu da kılıçtan geçiriliyordu...

Keşiş Lato, şimdi de Hasankale'de bulunuyordu. Çetesi ile birlikte kendisinden senelerce yarar gördüğü, ekmeğini yediği Mehmet Ağa'nın hanesine gelmişti. O harbin yorgun düşürdüğü adam, karşısında Keşiş Lato'yu bulunca, dişlerini sıka sıka baktı:

– Utanmadan bir de haneme mi gelirsin?

Keşiş Lato, şeytani gülüşü ile sırıttı. Mehmet Ağa'nın yanıbaşında duran oğlu Burhan'a bakıyordu...

Yanındaki eşkiyalara dönüp:

– Bağlayın bu adamı, dedi...

Mehmet Ağa'nın eli kolu bir nefeste bağlanmış, evin kapısındaki Söye denilen direğe sarılmıştı. Şimdi sıra, daha on-dört onbeş yaşlarında bulunan Burhan'a gelmişti. Babasının bağlandığını görünce:

– Köpekler, diye üzerlerine saldıran oğlu Burhan'ı gösteren Keşiş:

– Onu yakalayıp buraya getirin.. dedi.

O ölümden zerre kadar korkmayan, zaman zaman düşmana baskın yapan, taptaze, hayat dolu bir civanmertti.

Evin arkasındaki yer altı dehlizinde saklanan ablası Aslıhan'a ve yedi sekiz genç kıza erzak taşıyıp, düşman eline teslim etmeyen körpe yiğitti... O eşkiya sürüsü, civanmert delikanlıyı tutup, yumruklaya tokatlaya Keşiş'in yanına getirdi.

Keşiş, o kirli ellerini Burhan'ın yakasına asıp, insafsız bir şekilde sarsarak sordu:

– Söyle bakalım köpek dölü, ablan nerede saklanır?

Tükürük, o iğrenç surata atılan bir top cevap oluyordu:

– Tuh...

Kızgınca vurulan bir tokat, Burhan'ın suratından ateşler çıkarırken, söyeye bağlanan Mehmet Ağa haykırıyordu:

– Ekmeğimle beslediğim koca köpek, utanmaz mısın yaptığından...

Keşiş, arzu dolu bir kahkaha ile gülüyordu:

– Utanır mıyım hiç? Türkler'e işkence etmek, Ermeniler'e şeref madalyası gibidir...

Mehmet Ağa:

– Uyuz köpek, diye mırıldandı, kara dinli gavur! Bunlar yanınıza kalır mı sanırsınız.. Bırak o çocuğu derim sana...

– Bırakmak mı? Ama nasıl? Sana oğlunu öyle bir bırakacağım ki, yaşadıkça unutamayacaksın.

Yanındaki çakallara dönüp, kızgın kızgın bağırdı:

– Bağlayın ayaklarını da!..

O, yerde dişlerini sıka sıka yatan, imkânsızlığı yudum yudum içen çocuğun ayakları bağlanmıştı.

Keşiş:

– Açın karnını, diye bağırdı.

Hain bir çift el, Burhan'ın urbalarını insafsız bir şekilde soyup, karnını açmıştı...

Keşiş:

– Çıra bulun, dedi. Bol miktarda olsun...

Çakallardan iki tanesi, yakın bir eve gidip Keşiş'in söylediklerini getirdi. Keşiş, Mehmet Ağa'nın yüzüne baka baka emir verdi:

– O çıraları karnının üzerine güzelce dizin. Tıpkı ocağa dizer gibi...

Bu vahşete meydanlar, ilk defa değil, belki de binlerce defa şahit olmuştu. Şimdi onlara bir yenisini daha ekliyorlardı... O imkansızlıktan boynunu büken Burhan'ın karnına dizilen çıralar tutuşturulurken, Mehmet Ağa gözlerini yumdu. Burhan, daha alevlerin sancısını yeni yeni duyarken, babasına bağırdı:

– Baba, baba aç gözlerini, vahşetin böylesine bir daha şahit olamazsın. Aç da, bu adi soyun suratına yaşadıkça tükür...

Keşiş, şeytanî gülüşlerini sürdürürken, Mehmet Ağa'ya dönüp:

– Sana bundan daha acı bir hatıra bırakmak kabil değildir. Seni bu acıyı duya duya yaşayasın diye öldürmüyorum. Beni unutma sakın...

Et kokusu ortalığa buram buram yayılırken, o acıların güç yetmezine terkedilen Burhan:

– Allah'ım, sen sabır ver, diye dişlerini sıktı. İntikamımızı bu eşkiyaların üzerinde bırakma Yarabbi!..

Hasankale meydanlarında yağları eriyen çocuk, artık susmuştu. Hayata küskün bakan, kırışan suratı dünya insanlığına sitem dolu bakışlar gönderen gözleri susmuştu. Yüzündeki acı dolu çizgiler gerilmiş, artık ıstırapları tükenmişti.

Mehmet Ağa, yediği dipçiklerin yaralarına aldırış etmeden bağlandığı yerde dururken, düşman önünde ağlamamak için sabretti. Sadece imkansızlıklar karşısında sustu, sustu...

Giden eşkiya sürülerinin arkasından sokaklar dolusu şehidlere baka baka, o gözlerinin önünde karnında ateş yakılarak şehid edilen oğlunun yürekler parçalayan manzarasına baka baka sustu. Gönlünden dualar edip, bir sürü dilekler dileye dileye sustu...

Eşkiyaların, Köprü Köyü eteklerine çekildiklerini göre göre sustu. Yaşlı, yolda zor yürüyen bir ihtiyar ve iki çocuk, Mehmet Ağa'yı sarıldığı yerden çözmeyi başarmışlardı.

Ayakta zorla duruyordu. Oğlu Burhan'ın yattığı yere geldi. Sanki gözyaşları içinde kurumuş, ağlayamıyordu. Çocuklara kısık bir sesle hitap etti.

– Evin arkasında kuyu gibi bir yer var. Orada Aslıhan ve birkaç kız daha olacak. Gidip tehlikenin bittiğini haber verin.

Çocuklar, konuşarak evin arkasına varıp, çağırdılar:

– Aslıhan abla, düşman çekildi... Mehmet amca çıksınlar diyooo...

Sesi duymuşlardı.. Özel kazılmış, ağzı dar bir kuyu gibi bırakılmış dehlizden, tereddüt içinde yedi sekiz kız birden dışarıya çıktılar... Aslıhan arkasında genç kızlarla birlikte dışarıya çıktı... Mehmet Ağa'nın yanına yaklaşırlarken, figanlar nasıl da göklere yükselmişti.

Mehmet Ağa, ağlayanlara bakıp, onlara ağlamayı başardıkları için gıpta ediyor gibiydi... Suratlarına hüzünlü hüzünlü baktı... Aslıhan ve yanındakiler, etraftaki vahşeti göre göre hıçkırıklarını arttırırken Mehmet Ağa:

– Kazma, kürek, diye mırıldandı...

Aslıhan, babasını dudaklarının kıpırdayışından birşeyler sezinlemişti. Tekrarlanan sözlere, hıçkırıklarına ara vererek kulak verdi:

– Kazma ve kürek dedim. Burhan, olduğu yere gömülecek...

Dediği gibi olmuştu. Genç kızlar kazma salladı, toprak çekildi. Hasankale'nin ortasına taze bir mezar kazılmıştı... Daha üzeri örtülür örtülmez, şahlanan bir milletin ordusu Hasankale'ye girmeye başlamıştı...

Mehmet Ağa, sevinçle ıstırabı yaralı gönül kabında kaynata kaynata Hasankale'ye giren Türk ordusunu seyretti... Ve, kumandanlara hayran hayran baktı.

Herkes tarafından tanınan, sevilen bir insandı. Kazım Karabekir, Hasankale'ye girer girmez, birliklerin burada bir müddet kalacağını emir veriyordu. Askerler, Hasankale'nin etrafına yayılırken, Karabekir ve yanında bulunan zevat, Mehmet Ağa'nın hanesinden yana yürümüştü...

O yorgun adam, kumandanları karşılıyordu.. Kazım Karabekir, perişan vaziyette bulduğu Mehmet Ağa'ya sarılıp, hatır sordu:

– Çok mu yordular sizi?..

Daha gözlerinin çeşmesi yeni açılıyordu:

– Çoook, diye hıçkırdı.

Kazım Karabekir, o çilekeş, ıstırap dolu bakışların ıslaklığında boğulur gibi olmuştu. Elinin tersini gözlerine götürüp, yaşlarını silerken:

– Ağlama, dedi. Bizleri yaratan bu günleri de gösterecekmiş.

Mehmet Ağa, acılarını içine göme göme sustu:

– Yürüyün, dedi. Acıkmış olmalısınız. Önce karınınızı doyurun...

Kazım Karabekir'in arkasında duran Burhan, Mehmet Ağa'nın gözlerinden kaçmamıştı...

– Burhan, diye hayret edip, yorgun kollarını boynuna dolayarak sardı...

– Demek sen de buradasın... Erzurum'un kurtuluşunda, demek sen de varsın öyle mi? Demek bu çakal sürüsünü, sen de kovaladın...

Burhan, Mehmet Ağa'nın ellerini öpüp, dolu gözlerle suratına baktı.

Mehmet Ağa, sorularını çoğaltmıştı:

– Orhan nerede? Erzurum'un kurtuluşunu o da gördü mü?

Burhan, ıslak gözlerle, cevap olsun diye başını önüne yıkıp mırıldandı:

– Gördü tabii...

– Nerelerde şimdi?

Kısık bir ses:

– Erzurum'u bekliyor, dedi.

– Beklesin tabii, beklesin de o kudurmuş çeteciler, Kızıl Moskof bir daha buralara giremesin.

Unuttuğu bir şeyi hatırlamış gibi, kafasını kaldırıp sorusunu tazeledi:

– Oğlun Mücahid'i görebildin mi?

Olumsuz bir şekilde kafasını sallarken, bir oğlunun olduğunu, adının Mücahid verildiğini öğreniyordu.

– Demek, hiç kimseyi göremedin?

– Düşmanı kovalamaktan fırsat mı kaldı?

Mehmet Ağa'nın gözleri ıslak ıslaktı. O susunca Burhan sordu:

– Demek sen Mücahid'i gördün?

– Gördüm tabii. Hem de dünyaya yeni gelince...

– Sağlıklarından haberin var demek...

O ıstırap yuvası insandan, sanki müjde bekliyordu:

– Bir senedir ne onlar bizden, ne de biz onlardan haber alamadık.

– Sağlık olsun Mehmet Amca. Şey, Aslıhan nerede?

– Askerlerin Hasankale'ye girişini seyredip içeri girdiler...

– Ya mahdûmunuz Burhan?..

Islanan, o yeniden coşan gözler, taze mezardan yana bakarken, parmağı ile işaretledi..

– Burhan'ım işte orada, o gördüğün taze mezarda yatar. Az önce kazıp, gömdük.

Burhan, acıdan dişlerini sıka sıka kafasını önüne yıktı. Mehmet Ağa sisli, buruk bir sesle:

– Keşiş Lato, diye mırıldandı. Burhan'ın karnına ateş yakarak şehid etti.

Yürüyorlardı. Mehmet Ağa hanelerinin önüne gelince durdu, yanındaki kumandan kafilesi de beraberinde... Herkes birer birer kapının önünde, mezarın etrafına çöreklenip, şehidin ruhuna Fatiha gönderirken, Mehmet Ağa, içeriye yemek hazırlamaları için haber saldı. Bu millet öyle bir millettir ki, hem acı çekip, hem de kendi yarasını sarabilirdi. Kısa bir zamanda içeriden haber geldi:

– Yemek hazır, buyursunlar.

Mehmet Ağa ayağa doğrulup, kafilenin önüne düştü. Haneye giriş kapısındaki eşiğin önüne gerilip, Kazım Paşa'ya hitap etti:

– Paşam, benim bir ahdım vardı, bunu yapmak istemez misiniz?

Kazım Paşa:

– Elbette isteriz, diye cevaplandırınca, Mehmet Ağa, yüzünü eşiğinin üzerine serip, Kumandan'a ahdını söyledi:

– İçeriye, yüzümü ayaklarınızla çiğneye çiğneye geçmenizi istiyorum.

Kumandan şaşırmıştı:

– Kalk oradan, diye haykırdı. Bizim ayaklarımız kendi kardeşini değil, ancak zulmü çiğneyebilir.

Mehmet Ağa, ağlayarak yalvardı:

– Paşam, Allah aşkına yüzüme basarak içeriye geçin. Yeminim var, ahdım var... Dedim ki, bir gün bu topraklar düşman işgalinden kurtulursa, Türk askerleri yüzümü çiğneyerek evime girsinler. Bu ahdımı yerde bırakmamalısınız.

Karabekir Paşa'nın gözleri ıslak ıslaktı. Elini Mehmet Ağa'nın eşiğine koyduğu yüzüne götürüp gezdirirken:

– Kalk oradan, diye duygulandı. Bu yüz çiğnenmeye değil, bu alın öpülmeye layıktır...

❁

Birlikler yeniden hazırlanmış, erzakı ve techizatı kontrol edildikten sonra, yeniden düşmanın peşine düşülmüştü...

Mehmet Ağa, Burhan'ın alnından öperek uğurlarken, hassas bir sesle mırıldandı:

– Keşiş Lato ile oğlu Dilo'yu bulabilirsen...

Ağladı, zorla konuşuyordu. Elini Burhan'ın omuzlarına koyup:

– Gazanız mübarek olsun, dedi. Yaratan müsaade ederse, dönüşünü burada bekliyoruz. Aslıhan, sen, ben Erzurum'a birlikte dönmek için... Anladın ya, Orhan da orada demiştin... Aslıhan sabırsızlıkla bekliyor... Vurun düşmanın belini, çabuk kırın ki birlikte dönelim.

Burhan, sadece efkar dolu bir hareketle kafasını eğip, Mehmet Ağa'nın elini öptü...

Aslıhan, kocası Orhan Bey'den bir haber düşünmüştü. Sorup rahatlamak için babasının yüzüne baktı. O masum bakışlara bir müjde geliyordu. Mehmet Ağa:

– Üzülme, dedi. Orhan Bey Erzurum'da bizi bekliyormuş. Gazilerin yarasını sarmak, şehit düşenleri toprağa vermek için orada kalmış. Burhan Bey söyledi. Nasip olursa Burhan Bey zaferlerle dönerse, Erzurum'a birlikte gideceğiz. Geleceğim dedi Burhan Bey, Hak bize zafer nasip eder de canımız sağ kalırsa geleceğim...

Aslıhan artık konuşabilirdi:

– Erzurum'dan başka nasıl haberler verdi? Naci Amca, Nesrin Annem, sonra Neslihan, Mehlika Hanım teyze, hatta Mücahit'ten haber verdi mi?

Mehmet Ağa, kederli başını önüne yıkıp, olumsuz bir şekilde salladı.

– Yok, diye mırıldanabilmişti. Veremedi. Erzurum ana baba günü gibiymiş. Sokaklar, caddeler dolusu şehit. Evler, hanlar yakılmış. Erzurum sanki bir harabeden daha da betermiş... Büyük yara almış Erzurum.

Aslıhan, melûl mahsun duruşun, kederle susuşun arkasından:

– Demek kimseyi görememiş, diye sızlandı...

– Dedim ya, Erzurum'a zaferle dönmeye susamış gibiydi.

– Demek o Keşiş'le, oğlunu söyledin...

– Söyledim ya...

– Bulabilir mi dersin baba?.

– Allah bilir kızım, harp oyunu bu, şaka değil ki... Düşmanın elinde de silah var. Onlar da acımasız bir gayret içindedir. Belli olmaz ki.

❁

Kazım Paşa, daha dinlenmeden ordusuna emir veriyordu:

– İstikamet Köprüköy...

Mehmetler, Hasanlar, Mustafalar, hepsi yürümüştü... O her geçtiği yeri şerefsizce yakıp yıkan Ermeni sürüsünün dersini vermek için, hepsi sabırsızlık içinde kıvranıyor gibiydiler.

Hasankaleliler, orduyu arkalarından dualarla uğurlarken:

– Zaferler bekliyoruz, diye yükselen sesle Mehmet'in öfkesini, düşman mezalimine karşı kinini bir kat daha arttırıyordu...

Ordu, bölük bölük, akın akın, dağları sara sara yol alırken; Aslıhan, o yüreğinin başında derin yarası bulunan taze gelin, ellerini bağlayarak, babası Mehmet Ağa'nın yanına sokuldu. Hüzün dolu, acı dolu buruk bir ses, babasına merak dolu bir eda ile yeniden hitap etti:

– Gittiler mi baba?

– Gittiler ya...

– Demek o koca Keşişi, Kumandana söyledin ha?

– Söyledim ya.

Aslıhan, az önce konuştuğunu, havadis sorduğunu unutmuş gibi bir tavır takınmıştı... Hep Orhan'dan konuşulsun istercesine babasının yüzüne baktı.

Gözlerinin içine bakarken merak doluydu. Mehmet Ağa'nın ağzından çıkacak sözleri sabırsızlıkla bekledi. Anlaşılan gönlünden arzuladığı bir insandan konuşulmasını bekliyordu. Mehmet Ağa, kızını rahatlatabilmek için konuştu:

– Orhan, Erzurum'da bizi bekliyormuş...

Aslıhan kafasını önüne eğip, hüzün dolu bir eda ile yerleri gözetledi. Yoksa. Dili bir türlü düşündüklerini sormaya varmıyordu...

– Rabbim doğruların yardımcısıdır. Kızım üzülme sen.

Köprüköy ve civarı Cehennem kazanı gibi kaynıyordu. Hasankale katliamından hemen sonra Türk ordusunun önünden kaçanlar, gelip buralarda mevzilenip kuvvetlerini toplamışlardı. Şimdi amansız bir çemberin içine düşmüş, utanç dolu katliamların hesabını veriyorlardı. Kısa bir zamanda bozguna uğratılmış, dağları takiben kaçmaya başlamışlardı...

Hücum mevzilerindeki bir birlik, kumandanı ile esir düşmüştü. Aman dileyenler, silahlarını birer birer yerlere atıp başlarını düğümleyenler ve direnmek arzusunda olanlar seyretmeye değerdi...

Mehmet, zafere susamıştı bir kere... Esir olanlar meydanlığa toplanıp, harbi sürdürenler süngülendi...

Çetin bir mücadelenin arkasından Burhan, esir olan düşman askerlerini teftiş etti. Aralarından özellikle bir sima, tanıdığı bir yüzü arıyordu. Birdenbire rengi değişti, kızgın bakışlarından öfkeli pırıltılar boşalmaya başladı. Korkudan titreyen bir eşkiya, Burhan Bey'in bakışlarından rahatsızlandı... Korkak kediler gibi esir askerlerin arasına sıkışmış, titriyordu. Onu oyuk kör gözünden tanımıştı.

Burhan Bey, kızgın bir hareketle Dilo'nun kolundan tutup meydanlığa doğru savurdu... Herkes hayretler içerisinde onlara bakıyordu... Dilo öksüz çocuklar gibi ağlarken, Burhan Bey çizmesinin ucunu Dilo'nun bacağına dürterek hitab etti. Suratına bakarken nefret doluydu... Adeta iğrendi:

– Böyle bir son beklemiyor olmalıydın...

Dilo boynunu büktü, bacakları sazın telleri gibi oynaşırken, titreyen dudakları sual etti:

– Ne yapacaksın beni?.

– Yaptığınız utanmazlıklardan sonra rütbe mi bekliyordun?

Kekeledi... Ecel terleri döke döke yalvarıyordu:

– Ama elinize esir düştük, şu an silahımız yok. Siz müdafasız insanlara dokunamazsınız ki?

Acı acı gülümsedi:

– Doğru, biz müdafaasız kimselere dokunmayız.

Yalnız senin durumun onlarınkine uymuyor Dilo...

– Ben esir bir askerim diyorum.

– Yakayı ele vermiş bir eşkiyasın. Askerin tarifi ayrıdır...

– Şimdi ne yapacaksın beni?...

– Vatan hainlerine ne yapılır?

Titrek bakışları Burhan'ın vicdanına tesir etmek, onu acındırmak istiyordu. Burhan bakarken iğrendiği o çehreye tahammül bile edemiyordu.

– Söyle bakalım, dedi. Nasıl gebermek istersin?.. Karnında ateş yakarak mı, burnunu kulağını kesip, ayaklarını başına bağlayarak mı? Ben başka çeşitlerini bilmiyorum, geride neler kaldı sen söyle...

Bakışı, duruşu, her hareketi ile itiraz doluydu:

– Olmaz, olmaz, diye hıçkırdı. Yapamazsınız...

Burhan Bey, belinden tabancasını çıkartıp, elini tetiğe götürdü:

– Köpek, diye kükredi. Tanımadın mı beni, Burhan'ım, seni duymak bile bana işkence oluyor.

Beyninden nişan aldığı kurşun, o iğrenç vücudun hayatına son vermişti...

Gözleri irildi, vücudu pelteleşti, toprağın üzerine yüzükoyun serildi. İçinden gelen acılarla toprağın üzerine sertçe düşüp kaldı...

Neferinden, kumandanına kadar öfke doluydu. Köprüköy'deki Ermeni mevzîlerini çiğneyip geçerken, Mehmet yiğitçe bir zafer daha kazanıyordu. Önlerine kattıkları kara dinli kâfiri süre süre Kars'a kadar getirmişlerdi. Şimdi doksan üç harbinde Moskofa bırakılan Kars, ana vatanına katılmak için Mehmet'e kucağını açmış, evlâtlarını bekliyordu...

Kâzım Karabekir Paşa, ordusu ile Kars'a girince, Müslüman Türk, susadığı manevî nağmeler ile gökleri çınlatırcasına Tekbir seslerini Moskof gavurunun arkasından şakımaya başlamıştı...

Moskof, Kars'tan kovuluyor, size vatan vereceğiz, diye Rusya'dan getirilen Ermeniler birlikte kaçıyorlardı... Bekir Paşa, düşman işgalinden kurtulan Kars'ın utanç anıtından temizlenmesini arzulamıştı. Utanç anıtı diyoruz. Bilindiği gibi doksan üç harbinde Kars'ı işgal eden Moskof Kumandanı, Kars'ın göbeğine iğrenç bir manzara olan putunu diktirmiş, dört Türk topunun namlusu toprağa gömülmüş, dört topun üzerine dikilen dört direğe Türk bayrağı ters asılıp, üzerine dört kartal konmuştu... Kartalların gagaları ters çevrilen bayrakları yırtıyor, Moskof kumandanının putu onlara bakarak gülüyordu. Bekir Paşa şiddetli bir sesle haykırdı:

– Tez kendisine güvenen bir nefer gelip, bu iğrenç manzarayı yıksın.

Tokat ilinin Reşadiye kazasından, Kızılcaören köyü doğumlu Şükrü Onbaşı, Bekir Paşa'nın önünde çivi gibi dikilip aslanlar gibi kükreyerek:

– Müsaade olursa, o putu ben yıkmak istiyorum Paşam...

Paşa, Şükrü Onbaşı'nın omuzuna elini koyarak:

– Hiç durma, diye cevap verdi.

Şükrü Onbaşı, putun tepesine bir nefeste tırmanıp eline uzatılan balyozu bütün gücüyle Moskof'un kafasına indirdi. Çok geçmeden o iğrenç manzara, arkadaşının da yardımı ile Kars'ın orta yerinden silinmiş oluyordu...

❁

Burhan Bey'in gönlü yaralı, canı üzgündü. Kars'ın orta yerinde yaralı aslanlar gibi dolaşıp durdu. Gece oldukça karanlık ve sakindi. Az sonra bir süvari çavuşu dörtnala sürdüğü attan indi... Burhan'a selam verip:

– Kumandanım, diye seslendi.

Burhan, dalgın başını yukarı kaldırdı:

– Şükrü Çavuş, diye mırıldandı.

Şükrü Onbaşı, Bekir Paşa'nın taltifi ile çavuşluk rütbesini takmıştı. Burhan, kulak kesilip mazeret dinledi:

– Kumandanım, düşman birlikleri hücum hazırlığı içindedir.

– İyice gözetlediniz mi?

– Evet Kumandanım.

– Pekâlâ Şükrü Çavuş. Sen birliğine dön, gereken yapılacaktır...

Bütün subay ve erat, alarma geçirilmişti.. İleri karakollarda harp, bütün şiddeti ile başlamıştı.. Ermeniler, İngilizlerin yardımı ile yeniden silahlanmış, altmış bin kişilik bir ordu ile hücûma geçmişti...

Ordumuz ancak onbeş bin kişi civarında bulunuyordu. Ordumuzun bir top ve yedi mermisi kalmıştı. Topçu kumandan Tayyip Efendi, Süvari Albayına haykırdı:

– Sen var emir ver, Ermeni askeri kılıçlansın... Ben onların bütün toplarını çalışmaz hale getiririm.

Süvari Albay düşünceliydi:

– Ne dersin Burhan Bey, diye sual etti.

– Tayyip Albayım yerinde bir karar verdi Albayım. Yedi mermi, yedi topu susturur...

Albay:

– Çok zayiat veririz, diye itirazda bulundu. Buna rağmen emir vermekte gecikmiyordu...

Şafak sökerken Süvari Albay, gökleri dolduran bir sesle haykırdı:

– Hücuuuum..

Topçu Albay Tayyip Efendi, bizzat kendi elleri ile ateş ediyordu. Üç mermi de düşman mevziindeki iki topu susturmuştu...

İngiliz yardımlı Ermeni birlikleri, ancak bir el ateş etmek fırsatını bulabilmişti. Bir nefeste şaşkına uğratılıp, bozgun verilmişti... Mehmet tüyü bitmeyen yavruların, anaların, bacıların intikamlarını ala ala düşmanı kılıçladı...

Harp, akşamın geç vakitlerine doğru bitmişti. Kaçan kaçtı, kaçamayan Mehmet'in süngüsünden, kılıcından aman dileyemeden yerlere serildi.

Sanki her şey, bir anda bitivermişti. Yalınayak, sırtı çıplak, karnı aç olan Mehmet, dini, vatanı ve mukaddesatı uğruna aslanlar gibi boğulmuştu. Böylece Ermeni birlikleri, Rusların

Gümrü şehrine kadar sokulmuştu. Artık anlaşma bekleniyordu...

Ruslar ve temsilci kumandanları Gümrü'de yuvarlak masanın başına otururlarken, Kâzım Paşa ve avanesi de hazır bulunuyordu. Burhan anlaşma masasına gelince, tüyleri ürpermişti. Öfke bütün gövdesini sardı, gözleri alev alev yanmaya başlamıştı...

– Lato, diye mırıldandı.

Keşiş Lato, hemen yanı başında anlaşma masasında bulunuyordu. Burhan'ın ve Türk Kumandanları'nın Keşiş Lato'ya bakışları, Rus Kumandanı'nın gözünden kaçmıyordu. Rusça, Burhan'a mırıldandı:

– Tanıyor musun onu?

Burhan, daha anlaşma masasında konuşmaya başlamadan:

– Tanıyorum, dedi. Tüyler ürpertici vahşetlerin kahramanı. Müdafaasız çocukları süngüleyip, hamile kadınların karnını deştiren uyuz köpek...

– Onu sana teslim etsem alır mısın?

– Anlaşmaya aynen teklif edecektim.

Moskof Kumandan, sanki hiç suçsuzmuş gibi bir ortam oluşturmak istiyordu. Keşiş Lato, Rus Kumandanı'nın suratından bir şeyler şüphelendi, sonra durgun bir hareketle süt dökmüş kedi gibi kafasını önüne eğip bekledi.

❁

Anlaşma tamamlanmak üzereydi. Gümrü'de yapılan yuvarlak masa toplantısının son saniyeleri enteresandı... Rus Kumandan, bir ara öfke ile yerinden doğrulup, Keşiş Lato'nun yakasından sıkı sıkı kavrayıp sarstı:

Aynı şiddetle onu Burhan'ın yanına itekliyordu:

– Alın bu pis Keşiş'i. Bu namussuzların yüzünden, iki komşunun arası açıldı.

İşte, Moskof'un adam tutması, dostluğu bu kadar olurdu. İşe yaramadığını bildiği an, paçavra gibi sokakların ortasına atmak!..

Burhan, Keşiş'i dışarı çekip, iki Türk neferine teslim etti:

– Alın bu Keşiş'i. Sakın yakasını bırakmayacaksınız. Tekrar masa başına döndü. Doksanüç Harbi'nden, ellerinde kalan yerleri de geri alarak masanın başını terkediyorduk...

Burhan, dışarı çıkar çıkmaz, neferlere teslim ettiği Keşiş'in yanına gelmişti. Anlaşma erkânı, Gümrü sınırlarını terkederden, Burhan iki sınır arasında yetmiş iki metre derinliğinde olan bir kör kuyudan yana yürüdü... Keşiş de beraberinde kuyunun başına gelmişlerdi. Burhan Bey, neferlere kuyuyu işaretleyerek:

– Atın o mikrobu kuyuya. O kirli ayakları, bir daha şu mukaddes toprakları kirletmeye...

Neferler, Burhan Bey'in emrini yerine getirmek için kollarından tutup çekerlerken, Keşiş yalvarıyordu:

– Bırakın beni, bırakın diyorum size, ne isterseniz benim gibi günahsız bir keşişten?..

Kuyunun ağzına yaklaştırıp, içeriye sallanırken, külleşen rengi kanına girdiği mazlumların ahı oluyordu. Kör kuyunun içinden acı acı sesler yükselirken, Burhan Bey dişlerini sıka sıka yürüdü...

❁

Artık harp günleri bitmiş, ordumuz gerektiği yerlerde görevini tamamlaya tamamlaya Erzurum ilinden yana yürümeye başlamıştı.

Burhan Bey, Hasankale'dekilere verdiği sözü yerine getirebilmek için uğramıştı. Mehmet Ağa, Burhan'ı görür görmez şahlanmış küheylanlar gibi koşup, boynuna sarıldı...

– Gazanız mübarek olsun, zaferin kutlu olsun...

Elini öptü:

– Allah senden razı olsun, dedi. Yaratan, insanlığın başına böylesine bir felaketi daha layık görmesin inşallah...

– Amin...

– Aslıhan Hanım da gidecekler mi?

Mehmet Ağa, acı acı gülümsedi:

– Gitmez olur mu hiç... Sen hasret nedir bilmez misin? Şimdi gönlün Erzurum'un üzerinde uçuşmaz mı?

Burhan utandı, kafasını önüne eğip bekledi...

Mehmet Ağa, bir nefeste atları koştu, Aslıhan'a seslendi:

– Aslıhan...

İçerden, siyah çarşafa bürünmüş bir kadın çıktı:

Mehmet Ağa:

– Gidiyoruz, dedi. Hazır mısın?

Yüzünün nikabı çekiliydi. Cevap olarak kısa adımlarla yürüdü.

Mehmet Ağa, arabanın önünde oturdu. Burhan Bey, Mehmet Ağa'nın yanına, Aslıhan arabanın arkasına yerleşmişti. Mehmet Ağa içten gelen bir atları kamçıladı:

– Deeeeeh...

Tekerler toprağın üzerinde döndükçe, Burhan'ın ve Aslıhan'ın gözleri hep uzakları gözetledi... Bilselerdi ki Erzurum onlar için bir hüsran olacak, bilselerdi ki Erzurum'da aradıklarından hiçbir kul sağ kalmamış, bu gidiş meraklarla dolu, kavuşabilmek hasretinden yürekleri yanık olmazdı. Bilselerdi ki sevdikleri vahşetlerin güç yetmezine hedef seçilmiş, bilselerdi ki yeryüzünde böylesine bir vahşet, hiçbir millete reva görülmemiş, bu yollar bu kadar gözlerinde uzamazdı...

Mehmet Ağa, atlarını kamçıladı. Erzurum'a girmek için artık bir nefeslik yol kalmıştı...

Burhan, atların dizginini eline alıp, Erzurum'un içine böylece girdiler... İlk ziyareti Orhan'a yapacaklardı...

Mehmet Ağa, hayretle etrafına bakınırken, yıkılıp viran olan Erzurum'u seyrediyordu... Aslıhan hasret kaldığı insanlara bir an önce kavuşabilmek için sabırsızlanırken, Burhan, atları yavaş yavaş kamçıladı.

Orhan'ın mezarı başına gelip, atların dizginini çekti...

Mehmet Ağa, şaşırmıştı. Burhan'ın suratına donuk bir ifadeyle baktı...

– Neden buraya geldik?

Burhan arabadan inerken, Aslıhan'ın içi ezilmişti... Daha işin esasına eremeden, baba kız arabadan indiler. Burhan:

– Bir şehidin mezarı başında Fatiha okumak istemez misiniz? diye sordu.

Mehmet Ağa:

– Okunmaz mı hiç... Lakin kim olduğunu bilmek isterdim.

Burhan Bey'in göz pınarlarından yürüyen sessiz yaşlar baba ve kızı yaralamıştı... Her şehit birdir, ancak özlemle gelip kavuşmak için yollara düşüp, taze bir mezarın başında durmak insan için pek kolay çekilir acı değildir... Burhan gözyaşları ile Fatiha okurken, elini yüzüne sürüp, titrek dudakları ile mırıldandı:

– Allah şefaatinden mahrum eylemesin.

Mehmet Ağa şaşkın bir lisanla:

– Kim ki bu şehid, diye mırıldandı...

Burhan mezarın yanıbaşına oturup:

– Orhan, dedi. Tam Erzurum'a girerken, düşman üzerine ateş püskürürken şehadet şerbetini içti...

Mehmet Ağa bu türlü acılara alışmıştı... Mezarın başında diz çöküp, ellerini dualar için açarken, Aslıhan perişan bir yorgunlukla kendisini toprağın üzerine bırakıp hıçkırdı...

Ümitler kırıldı, yaralı gönüllerin yarası depreşmişti... Uzun uzun mezarın başında oturup, kavuşmak umuduyla geldikleri Erzurum'da, gözyaşları hâlâ dinmemişti...

Burhan yorgun bir hareketle yerinden doğrulup:

– Gidelim, dedi.

Aslıhan neye dönmüştü tarif edilemez. Gözyaşları nikabını ıslata ıslata ayağa kalkıp, mezara baka baka arabaya bindi... Şehidinin yattığı yeri ezberlemek için bakıyordu...

Burhan, Erzurum'un sokaklarından, ana, evlat ve eşinin hasreti ile geçerken, kayınpederi Muallim Naci'lerin kapısının önünde arabayı durdurdu... İnip, oturdukları evden yana bırakıp, sonra Muallim Naci'lerin evinden yana, ahşap, harabeleşmiş, virane kılıklı haneyi ürperen, titrek pırıltılarla seyretti... Ev yanmış, yıkılmış, yerinde Muallim Naci'lerin kulübeleşen hilkat garibesi evinden çıkan taş örmeli bir kulübe vardı. Bir ihtiyara baka baka birlikte beklediler.

İhtiyar selam verip, yanlarında durdu... Burhan selamını alıp sual etti:

– Amca, Naci Beylerden mi gelirsin?

Adam hayretle Burhan'ın yüzüne bakıp:

– Evimizden, dedi. Evsiz kalınca buraya taşındık da...

– Yani Muallim Naci ve eşi Nesrin Hanım...

İhtiyar gözlerini sile sile mırıldandı:

– Muallim Naci ve eşi, Erzurum'un ilk şehitlerinden...

Figan, Aslıhan'ın dudaklarında hıçkırıklaştı... Burhan boynunu bir yana büküp, evlerinden yana bakıyordu. Bu onun şimdi en son umudu oluyordu.

İhtiyara sormak cesaretini kendisinde bulamadan, yorgun adımlarla yürüdü... Mehmet Ağa ile Aslıhan gözyaşlarını silerken, Burhan evlerinin eşiklerinden genç bir hanımın süzüldüğünü görünce, az da olsa rahatlamıştı. Koşa koşa arkasından yaklaşıp:

– Neslihan.. diye seslendi...

Nikabını yüzünden sıyıran bir kız, hayretler içinde Mülâzım Burhan'a bakarken, mahcup bir tavırla yeniden nikabını yüzüne indirdi...

Burhan yıkılmıştı. Titrek bir ses, önünde bekleyen kıza sordu:

– Burada anam Mehlika Hánım ile, eşim Neslihan otururlardı...

Kısık bir ses cevap oldu:

– Siz Mülâzım Burhan Bey misiniz?

– Evet...

Kız, üzgün bir eda ile kafasını önüne yıkıp:

– Boş mezarı bilir misiniz? diye inledi...

Burhan sadece tasdik eder gibi kafasını sallamıştı...

– Eşin Neslihan ve bergüzarın Mücahid, işte orada yatarlar... Moskof dölleri çok eziyet eylemişler onlara. Teslim olmamak için, son nefesine kadar düşman üzerine kurşun sıkmış.. Neslihan ve bergüzarın Mücahid'in hikâyeleri, dillerde destanlaştı...

Burhan'ın gözleri ıslanmıştı:

– Söyle bacım, ya anam Mehlika Hanım?

– Aynı gün şehadet şerbetini içtiler...

– Onun mezarı yok demek...

– Topluca toprağa verilenler arasında olduğunu duyarız...

Burhan yorgun adımlarla, hasret dolu olduğu insanların yattığı mezardan yana ilerledi. Mehmet Ağa işin çoktan farkına varmıştı bile... Aslıhan'a dönüp:

– Acılara yenileri eklendi, diye mırıldandı... Birlikte gitmeliyiz.

Arabayı kapının önünde bırakıp, Burhan Bey'in arkasından yürüdüler.

Burhan, mezarın başına geldiği vakit, selâm verip, selâm aldı:

– Esselâmü aleyküm ehl-i kubur...

– Aleyna ve aleykümselâm ehl-i dünya...

Ellerini açıp Kur'an okurken, Mehmet Ağa ile Aslıhan hemen arkasında oturup, figanı yenilediler...

Mehmet Ağa, acı dolu bir sesle mırıldandı:

– Burada kim yatarmış?..

Titrek bir ses cevap oluyordu:

– Mücahid ile anası...

Bir burası, Neslihan ile Mücahid'in yattığı mezarın başı değil, bütün Erzurum figan doluydu.. Az ileriden bir sazın telleri indikçe, yanık bir ses genç bir delikanlının dudaklarında makamlaştı..

Bir taşın üzerinde oturmuş, özellikle Burhan'a bakıyor ve ağlatan sesle gönlündeki acıya tercümanlık ediyordu:

Çok değişmiş görmeyeli burası
Çürüdü mü ellerin kınası
Çok mu yordu seni Moskof belâsı
Namahrem ellerden yara mı aldın?

Mehmet Ağa, Burhan'ın kolundan tutup, kısık bir sesle mırıldandı:

– Gidelim...

– Nereye? Gidecek yerimiz mi kalmış?

Hasankale'ye, dedi. Artık tek erkek evlâdım sen kaldın... Tabii kabul edersen...

Burhan konuşmadı...

Birlikte at arabasından yana, etrafı ezik bakışlarla seyrede seyrede yürüdüler.